驚起卻回頭

邱坤良散文自選集

目錄

輯二　無信的年代

輯三　散步行街路

【推薦序】

大器散文

◎吳晟

1.

一九七〇年代初期，台灣社會發生一連串的劇烈變動，各種國際情勢、社會條件衝擊下，掀起回歸鄉土、關注現實的文學潮流，逐漸洶湧，許多年輕一代的學者、文化人，投入推波助瀾的行列。高信疆便是其中最重要的推手之一。

一九七五年《中國時報》人間副刊主編高信疆，推出「現實的邊緣」專欄，以散文作品描述發生在這個時代、我們立足的所在，大眾的眞實事蹟，引起廣大的迴響。

一九七七年爆發鄉土文學論戰。一九七八年，人間副刊創辦了時報文學獎，僅只設立「短篇小說獎」與「報導文學獎」兩項。報導文學獎雖然只辦了五屆，但因眞實反映台灣社會各角落的生活故事，成為一股推動寫實風格、注視腳下土地，不可忽視的重要力量。

報導文學的寫作，必須四處採訪、調查、拍攝，實際與民眾接觸、近身觀察，要有充沛的活力和熱情，因而歷屆得獎者，寫作年齡層較為年輕化。他們還有兩大共通性，其一是有完整的在地生活經驗、在地情感，有別於跟隨國民政府來台的作家；其二是接受國民政府完整的「國語」教育，中文能力純熟，有別於父執輩「跨越語言」的一代。

這也是「鄉土文學」興起的重要背景。

獲得首屆報導文學甄選獎的邱坤良，便是其中佼佼者。

邱坤良的得獎作品〈西皮福路的故事〉，是一篇探討台灣東北角，民間戲曲劇團，從分裂、對立，到和解過程的故事。偏向田野調查的學術報告，考證嚴謹，但語言淺白通俗，鮮活生動，「筆鋒常帶感情」，可讀性高；同時敘事之中，融入豐富的材料，又時而夾帶議論，表達實地體會的見識，兼具廣度與深度。

研究報導文學的學者指出，邱坤良這篇作品，開創了台灣報導文學的另一種範例。備受肯定、期許。

若說每位作家大致上可以找到創作原形，那麼，〈西皮福路的故事〉無疑是邱坤良文學風格的基本型態。不過，我們卻要等到二十年後，才能讀到他精采的一系列文學作品。

因爲得獎這一年，邱坤良驚鴻一現之後，不再出現「文壇」，不像多數得獎者乘勝出擊，而是回到他的民間戲曲專業領域，創辦了《民俗曲藝》月刊，緊接著出版《民間戲曲散記》、《野台高歌—台灣戲曲參與》、《現代社會的民俗曲藝》、《台灣劇場與文化變遷》、《台灣戲劇現場》……。學術成就十分豐碩，是非常重要的本土戲劇學者。

2.

名作家郝譽翔說，邱坤良曾經告訴她，年輕時就懷抱創作的夢想，但這夢想「壓抑」到一九九九年才出版了第一本「純文學」散文集《南方澳大戲院興亡史》，立即引起廣大迴響，獲得《聯合報》「讀書人」最佳書獎等等高度評價。

那時我尚未認識邱坤良，只聽聞他的學術聲名，當我無意中在豐原三民書局買到《南方澳大戲院興亡史》，深深吸引我的興趣，一篇一篇閱讀，彷如聽說書講古，侃侃而談他的童年追憶，成長經歷，將出現在他的生命中，許許多多市井小人物的故事，串連起來，一則一則那麼鮮活動人，忍不住接連讚歎。

不只是像我這種成長背景相似的同輩讀者，我聽過多位年輕文學朋友，也很喜歡邱坤良的散文，是他的粉絲。

據邱坤良自述：《南方澳大戲院興亡史》出版後，「有位作家朋友特別來信鼓勵、讚美我的文學像他喜歡吃的海鮮般生猛有力，寫作水準直逼專業作家。」

其實，不是「直逼」，而是「一書成名」，明確奠定了作家的地位；尤其二〇〇三年繼續推出第二本散文集《馬路、游擊》；二〇〇七年再出版第三本散文集《跳舞男女》，作家邱坤良的文名日盛，扶搖直上，「直逼」學者邱坤良，不只「並駕齊驅」，幾乎凌駕學名了。

邱坤良獲獎之時，已是「而立」之年，間隔二十年，才出版第一本散文集，已邁入「知天命」的中壯年。果然應驗了民間俗諺：大隻雞慢啼，一啼驚人；大尾鱸鰻慢出手，一出手，驚動江湖。文雅的說法，就是「大器晚成」。

我要強調的是「大器」，而不是「晚成」。沒錯，邱坤良的散文最大特質，就是大器，融合了豐富的人生閱歷、人情義理、和紮根本土經驗的深厚學養，彷如蓄積了博大的能量，源源不絕奔流。

我從年少養成閱讀興趣，五、六十年來不曾中斷，以詩和散文爲最大宗。台灣卓然有成、風格獨具的散文家不少，有多位我十分佩服，有幾位我很尊敬，單純喜歡、欣賞的作家更多。但令我既讚歎又欣羨，又忍不住「嫉妒」的，邱坤良應該是第一位。「平平」是寫鄉土題材，他筆下的人物、生活場域，我也都很熟悉，爲什麼他可以寫得那麼豐沛，那麼親切，那麼栩栩如生，簡單一句話：那麼好看。

有人說才情，也有人說性情，是決定文學風格的主要因素。可以說天性加環境吧。出身小漁村的邱坤良，十八歲北上就讀之前，喜歡四處遊蕩「趖來趖去」，上山下海，「滾遍南方澳每個角落」，在戲院、野台戲班流連，是我們印象中，不折不扣的「野孩子」，也是他日後走上台灣民間戲劇研究的動力。他對發生於生活中的人事物，時時充滿興味與熱情，造就了邱坤良灑脫率性、平易近人的個性，煥發江湖俠義氣概。

他的文學正如其人，語言自然，不只文白夾雜，時而穿插俚語俗諺，日常口語，渾然天成，如滔滔江河般流暢，形成獨特的幽默風趣，熱情奔放的「氣口」。就像和「厝邊隔壁」聊天的隨和自在。

最令我感動的是，他筆下描繪的眾生相，台灣基層社會的眾多小人物，向來少有人關注，邱坤良卻有說不盡的故事，娓娓敘述，鮮活呈現他們的形貌、身影和感情世界，記載他們的喜樂憂苦，即使偶有調侃、消遣，在幽默趣味的語言中，流露出溫暖的理解和同情。

3.

在邱坤良第二本散文作品《馬路．游擊》的自序「出書表」，有一段敘述他的出書經歷：「前不久，我特別檢查自己的著作目錄，赫然發現，在茫茫渺渺中前前後後已出版十二本專書了。我並發現這十二本書竟然分別由十二家不同的出版社（或機構）出版。一本書一個出版社。換言之，我跟出版社的合作關係就是一本書而已，書出來之後，我發現雙方關係便告結束。」

不過，「我發現」從二〇〇三年出版的《馬路．游擊》，再到二〇〇七年出版的戲劇評論集《移動觀點》及第三本散文集《跳舞男女》，都是同一家，九歌出版社所出版。邱坤良的第四本散文集《驚起卻回頭》又將由九歌出版社隆重出版。可見他的散文作品早就被出版界的「文學大戶」所器重，早就有所歸屬。

新作《驚起卻回頭》分爲三輯，分量不輕。輯一是從三冊散文舊作和文化評論集《移動觀點》精挑細選了十七篇代表作，舊識可溫故知新，新的讀者可追索他的文學初心，探索他的創作脈絡；輯三收錄二〇〇九年到二〇一三年發表在《聯合報》名人堂專欄系列文章，延續多年來擔任行政工作的文化觀察，在社會現象中，抒發他獨到的文化省思。

輯二收錄二〇〇七年到二〇一三年陸續發表在《文訊》雜誌的大散文，維持邱坤良一貫的風格，觀看人間百態，敘述地方小人物的故事：有豬血湯「專賣店」流動攤販、地下道行乞者、小偷、禮儀師、來亂的黨外「政客」、玩四色牌的年輕女老師……。

在滄桑而感人的故事敘述中，每一種底層行業的發展淵源、時代風尚、社會背景，追根究底，無疑是非常深入、彌足珍貴的台灣庶民文化史，又不時出現奇思妙想的議論。賦予這些卑微小人物，更崇高的「文化使命」：

「年輕、優秀、受過大學教育、懂英文的女孩陪母親、長輩打麻將，送錢給在別人家打麻將的母親，理所當然，送錢到玩四色牌的母親那裡，即使玩了幾把，怎麼就出現在社會新聞了？……

我的腦際突然閃起一個詭異的念頭：為了進一步了解四色牌文化，應該好好做個專題研究，不過，計畫能不能落實，關鍵就在能否請到這位兼具現代知識與傳統『十胡仔』實戰經驗的女老師當共同主持人或研究助理了。」——〈玩四色牌的年輕女老師〉

「古今中外，現實社會的小偷猶如過街老鼠，人人喊打，可是小說、傳奇裡的賊，往往被賦予神祕俠義的色彩，所以才會出現俠盜、義賊、神偷、梁上君子……等等美稱。……

蔡先生寫這些『小偷界』沒有人想到、做到的『作品』，我不由得相信他是一個很有想法的人。如果套用現代流行語，他是個有創意的人。蔡先生心思細膩，如果金盆洗手不再做小偷，適合當審計人員，或記錄長官言行的史料編纂人員，社會調查員或文創產業企畫。」——〈小偷手記〉

《驚起卻回頭》新作中，大都是小人物大敘述，也有大時代的歷史小縮影。最典型的是〈華麗島青春夢〉、〈救國補習班〉，帶領我們回顧時代風雲。

「現在的年輕人很難想像，反共復國年代的台灣，是什麼樣的容貌，島上的人合唱：『啊……美麗的寶島……』與唱『反攻、反攻、反攻大陸去』一樣，都充滿了浪漫的想像。……上世紀五〇年代的台灣好不到哪裡去，多虧北韓的電視台三不五時就提供鏡子，讓我們回味無窮。」——〈華麗島青春夢〉

「車子行經南京東路，一路顛簸，在公車、貨車、小自客車與機車的陣仗中橫衝直撞、迂迴交錯，擁擠、倉促之間，瞥見一棟高樓建築物，橫掛著『中國青年救國團短期補習班』的巨大招牌，……十幾個漢字自動分成『短期補習班』與『中國青年救國團』……

但救國團的全名『中國青年反共救國團』，少了最重要的『反共』二字，此救國團與彼救國團是同一『團』嗎？……

救國團的去反共化，可以理解，但無轉折的過程，沒有理由、沒有論述，以前反共過度，突然反共乏力，就難以讓人信服。」——〈救國補習班〉

●

接到九歌出版社總編輯陳素芳的電話，要我爲邱坤良的第四本散文集《驚起卻回頭》寫幾句話，我確實深感榮幸，義不容辭，但限於學養不足，不擅長理論分析，只能簡略報告個人閱讀心得。

邱坤良的社會身份，頭銜職稱很多，教授、系主任、所長、藝術大學校長、兩廳院董事長，以及全國最高文化行政機構文建會主委……，但在我心目中，台灣重要散文家，才是邱坤良永遠不退時的身份。而且我比邱坤良痴長五歲，雖然我們的交往並不密切，卻一直感覺很親近，最主要的原因是，邱坤良與人相處，與那麼多民間藝人眞情交陪，從來就不記得自己的身分。二〇〇七年八月，我讀到〈幸福的所在〉這篇文章，敘述他卸任文建會主委之後，「因爲提前『退伍』，加上年休假的關係，鼓起勇氣，以即將進入退休的高齡，再次到日文補習班『勉強』，當起學生，跟年輕人擠在一起，接受老師教誨。」沒有人知道他的「來頭」……。我眞是被他「打敗」。那麼，本文中省去稱謂，直呼名字，也不致於太「靠俗」吧。

（本文作者吳晟，為詩人、作家，著有詩集《吾鄉印象》、《向孩子說》、《吳晟詩選》，散文集《守護母親之河：筆記濁水溪》、《不如相忘》、《一首詩一個故事》等等。）

輯一

坐火車向前行

坐火車向前行

1.

黑色的火車頭帶著車廂，啓動鐵輪，呼呼碰碰地冒煙、鳴叫，龐大的車身一節接著一節，像鐵蜈蚣般在鐵軌爬行。百年前首次看到它的人準會嚇一大跳，不是「瓦特先生燒開水，不小心發明蒸汽機」簡單一句話能夠解釋清楚。最起碼十九世紀的八〇年代傳到中國時，就因爲有破壞龍穴的嫌疑，遭受民眾的反抗，爲了避免這種怪物破壞風水地理，有些地方特別由馬車拉著車廂跑。十餘年後，台灣基隆與新竹之間鐵路出現時，沒聽說用馬拉火車的情形，想必這項人類文明史的偉大發明已逐漸在東方人生活中起作用。

前幾年國內突然掀起研究火車、玩火車的風潮，火車專家輩出，也出現新世代的火車迷，專門蒐集、出版相關資訊，成立聯誼性與學術性的組織，火車機型、車站建築、橋梁隧道、產業五分車……都是他們關注的「鐵道文化」。火車帶給知識分子的鄉愁，不一定是勞工朋友「傷心的所在」，都市人進出火車站，規規矩矩，氣質較爲優雅，鄉村朋友沿著鐵軌出沒，爬上火車的管道自由，姿態也較難看。火車就像人類的腳，不管是飛毛腿、香港腳，有腳就能走路；車站也像每個人的家，豪宅、陋室環境各異，但談起火車、火車站，每人都有一籮筐的經驗，就像在談自己的腳、自己的家，內容未必相同，卻多深刻感人。虧損連連的鐵路局推出三百元的懷舊圓形鐵盒便當，造成一陣搶購風潮，所仰仗的正是五湖四海、各行各業的火車情懷呢！

我的家鄉公路、海路暢通，就是不行火車，更沒有火車站，從台北來的火車在三公里外的蘇澳就停住了，對外陸路交通只靠公路巴士，或像漁民一樣坐船循著海岸停靠其他港口。正因爲沒有火車，童年印象中火車與它行走的「鐵基路」是神祕的力量與進步的象徵。有人說火車駛過的鐵軌產生巨大的磁性，鐵塊在上面摩擦便成爲「鋼」，能吸納鐵屑、鐵釘。我到現在都還不清楚爲什麼把磁鐵稱爲「鋼」，爲了自製一塊可以向同學炫耀的「鋼」，我常邀集同伴，走幾十分鐘的山路到鐵軌邊守候，等火車一過，立即奔向前去，蹲下來死命地摩擦，這樣的冒險犯難常弄得滿面全豆花，也沒一次成功。雖然如此，童年時代對於鐵軌邊的玩命遊戲一直感到很刺激，樂此不疲。

橫跨歐亞的西伯利亞鐵路起點、終點在哪裡？與中國的鐵路有沒有交會？地圖上鐵路線像章魚八爪蔓延的城市也一直把我搞得頭昏腦脹，我上課心不在焉，卻常感應幾公里之外火車起行的鳴叫聲與鐵輪震動聲。我小時候很羨慕住在火車站附近、甚至鐵路沿線的人，因爲他們每天看到火車，連在學校欺負同學都不免裝老大脫口而出：「你下火車頭探聽一下……」。那個年代學校大力推行國語，禁止使用方言，師生的國語普遍彆扭。剛從蘇澳調來的導師大力提倡標準國語，特別舉不標準國語的實例做負面教材。他說有一次問蘇澳的學生：爸爸做什麼工作？學生起立，正經八百地說：「我的爸爸在火車頭吃火車頭的頭爐（路）！」老師講完，自己呵呵笑起來，同學們倒沒什麼反應，聽不出這句話有什麼語病，我也不覺得好笑，反而羨慕爸爸在火車站吃頭路的人，可以天天免費坐火車！

小小的蘇澳有鐵路通達，比沒有火車的漁港看起來文明、高級，導師爲何降級到南方澳我一直不清楚，也許他喜歡吃現撈海鮮的緣故吧！蘇澳開出的火車班次不多，轉車也十分不方便，家鄉的人除非出遠門，到附近鄉鎮仍以坐巴士爲主。對公路沒像鐵路般尊敬，坐巴士就很容易暈眩，短短四十分鐘的車程，常令我暈頭轉向，嘔吐不已，而且屢試不爽。有幾次與同學相約坐巴士到羅東看電影，心情盡量保持輕鬆愉快，車子過了冬山，感覺還好，身旁的同伴不斷關切：「會不會吐？會不會吐？」禁不起一再提醒，臨下車前還是忍不住又「嘔嘔」地吐了。

2.

坐火車有出遠門旅遊的感覺。小學時代最興奮的旅遊不是隨父母去「刈香」，而是與同學出外遠足，遠足時間多選在春假之後，在老師帶領下，一大群學童坐火車到風景名勝遊玩。遠足不要上課，集體到郊外遊玩，又有零錢、食物，對它的期待等同過年。幾個星期之前開始計算日子，隨著時間逼近，情緒達到沸點，前一天晚上更是興奮不已，忙東忙西，準備各種零嘴。對我而言，遠足最迷人之處在「坐火車」、「吃便當」，而「吃便當」能與「坐火車」等量齊觀，唯一的原因是平常沒有機會吃便當。吃便當在童年生活中有極豐富的語言內涵，好像做大事業的人才有的權利，不僅僅是吃一頓飯，塡飽肚子，而是代表一個「Event」呢！

遠足要天晴才能成行，天雨則延期，因此天氣最叫人關心。遠足前夕星光燦爛，隔日必然晴空萬里；氣候陰沉，則可能天雨，人人焦慮不已，祈求神明、天主念弟子一片誠心，保庇明天能夠放晴。禱告之後仍不得安寧，常從睡夢中驚醒，不斷跑出戶外觀看天象。遠足當日幾百個學童從學校走崎嶇山路到蘇澳，平常半小時的腳程，大隊人馬需要一個小時以上。而後在蘇澳等火車起行，一等就是一、兩個鐘頭，「嗚嗚」的水笛聲響起，火車慢慢啓動，那一剎那就如同潛入戲院一陣子，突然聽到長鈴聲，銀幕上打出「全體肅立、唱國歌」那般興奮。學校遠足常去的地點是九股山和五峰旗瀑布，大約也是縣境「一日遊」最遠的距離了。在礁溪、頭城車站下車，還要步行一、二個小時。因爲山遙路遠，這兩個遠近馳名的景點都不是我的最愛，我最理想的遠足勝地是羅東公園，從蘇澳坐火車兩三站就到羅東，下車走沒幾步就是公園，吃完便當、零食，再把身上的一點零錢花掉，就等著坐火車回家了。

小時候的遠足情緒與後來的旅行、郊遊經驗很難比擬，這是兒童集體的節慶儀式。現代的小孩對此更難體會，不要說在縣內一個白天的旅遊，就算環島旅行，甚至美東十日遊，對未來的主人翁都稀鬆平常，自然不會在意學校的遠足了。

3.

社會文明與時推移，火車情結也隨年齡增長而有改變。童年夯車輪似的鐵軌遊戲早已摒棄，學校舉辦的遠足不再興奮莫名。訓導主任一再告訴我們，中學生要有社會責任，反攻大陸以後，每個人都是國家棟梁。初中畢業的當鄉鎮長，高中畢業的當縣長，老師呢？訓導主任搔搔頭皮，想了一下，「老師起碼也當個大城市的市長！」

每天一大清早背著厚重的書包出門，先坐巴士再轉火車，日復一日，何其枯燥。有時巴士班車沒接好，火車早已揚長而去，下班車到學校是在第二節下課之後，改搭公路局又要花錢補票，每天想到趕火車的種種苦難，有些意興闌珊。但想到火車站虛無縹緲的浪漫，艱苦也得行。

我念的學校都是男生，正值青春期，對於外校女生頗有幾分興趣，慢慢地，我也體會火車不僅是交通工具，更是浪漫的時空場景，提供小男生接觸朋友、學習放電的機會，雖然技巧青澀，卻也帶有慘綠少年的天眞與自然，符合青年守則與衛生原則。青年男女在火車站互別「瞄」頭，上車之後雖依學校各自在不同車廂，男中、女中猶如牛郎織女般分隔兩地，然而，火車啓動之後，男男女女像稽查員般「巡車」，一個車廂接著一個車廂，似乎在尋找什麼目標，也好像在引人注意。早秋的學生在車上爆發青春的火花，發育緩慢、個性畏縮（如我者）也未必全無期待，火車搖搖晃晃中，雖然堅守車廂陣容，不好意思走動，內心卻充滿期待，雖然每次落空，但有火車就有希望，每天都在想像隔天的浪漫。

即使上大學以後，對於火車上的浪漫仍有一份憧憬，只是坐了幾年的火車，電影小說裡，男主角被女主角撞到、打到或踩到，展開一段旅情的故事從未發生。倒是原來遙不可及的台北市因為火車來來回回，感覺上與家鄉有了連結。每個月回家一趟，火車是最方便的選擇，帶著我穿過二、三十個大小山洞，以及二十幾個大小車站。三、四個小時的車程，看本小說打個盹，時間不難打發，至少比南部來的同學幸運多了。那時候火車走得很慢，家住南部，尤其是高雄、屏東的同學返鄉一趟十分辛苦，從台灣頭到台灣尾要十個小時以上，比現在到美國還遠。他們差不多只有寒暑假才能回家，幾個人約好，玩玩撲克牌，吃個便當，一路拱豬到底。不過，如果有愛人相伴，又叫人豔羨了。

四十年前的鐵路火車只有普通車、快車與特快車三種等級。一般人搭乘普通車，坐快車算是特別的享受，特快車簡直就是飛機上的商務艙。我通常搭乘每站必停的普通列車，乘客多屬普羅大眾，人多吵雜，還帶著魚鴨腥味。大三以後升級坐快車，車上乘客看起來多是公教人員，車廂比慢車明亮、乾淨，停靠的車站減少，行車時間也節省一些。畢業前夕，我決定再升級坐特快車，讓自己看起來高雅些。特快車從台北到蘇澳只在幾個大站停靠，車廂豪華、舒適，青春貌美像空中小姐的服務員殷勤地為旅客送茶、遞毛巾，她們穿著藏青色有腰身的套裝、窄裙、腳上的高跟鞋看起來更加婀娜多姿。後來列車層次不斷推陳出新，金龍號、莒光號、自強號一一出現，套句台灣俚語：有名「號」到無名，民眾也極為捧場，一票難求，有時還會買到「自願無座」呢！車速增快，誤點的情形明顯改善。不過，每個車廂的「飛快車小姐」不見了，茶水、熱毛巾的「沙密思」也取消了，服務品質比起二十幾年前的特快車反而倒退。

4.

那個年代火車從松山、八堵一路下行，沿路山田、陵地交錯，遠處山脈猶然蒼鬱一片，瑞芳、侯硐、暖暖、四腳亭一帶產煤區，天空終日灰濛濛。我從車窗往外看，經常目睹礦坑災變的第一現場，驚惶失措的家屬一面奔跑一面哀嚎，用白布覆蓋的罹難者遺體有時就放在鐵道旁邊。火車快速行駛，沿途景色閃爍模糊，但這一幕幕人間慘劇，仍令人怵目驚心。八〇年代以後，我坐自強號快車回宜蘭，八堵、瑞芳以下，侯硐、三貂嶺、牡丹坑、雙溪、貢寮、福隆皆過站不停，直接進入宜蘭縣境，鐵路沿線一片祥和，很少再見呼天搶地的場景。原以為礦場安全已做到零變故，「地下」工作人員的生命有了保障，後來才知道一連串舉世震驚的大礦災，奪走數以百計的人命之後，才使這項夕陽工業進入末路，北宜線之間幾個僅餘的礦場也因而封閉。

火車起行，牽動社會的大脈動，堪稱近代文明的生命線。聳立在台灣鐵路線上的大小火車站都有幾十年的歷史，有民眾太多的共同記憶——歷史的、空間的、生活的。六〇年代到七〇年代的每個台灣人都能見證火車的一段變遷史，目睹經濟奇蹟帶動社會繁榮的時刻。但另方面，也經歷台灣從國際社會一步步退縮、慘不忍睹的困境，以及社會日益開放多元的戲劇化過程。

七〇年代初期的一個夏季，我剛從大學畢業，趁著入伍當兵前的二、三個月空檔，收拾簡單行囊，沿著縱貫線由北而南，一個鄉鎮接著一個鄉鎮，美其名曰「田野調查」，事實上是旅遊兼訪友。為了節省經費，也為了能享受各地的美食小吃，我盡量「出外靠朋友」。白天四處在車站、廟宇、劇團找尋訪談對象，靠兩條腿走路，鄉鎮之間才坐巴士或火車，晚上回到朋友處喝酒聊天。有幾次乾脆夜宿火車站，度過無聊的人生夜暝。我不挑台中、台南、高雄這些建築宏偉、旅客擾攘的大城市車站，以免有礙觀瞻，破壞國家體面；也不找人口較少、設備簡陋的鄉鎮，這裡的車站入夜旅客寥寥無幾，躺在候車室睡覺，極像有路無厝的流浪漢，容易引人側目，甚至有被鄉民亂棒驅逐之虞。

我睡過的火車站有豐原、嘉義、新營和屏東，這些城市的車站略具規模，夜間有不少人候車，睡起來不會太招搖醒目。我先上街遊蕩，夜深時分才進駐車站，坐在候車室看看書報，也觀看形形色色、各有心事的旅客，我看別人、別人同樣也在看我。車站裡的人愈晚愈安靜，最後只剩等待早班火車又捨不得住旅館的人，幾個流浪漢早就旁若無人地在長椅上呼呼大睡，我也不客氣地以旅行包為枕頭，四腳朝天地睡起來。在嘉義火車站過夜時，與一名流浪漢頭頂頭睡同一條長椅，睡到半夜，我突然感覺一陣頭皮發麻，猛然從長椅上跳起來。這位老兄不知何時夢遊似地坐在椅子上，雙眼呆滯地望著方才我躺著的位置，有一搭沒一搭地說話，談不到幾句，倒頭又睡。

5.

「火車已經到車站，阮的目眶已經紅，車窗內心愛的人，只有期待夜夜夢。……」

前幾年這首哀怨動聽的台語流行歌風靡大街小巷，人人琅琅上口。〈車站〉的旋律、曲風與詞曲意境其實與五、六〇年代的流行歌〈台北發的尾班車〉、〈離別月台票〉、〈哀愁火車站〉、〈最後火車站〉大同小異，題材皆以火車站爲背景，描述難分難捨的男女私情，東洋演歌味濃厚。這類流行歌曲多抄自日本歌曲，但歌詞內容卻反映當年台灣社會環境與青年男女的感情世界。眾多的農村人口湧向都市，田莊兄哥或鄉下姑娘坐火車到繁華都市打拚，生活不免辛苦、寂寞。小小台灣從南到北，一趟火車要坐半天，與情人、朋友電話聯絡不方便，沒有大哥大，更沒有E-Mail，只能靠書信往返。情侶相約車站見面，倘若一方臨時因事牽絆，或有人作梗，另一方孤零零搭車離去，從此天涯海角，再見面人事已非。

不管是〈台北發的尾班車〉吟唱的：「……不願露出心傷悲，離開夜都市……」；〈離別月台票〉裡的：「料想伊會來生氣，講阮無情無義……想要等到離別時再見面表明阮心意，到如今未得見……」；或者是〈哀愁火車站〉的那一段自艾自怨：「愛慕著一個女性跳出家庭、無意假愛假情，枉費阮心情……」；還是〈最後火車站〉透露的：「彼時講出的言語，你敢放忘記，白色的目屎也流落在鬢邊，車窗外燈光光閃爍，即知來到異鄉的都市……。」這類歌詞讀起來千篇一律，俚俗、口語，但哀怨的旋律由過來人口中唱出，句句都是現實生活中可能的無奈。所有在都市底層打拚的青年男女唱起「最後火車站，不知在何方。」必然心有戚戚，目眶已紅，眼淚揮不停矣。

台語歌曲流行的年代，社會仍以國語文化爲正統。台語歌不會在電視節目出現，也不會在機關、學校或都市文化圈流行，只能在理髮廳、冰果室或鐵工廠的收音機裡聽到。在知識分子或青少年學生眼中，台語歌曲庸俗不堪，不屑一顧。只有鄉村青年、理髮師、女服務生、車床工人和他們的顧客才會把這些歌曲唱得如泣如訴。同時代的國語流行歌曲極少有「火車」、「車站」相關的題材，就算有之，也是像美黛唱的〈飛快車小姐〉那麼輕快、充滿青春氣息：「飛快車小姐！飛快車小姐！我要下車再見了。」國語人生命中的火車、車站經驗與台語人截然不同，彷彿身處兩個世界一般。

九〇年代後期的〈車站〉內容仍不脫「傷心」、「眼淚」，叫人有今夕何夕之感。網際網路的日新月異，國際交通便捷，打長途電話像蹲在門口與鄰居聊天一樣，每個城市的外來人口皆占相當高比例，萍水相逢盡是他鄉之客，「流浪異鄉」、「出外打拚」，甚至「老死他鄉」早已成爲必然的常態。坐火車離鄉背井的落寞感不再，也毋庸唏噓，火車趕不上，包車也可以；一時失約，打個電話就知道原因，在現代資訊時代，一個人要隱藏起來不被愛人尋獲並不容易，時空因素能造成悲劇才眞是奇蹟。

不管是鄉土的情愁，或是帶點贖罪的心情重新面對過去，九〇年代唱台語歌曲，其實也是一種時髦與流行，與二、三十年前簡直不可同日而語。不但電視綜藝節目經常演唱，卡拉ＯＫ、

KTV裡點唱不絕，沒有族群、階層之別，想唱就唱，歡喜就好。也因爲時代的開放，火車、車站不再只是失戀與離情，或是男性、女性的傷心地，偶像歌手用輕快、活潑的氣勢，也能吶喊「火車火車行對佗位去」的心情，它爬山過嶺，要給出外的人飛向一個繁華的世界，不再是哀戚的車站送別。

〈車站〉的演唱者、詞曲作者傳述火車站悲愴，只能說是感情上的懷舊，很難找到什麼原創性，內容也缺乏客觀的說服力。然而接二連三，〈夜快車〉、〈再見車站〉不絕如縷，彷彿火車、車站的情愛世界永遠是他們生命中創作的重要來源。〈車站〉能夠紅透半邊天，固然有強說愁之嫌，但也證明火車、火車站的深入人心，反映人世間的種種苦難與無奈，以致許多人在資訊時代仍跳脫不出農業時代的情感模式。

6.

都市現代化像一列火車汲汲營營向前行，許多日治時期的歐式建築或木結構車站面臨被歷史淘汰的命運。愈是大城市，位於市中心的老火車站愈被視爲妨害現代化的都市之瘤，紛紛被拆除重建。大部分的車站隨著鐵路電氣化、環島鐵路網的完成功成身退，它原來的容顏只能出現在老照片，或存在少數人的記憶中。新火車站愈來愈國際化與商業化，格局美輪美奐，一個比一個雄偉，能容納的旅客數量倍增，寬闊的建築空間也帶來商業暴利。然而，已非昔日民眾生活中的火車頭了，就如同一向親近的友人、鄰居原本可隨時隨地喝茶、暢談，自從他們飛黃騰達之後，侯門深似海，彼此親密的關係相對降低，甚至逐漸形同陌路了。

反倒是一些偏遠的鄉村小站（如勝興、泰安舊站），不需要承擔社會進步的壓力，而有喘息的空間，算是「山川留此洪荒作移民世界」的歷史反諷。這些小車站提供現代人尋幽、懷舊的機會，也繼續作爲城鎮的地標與象徵。雖然不能保證永遠不被拆除，但至少有些老車站已因文化資產法及地方共識而獲得保存與重生，並爲寧靜小鎮帶來文化上的自信。

人們每天睜開眼睛，都覺得世界時時在進步，從慢車、平快、特快車到各種名號的超級快車，令人目不暇給。看起來鐵路事業蒸蒸日上，全景一片大好，然而仔細思量，未必如此。不管如何，社會的進化就如行駛在鐵軌上的火車，即使再久、再累，也得努力往前爬行。台灣高鐵時代的來臨已是大勢所趨，無所避免。那麼，站穩腳步，擺一個瀟灑的Pose，蝦米都不驚，大膽向前行吧！

（本文原載於《馬路遊擊》，九歌出版）

藍山咖啡因

1.

我每天習慣喝一杯咖啡，成為生活中重要，而且必要的休閒與享受，心情好再來一杯，心情不好也再來一杯，陪朋友再續一杯更是天經地義。不過，再怎麼喝，也只是一至二杯，不敢喝多。

因為只能喝一、兩杯，所以什麼時間、什麼場合喝什麼樣的咖啡成為生活中的選擇，也是難得的堅持。這並非我有什麼高明的品味，也不代表我對咖啡用器或燒煮過程特別考究，只因為我喝咖啡這件事一貫動作很大，容易令人側目。我所謂「品味」，只是一副「不喝會死」的德性，且非手調咖啡不喝；加上曾經在巴黎待過幾年，喝過拉丁區的左岸咖啡，看來格調很高、咖啡因中毒很深的樣子。其實，我除了會張口之外，對咖啡認識不深，也沒什麼興趣去了解，只要燒出來的咖啡合乎口味，便欣喜萬分。就像喝茶一樣，根本分辨不出箇中三昧，只要不太差的包種或凍頂烏龍茶就能牛飲一天，請我喝一兩上千元的冠軍茶簡直糟蹋。

我通常把一杯美好的咖啡留待在午後享用，而吃午餐的快樂就是包括飯後這杯咖啡在內，這份期待足以讓整個早上都充滿希望。不過，有得就有失，當一天分量的咖啡喝盡，面對漫漫後半天，不免有些失落感，彷彿生活頓失目標，又沒有多嘗一杯的勇氣，只好期待明天的來臨，以便品嘗午後的那杯咖啡。這樣周而復始的生活，跟有人每天定時吃維他命丸或正記消痔丸，並無太大不同！有時對自己個性保守與思維僵化，覺得真是窩囊，甚至懷疑自己是不是雙重人格？否則念書時代每天想孔想縫，找尋各種玩樂的機會，連從住處走到學校都不循正途，每天穿叉巷道，走不同的路徑，製造各種場景，爲何喝一杯咖啡竟然如此食古不化？就像開車的毛病一樣，飆車我沒有才調，既沒膽量，也無見識，更沒有技巧；但叫我慢慢開又不甘願，於是車子跑起來，忽快忽慢，一下停一下衝，遇到前面車子緩緩行進，更感不耐煩，於是不斷變換車道，像醉漢般在幾個車道蛇行，這幾年台灣交通特別混亂，一定跟我這種爛手上路有關。

咖啡裡的咖啡因容易讓人精神亢奮，朋友一起喝咖啡，營造浪漫、熱情的氛圍，更是喝咖啡的最好理由。但許多人從不喝咖啡，反而更加健康美麗，有了健康美麗同樣可以找到浪漫情調。就算咖啡讓人陶陶然，也不是誰喝咖啡的歷史久，喝得多，誰就有這樣的感覺。有人喝了一輩子咖啡，就像在喝苦藥或感冒糖漿一樣，表情痛苦不堪。喝咖啡有時代表一種階級、身分，日本時代台灣都會的咖啡廳，具有文藝沙龍性質，氣氛浪漫高雅，中產階級、文藝青年、大家閨秀到咖啡廳喝杯咖啡、聽聽古典音樂，既前進又時髦。大稻埕的「波麗路」就是一例，到今天這家歷史悠久的咖啡廳，仍是富貴人家聚會談天，安排相親的好去處。但不是每家咖啡廳都有這種傳統與風格，五、六〇年代的人要單純喝杯咖啡，只能到大飯店附設的咖啡廳，要不然得到西餐廳，其他出現「咖啡」兩個字的地方，不是專供情侶幽會的純喫茶，就是類似摸摸茶，有咖啡女郎特別服務的摸黑咖啡。前者屬男女幽會的地方，後者則是色情場所，兩者性質不同，皆屬醉翁之意不在酒，離喝咖啡的原意甚遠，在這片幽暗的小天地，喝的是什麼咖啡，很少人在意。有一家「意大利咖啡廳」至今仍在萬華老社區屹立不搖，堪稱歷史悠久的摸黑咖啡，屬於需要國家保護的一級「古蹟」了。那個年代的血氣方剛男士，大多有些人生初體驗，沒有去過咖啡廳，也去過純喫茶。若兩者皆無經驗，那麼只能用「聖人」或「敗腎」兩個字來形容了。

如果拿咖啡做標準，世界上只有兩種人，一種是喝咖啡的人，另一種則是不喝咖啡的人。這句幾近廢話的廢話用來形容咖啡與人的關係，其實有它的道理在，喝咖啡的人是指喝上癮、不喝難過的人，可喝可不喝基本上就算不喝咖啡的人，這是從「量」來計算；如果以「質」來區隔，就可以分成會喝咖啡與不會喝咖啡兩類，前者是眞正講究氣氛、有高品味的人；後者當然是指對咖啡沒有鑑賞力的人，不管他有再多的規矩，說得嘴角全波也是枉然，我每天喝咖啡，「咻咻」幾聲，就把一杯香濃的黑水灌到肚子裡，在行家眼裡，一定被視爲煮鶴焚琴的不會喝咖啡之輩。

2.

我正式喝咖啡是在大學畢業以後，算來已經二十幾年，說長不長，說短也不短。如果連青少年純喫茶時代算在內，喝咖啡的資歷就更久，可說比大一新生喝過的水還多了。最早我對咖啡絲毫不挑剔，連沖泡的即溶咖啡都喝得自得其樂。有一段時間還喜歡附庸風雅到武昌街的「明星」叫杯咖啡，像大作家般一坐就是半天。事後回想，「明星」的咖啡簡直平淡得像加糖的洗碗水。那時台北街頭「蜜蜂咖啡」、「優西西」這類日式小咖啡館開始流行，價格平平，坐在吧台看店員磨咖啡豆，用蒸餾器燒咖啡，頗有幾分臨場感。在咖啡館裡，我多半點綜合咖啡，我相信它大概就是這家店的招牌咖啡，喝了準沒有錯。後來去了法國，不能免俗地喝起巴黎咖啡來。在這個擁有數萬家大小咖啡館的城市，連喝咖啡的姿勢都有分級，價格也不同，站著喝比坐著喝便宜三分之一。我每天出門先找一家咖啡店，站在吧台前喝一杯濃烈的Expresso，吃一個牛角麵包，跟穿著整齊的服務員隨便聊幾句，幾乎沒有一天例外。回到台灣之後，剛開始仍然到有濃縮咖啡的地方，慢慢地覺得這樣的小杯咖啡脫離巴黎的生活環境，喝起來只有苦澀而已，於是又恢復喝綜合咖啡。

我家附近的百貨公司內有一家咖啡專賣店，除了賣咖啡豆及咖啡燒煮器材之外，也做外場。客人坐在吧台前的高椅喝咖啡，價格比一般有店面的咖啡館低廉，大約僅是蜜蜂咖啡的三分之二。我因爲地利之便，常到這家咖啡吧喝杯綜合咖啡，一杯六十元，喝完就走，前後不超過十分鐘。這裡的女店員很會招呼人，沒多久就能叫出客人的名字。有一天我邊看報紙邊喝咖啡，一位圓圓胖胖的女店員說，她們有一種優待券，每本一千元，可以喝二十杯，等於每一杯咖啡五十元而已，女店員特別強調：「任何價位的咖啡都可以點。」我當下搖頭表示沒興趣，她略帶神祕地說：「你今天喝的這一杯咖啡不算錢，我請客，買一本吧！」白喝一杯，等於九百四十元買二十杯，我突然有「賺到了」的快感，買了一本寄放著，以免遺失或忘記攜帶。店員在封面上寫上我的名字，她說以後我每喝一杯咖啡，她就自動撕下一張。

我仔細看看這家店的價位表，大部分的咖啡像摩卡、曼特寧、巴西都是六十元或六十五元，只有藍山咖啡和一種特調冰咖啡七十元，我不清楚這些咖啡有何特點，僅知道價格高低反應貨品價值。我先鎖定目標——最貴的藍山咖啡和特調冰咖啡，但我對冰咖啡興趣不大，藍山成爲我的最佳選擇。儘管我根本不知道藍山到底是哪一座山？這家咖啡吧燒出來的藍山是好是壞？卻從此變成這家咖啡吧的常客，點最貴的藍山咖啡。這裡的藍山喝起來有點酸，但還能接受，因爲我也不知道藍山的眞正味道是什麼。久而久之，也就習慣它的香味與濃度，每天偷閒來咖啡吧，隨手一揮：「藍山」，確實很快樂，也很享受。

咖啡吧的生意不惡，經常高朋滿座，但是女店員三天兩頭就換新面孔。唯獨那位年輕、福相、好說話的女老闆始終沒換，而且出現的次數越來越多，差不多就是老闆兼店員。聽說她把咖啡吧賺的錢轉投資別的生意，但做得並不好，只好回到本行，把多餘的人力辭退，自己下海，以便多賺一些。她聒噪得讓人有些不耐煩，但很會兜攬生意，她請的女店員也個個能言善道，常用苦肉計博取同情。每逢月底不管我的票券還有多少，她們就要求我再買一本，使業績能到達領獎金的標準。咖啡券一多，人就像被套牢一樣，有空檔就想來光顧一杯，經常一天二次，急著要把票券花完，好像喝得越多，賺得越多似的。

我一直不清楚到底寄存多少咖啡券，每隔一段時期，老闆娘總會提醒我：「邱先生，你的咖啡券快用完了，要不要再買一本！」

我很自然地反問：「還有幾張？」

她拿出我的咖啡券算了一下：「五張。」

「五張還很多啊！」我說。

老闆娘把圓滾滾的身體貼著吧台，用手肘撐住上半身，張開雙掌捧著圓臉，很曖昧地說：「你一次買二本我多送你兩杯！」

我有些心動，還沒做出回應，老闆娘已滿臉笑容連連出招：「如果一次買五本，送你六杯好了。」接著像跳樓大拍賣似的，叫得很乾脆：「如果十本，就送十三杯。」我本來想回應：「如果買二十本是不是連妳的人一起贈送？」不過，這句話在嘴裡就吞回去了，我怕這位老闆娘告我騷擾，或率性回答：「一言爲定」就慘了。我說：「送十五杯我就買十本。」這是以進爲退，隨她要賣不賣。老闆娘一副面有難色的樣子，不過二秒鐘就露出笑容，爽快地答應：「好了，老顧客特別優待！」我掏出一萬元，她收下錢，拿出一疊咖啡券，一一寫上我的名字。

兩百多杯咖啡要喝到什麼時候？把它倒在浴缸大概可以做漂黑美容吧！我想。

3.

這家咖啡吧所屬的百貨公司位於鬧區，人來人往，很容易遇到熟人，寒暄幾句，順便邀請過來喝杯咖啡，共襄盛舉。我突然覺得自己像這家百貨公司的公關經理，用免費咖啡招攬顧客，並提醒他們不用客氣，儘管享用，彷彿咖啡券是自己印製，或地上撿到似的。我對他們只有小小的要求──請點藍山咖啡或特調冰咖啡，讓我感受一點精神勝利。這樣的熱情邀約，幾百杯也是不堪一喝，咖啡券很快用完，我並不知道其中自己喝了多少？朋友幫忙喝了多少？

我最後一次，也是購買最多的一次是在某一年的聖誕節，胖老闆娘笑咪咪地說：「好消息，好消息！我們公司慶祝十週年，三十本算二十本價錢，你用二萬元就可以買三萬元的咖啡，很划算。」我算了算，眞的很划算，一口氣買了二萬元的咖啡券，還讓胖老闆娘請一杯。一週之後，胖老闆娘告訴我，他們公司擴大營業，可能換到東區的一家大百貨公司，咖啡券繼續有效。我只顧喝自己的藍山，沒注意她的話語是否有玄機，她看我沒什麼反應，又丟了一句話：「還不一定會搬啦！」

每天在百貨公司小咖啡吧台喝藍山，習慣成自然，有時和朋友去外面餐廳叫咖啡，也依然如此。藍山在每家咖啡店的價格，幾乎都最昂貴，動輒一、二百元。老闆說這是因爲它只生產在西印度群島牙買加五百到一千公尺多霧的山上，產量極少，飄洋過海到台灣，價格當然貴，我有些慶幸自己獨具慧眼，年久月深已然賺了不少錢。喝慣了高價位的藍山咖啡，所有三合一沖泡咖啡或疏淡的美式咖啡都讓我嗤之以鼻，不輕易嘗試，以免影響每天享受咖啡的質與量。喝杯合味的咖啡帶來輕鬆、愉悅，但逐漸地也讓自己勢利起來，用咖啡看天下，自然目光如咖啡豆。每次到鄉下出差，都花時間找尋當地的咖啡店，找不到咖啡店，只能到那些氣派大、裝潢粗俗的西餐廳，咕嚕咕嚕灌完一杯燒煮的咖啡了事。那幾年常跑中國，一切都能適應，傷腦筋的是沒辦法享受一杯香醇咖啡，即使像廣州、昆明，甚至北京、上海的大飯店亮出來的咖啡表竟然只是麥斯威爾、雀巢……。後來我發現當時全中國最好的咖啡在麥當勞，這裡的大碗咖啡我原本不屑一顧，但在中國旅途中竟成爲我的最愛，唯一的理由，只因爲它是煮出來的咖啡。

有一陣子因爲工作忙碌，很少到我的專屬咖啡吧，後來再走進百貨公司時，發現它的內部格局全部更動。原來的咖啡吧和周圍幾個供人吃喝的小攤不見了，取而代之的是出現在另一個角落的咖啡吧，不過店名、老闆、店員皆與原來不同。我坐在吧台前高椅上，點了一杯藍山咖啡，付上現金八十元，也許是心理作用，覺得這家味道沒有原來的好，還是應該到東區的百貨公司找胖老闆娘喝咖啡才好。不久之後我兼學校行政工作，在校時間增加，午飯常在辦公室吃個便當了事，很少到外頭用餐，專程去咖啡店的機會也相對減少。

午餐可以隨便打發，飯後的咖啡仍舊不能敷衍。

我忘了事情是怎麼開始的，是助理們本來就有喝咖啡的習慣，順便爲我燒一杯，而後變成習慣兼傳統；還是從頭到尾都是應我的額外要求？總之她們很命苦，在忙碌的工作之餘，還得爲我準備咖啡。她們不見得人人喜歡喝咖啡，但爲環境所逼，不得不勉爲其難。一位可憐的年輕助理很討厭咖啡，她說喝咖啡會讓她的皮膚變黑，利尿會讓她頻頻上廁所；她大概已從我身上的膚色印證了自己的看法，所以儘管燒煮咖啡，但要她喝一口，抵死不從。

我辦公室燒煮咖啡的裝備一應俱全，助理煮的咖啡大體合我的口味，我不知她們是如何做到的，大概是不斷研究、「會診」與忍辱負重的結果吧！我沒注意她們為何知道我偏好藍山口味，也許我曾經告訴她們，所以藍山成為辦公室的招牌咖啡，在助理人員新舊交替的時候，還列入移交項目，燒咖啡也成為新進人員的基本訓練。當然，也有可能助理發覺我的咖啡品味並不高明，喝什麼咖啡粉，如何燒、如何煮都不清楚，青菜一杯看起來黑黑的咖啡，就能把我擺平。

4.

那家咖啡吧搬走之後，我一直沒去它位於東區商圈的新址光顧。新地方與原址距離其實很近，坐車不需五分鐘，走路大約一刻鐘可到，但因與我工作地點不同方向，除非刻意，平常不太有機會到那裡。我大部分的時間都喝辦公室咖啡，也逐漸習慣它的口味，常對熟悉的朋友誇稱，全校甚至全關渡地區最好的咖啡就在我的辦公室。話說得誇張，表示我對辦公室咖啡的自信，另方面也證明關渡地區的確沒什麼咖啡店。而後學校幾個科系的辦公室紛紛添購燒煮器具，自創咖啡品牌。對我而言，他們的咖啡皆非對手，連美術系那位留學巴黎，並有法國餐館實戰經驗的系主任，所督導出來的咖啡也不過爾爾，他常找我串門子，目的很單純，就為了喝我的藍山咖啡。

有一次，與同事在忠孝東路聚餐，酒足飯飽之餘，突然覺得機會來了，邀大夥到東區的這家百貨公司喝咖啡。「待會大家都點最貴的！」我一面帶路，一面提醒他們。我們在百貨公司樓上樓下到處搜尋，總算找到目標，也瞥見一位面熟的女店員。我數了一下人頭，「十二杯藍山！」其實，朋友們並非個個喜歡咖啡，也不是人人愛喝藍山，但客隨主便，由不得他們，大夥邊喝邊聊，也算賓主盡歡。結帳的時候，我老神在在地告訴女店員：「用我的咖啡券！」女店員愣了一下說：「你沒買我們的咖啡券。」我急忙解釋：「我以前在中興百貨買的，你也在啊！」女店員回答：「沒錯，可是老闆換人了，以前的咖啡券我們不收。」我幾乎要火冒三丈，指著店員的鼻子說：「你們咖啡店的招牌也沒換，你也是從那邊過來的，怎麼不認帳。」女店員立刻變個一臉無辜的表情，直說對不起，她只是一名店員，做不了主。爭論了半天，沒有結果，最後，在眾多友人面前爲了表現偉大的情操，不好爲難她，鼻子一摸，心不甘情不願地付錢了事。

從此，我不再買任何咖啡店的票券，更少到外面喝咖啡，多半是在學校享受我的招牌咖啡。我不喜歡到市區喝咖啡，除了工作上的理由之外，另一個原因是傳統小咖啡館逐漸消失，取而代之的新型咖啡連鎖店如雨後春筍般出現在台灣街頭，形形色色，價錢很便宜，顧客端著盤子，喝大杯的咖啡，看起來十分機械，雖然吸引大批新世代的消費者，我卻一點都提不起興趣。後來學校校園內開了家小有名氣的餐廳，我常去吃飯，順便也來杯餐後咖啡。老闆遞來咖啡目錄，很有自信地問道：「你點什麼？我的咖啡包你滿意。」

「藍山！」我制式的回答。老闆笑了，一副「你點對了」的信心。

我啜飲她端來的咖啡，覺得有點酸，濃度也不夠。「味道怎麼樣？」她站一旁問我，似乎在等我的讚賞。我直言他們的藍山並不好，還比不上我辦公室的咖啡。老闆有點沮喪，但仍不放棄堅持，她說：「可是很多人都喜歡我燒的咖啡。」

她講的也許沒錯，但與我的口味卻有一些差距。後來試了幾次，亦是如此，老闆曾建議我改喝曼特寧或其他什麼的，我沒有接受。我忠於自己所認定的「原味」，寧可隨便點個薄荷茶，也要把這杯飯後咖啡留在辦公室享受。

有一次飯後，老闆要我再試一次她煮的咖啡，這次的咖啡顏色較深，味道聞起來也較重。我撕開糖袋，倒出半包，再加一個奶球，攪拌之後，啜了一口，覺得味道十分香醇，正是我喜歡的藍山咖啡。我用手勢請老闆過來，稱讚這次的咖啡燒得眞好。

「眞的嗎？」老闆笑了，彷彿沉冤終於昭雪，眼睛都亮了起來。「那麼以後請你記得，你喜歡的咖啡不是藍山，是曼特寧！」她正色地說。

我喜歡喝曼特寧？我怎麼不知道。回辦公室後，我問助理，我們平常都買什麼咖啡豆，助理一臉茫然：「不清楚唷！」「我不是都喝藍山嗎？」我問。她搖搖頭，囁嚅地說：「我們一直都是隨便買的！」

（本文原載於《馬路遊擊》，九歌出版）

生活風景

1.

上一輩的人沒有見過大場面，但知道馬路不是給馬走的路，而是提供人、車，甚至貓狗雞鴨共用的生活場景，先來先贏，戲棚下站久人的。人騎馬在路上奔馳，應該是十分古早的事，要不然，只有電影才會出現的畫面。我小時候所謂馬路其實就是泥土路或碎石路，車子經過都會激起萬丈塵沙，一下雨更是泥濘不堪。即使如此，人們有事沒事還是會往馬路跑，洗衣、煮飯，甚至休息、睡覺，人車爭道、雞犬相聞。兩旁人家飯吃到一半，聽到街頭聲響，知道又有熱鬧可看，往外一衝，整個人端著碗、拿著筷子，已站在馬路中間了。這種場景聽起來像遙遠中世紀的天寶遺事，其實四十年前台灣社會仍然保留這樣的生活寫照。

在汽車還不十分普遍的年代，牛車、鐵牛、腳踏車，甚至人拉貨物的離仔卡都可算車。有車的人家代表生活有了保障，也顯示某種身分地位，出門就像擺鑾駕似的，極其風光。馬路有寬有窄，就算彎彎曲曲繞過羊腸小徑，最終還是豁然開朗地與廟埕、亭仔腳相連。這條線路不是虎口，而是民眾的生活空間，也是串連里社間的人情動脈。馬路上到處可見一攤一攤、一擔一擔的流動小販，供應各式各樣的零嘴、飲食。許多人站著、坐著、蹲著，不管姿勢，也不在乎吃相，捧起食物就大快朵頤起來。縱使塵土飛揚，路邊攤生意照做，顧客也百無禁忌。當時民眾的衛生習慣的確比較青菜，「請勿隨地吐痰」、「請注意公共衛生」的標語到處張貼，與「檢舉匪諜、人人有責」、「反攻大陸、解救同胞」的宣傳口號相互輝映。在教育普及、注意養生、重視環保的今天，如此「不識字兼無衛生」的現象早已一去不復返。不過話說回來，骯髒吃，也會骯髒肥。生活單純，不曉得深思熟慮的人，有時反而諸法皆空，自由自在。

我童年時代常一早打赤腳出門，上學、遊戲、放學，沿著馬路串連生活動線，很像在吃電力公司的頭路，負責計算馬路兩邊電線桿的總數，母親就常用「算電火柱」數落我的無所事事。我好像爲顧三頓而勞苦奔波的人，回家時通常全身污垢，晚上洗腳丫都得用上鬃刷，才能塵歸塵、土歸土。洗淨之後，換上乾爽的汗衫，與玩伴拖著木屐「踢躂，踢躂」四處夜遊，興之所至，木屐往牆角一擺，又在馬路巷弄之間穿梭。一夜下來，滿身髒臭，睡覺前還得再來一次塵歸塵，土歸土。

後來大部分的馬路翻修成柏油路，看起來乾淨，也好走多了，但夏天太陽照射，柏油加溫，路面隨著滾燙起來，光腳走過，黏仔膠黏著腳，邊走邊跳，像長了什麼見不得人的花柳病似的。

我小時候一直搞不懂，生活明明如此野趣，爲何出現在課本圖畫的小朋友，大多整潔、乾淨，穿鞋襪，一副知書達禮的模樣，他們到底是哪一國人？

馬路是青少年生活學習的場域，其實也是大部分家長對子女「放牛吃草」的原野。所有學校教育、家庭教育付之闕如的，都得在馬路學習，馬路也像教室一樣提供孩子們的成長空間。這應該是一種習慣，或者，是一種權利吧！每個人從小到大的成長過程，似乎就如一塊海綿，永不停歇地吸收外來的水分，不分潔淨或污穢，一切概括承受。然而，缺乏一段家庭、學校的演練過程，立即投入鮮活生猛的社會戰場，著實需要勇氣，也需要運氣。有人韌性十足，愈戰愈勇，有人進退失據，失去方向。對我而言，各種馬路上的新鮮事物，不分青紅皀白，只要出現在我的活動場域，就會成爲生活的一部分，不管它帶來的是驚嚇或快樂。

我常覺得自己很幸運，從小到大沒有面臨太大的壓力，或許說不知道什麼叫壓力，因爲很少被迫做非做不可的事。這並非意謂我的人格特質有何天賦異稟之處，原因在於凡事只求平安，不添福壽，考試六十分，便心滿意足。這種心態由來已久，但不代表我一直處於「玉不琢、不成器」，無人「教示」的狀態。我的雙親一如全天下偉大父母，每天耳提面命、念茲在茲，要我守規矩、有耳無嘴，食人八兩，還人一斤，長大之後做一個「有用的人」。而「有用的人」，並未嚴格限定，也沒有標準規格，只要平平安安，快快樂樂，不常向他們要錢，不給家裡添增麻煩，就是「有用的人」了。如果長大以後能賺錢奉養，讓他們在左鄰右舍大聲講話，就算今之孝子了。確立了目標與原則，我與父母之間各自表述，就沒有明顯的衝突或代溝可言。就算有代溝，阿公煮鹹，阿嬤煮淡，各煮各的，也不會引發衝突。

與父母的期望相比，學校、課本裡的聖賢或老師口中的偉大人物，對我就太過遙遠了。這些古聖先賢從小氣宇非凡，志向遠大，唐詩三百首、四書五經早就背得滾瓜爛熟，而後報效國家，抵禦外侮，建立豐功偉業。大部分的學童因這番教誨而見賢思齊，確立人生方向。但對不才如區區在下，卻如對牛彈琴，這些神蹟給予我的，不但不是鼓勵，反而是洩氣。課本裡把偉人故事講得愈生動，我愈感動，也愈想效法。可是認眞計算自己斤兩，發覺除了司馬光打破缸、蔣公看魚力爭上游沒有技術問題之外，其餘都有相當難度。想著想著，覺得一生無望，不禁怨嘆：爲何命如此？

2.

教室裡的氣壓高高低低，很容易造成目眩、嗜睡等毛病，這種症狀不一定要看醫生，只要跑到操場、馬路呼吸新鮮空氣，立刻覺得精神爽朗，不藥而癒。我發覺生活的自在是對空間、環境的熟稔與和諧，掌握空間環境，就能掌握生活。而人與空間環境的互動，因人與時空而異。我小時候滾遍故鄉的每條馬路、巷道，有時步行，有時跟著車子跑，牛車、三輪車、鐵牛、離仔卡皆成爲「玩」具，生活也隨之流動。車子對我而言，彷彿有些人性，也成爲檢驗生活環境的指標。「與車共舞」的親暱感不完全來自車子本身，而是它出現在我所熟悉的馬路與巷道。縱使巴士、火車這些現代交通工具不能像鐵牛、離仔卡供我驅馳，但坐在裡頭，空間無限延伸，原來目光如豆的視野也為之開朗。我因而喜愛接近這種龐然怪物，聞聞巴士排氣管散發出來的柴油味，以及火車頭冒出的煙硝味，或者沿著鐵軌步行到他鄉外里。這些別人視為無聊、危險的舉措卻是我童年重要的娛樂與消遣。

而後到城市讀書、工作，進入新的生活場景，到處都是車輛與行人，熱鬧滾滾，但車子並不認人，每一部看來都冰冰涼涼，有時卻又兇猛無比。也許從小在馬路遊戲慣了，我對五顏六色的紅綠燈標誌、人行道線條始終缺乏戒心，走在馬路上猶然大搖大擺，要過就過，想停就停，忽略它像捍衛戰警般聳立在城市空間，隨時監督我的行動。我彷彿從泥土中硬被拉拔起來，渾身不自在，從未發覺人與空間的距離如此遙遠、人與車子的關係如此疏離。與車輛間缺乏感情的連結，代表對這個城市的環境無法掌控。走上城市街頭就像進入虎口，一不小心，就可能栽個大觔斗，而且成了妨礙城市交通，阻礙社會進步的一塊爛石頭。

有很長一段時間，車子看不起我，我也看不起車。我不但沒有車、不會開車，也不想了解車。我所知道的汽車分做四種，大巴士、拖拉庫、計程車與「自家用」，如此而已。高級車、廉價車、新車、舊車一視同仁，有關車輛的類型、結構、性能、價格也一無所知。從來不知道一部會跑的四輪車，還有那麼大的階級與學問。不過，坐大巴士、計程車，或在別人的轎車上，環顧四周，總覺得那些四處竄動的車輛，正急切為台灣找出路似的，忙得吧吧叫。而義無反顧、勇往直前的駕駛人則掌握了社會脈動，爭取時間，努力為台灣拚經濟，更讓人不由得產生一股敬意。

城市的馬路有如各方競逐、寸土必爭的戰場，也是追逐社會腳步的場景，沿著馬路走一趟，就像進入一個大賣場。到處都是貨品生態展示櫥窗，不但立刻取得簡便的生活資訊，也提供民衆觀看自己的一面大鏡子。從頭到腳，能不能跟得上時代，逛逛馬路立即知道。每個人的生活背景不同、目的不同，馬路意象互異。不過，就算是阿三哥、大嬸婆進城，亦可從城市生活中獲得成長的經驗。我就曾在城市的馬路上學到前所未有的人生體驗，藉著這面照妖鏡看到自己的德性，努力革除「罄竹難書」的不良習慣，好讓自己有教養些。雖然其中大多屬於「國民生活須知」的範圍，但別人的一小步，就是我的一大步了。

隨便舉個例子吧！以前出門，披件外套、穿上拖鞋，已隆重地像要參加國宴似的，現在非得穿戴整齊不可，據說這樣子才算有禮貌。雖然在旁人看來，所謂整齊，不過是衣服、褲子、鞋子等基本搭配齊全而已，邋遢的樣子一看就知道是從鄉下來的。

有一段時間我喜歡打電動玩具，經常穿著拖鞋到住家附近百貨公司內的電動玩具店打一、二個小時，習以爲常，從不認爲打電動還要注意穿著。直到有一天在另一家百貨公司內的餐廳吃飯，看到有人穿著拖鞋進進出出，不禁皺起眉頭，心生厭惡，忍不住對同桌友人說：「這個鄉下人穿拖鞋到餐廳，實在難看……。」話還未說完，猛然想起：「我自己不也是這副德行嗎！」

以前我有事沒事就到戲院晃蕩，等待任何混進戲院看戲的機會，就算不能如願以償，瞧瞧「看板」，看看劇照也十分逍遙自在。長大之後，雖然已有購票的能力，但仍保留「看」戲院的習慣。有一次經過西門町，順便逛逛電影街，看看近期放映的電影海報。無意間瞥見一位六十多歲、西裝筆挺的男士，在某家電影院門口東張西望，像在掃巡什麼目標似的。離他幾公尺處有位年輕女孩靜靜站在戲院角落，似乎正在等人。男士盯著她打量片刻，隨即趨前在她耳際悄悄說話。只見女孩又驚又怒地大聲叫吼：「不要臉！」男士若無其事地走開。目睹這一場景，我愣了一下，很快就了解是怎麼回事。而後我看到戲院前衣著整齊的中老年人，總想到釣美眉的西門町怪叔叔，也想到自己以前在戲院前溜達的模樣，在旁人看來，應該是一丘之貉吧！我不自禁地「呸！」了一下。

雖然城市改變自己長年的生活方式，但有些特殊癖好並未因而消失。例如吃路邊攤的習慣，我一路走來，始終如一，而且愈吃愈有心得，從不覺得它骯髒、庸俗。有一次在夜市吃炒米粉，有部車子絕塵而過，頓時捲起一堆灰塵，眼睜睜看著那碗米粉籠罩著塵沙，不禁一陣反胃，整整一個星期不再碰路邊攤。不過，幾天之後，又故態復萌，經常流連夜市，與各路人馬擠在一起了！

3.

封閉的年代，馬路也是談情說愛，「散步行街路」的好地方，平凡中自有浪漫，所以才會有人在中山北路行七擺——也就是走七遍的意思。一條馬路值得如此流連、回味，必然充滿情感記憶，特別雙邊關係混沌未明之際，與自己喜歡的人上街，藉著過馬路，拉拉小手，根據身體的化學變化檢驗彼此。雖然可能會錯意或誤判情勢，但最起碼，在那個關鍵時刻，人生充滿希望，溫暖無比。這種古早人純純的愛，已經像青春小鳥一去不回，現在就算有個女人（或男人）讓你扛著、背著或抱著逛街，也不代表特別意義了。

我雖無法掌握城市空間，依然常用兩隻腳走透透，再遠的路途也不在乎。有一段時間在國外生活，住所離學校將近十公里，步行要一個多小時，車程只需十幾分鐘。我常捨棄便利、快速的公共巴士，寧可安步當車。爲了避免走這一趟路變成例行公事，我常在兩個定點之間的大街小巷任意穿梭，並隨時變更行進方向，盡量不走相同路線。雖然距離略增，但路線不同，路況、景觀也不同，每一段路程都可能有新的發現。有時碰見社區民眾搬家大拍賣，家具、日用品擺滿一地，免不了光顧一下，看能不能撿個便宜。有時發覺某一家人的組合十分特殊，例如黃黑、胖瘦、高矮對比強烈，立刻引起我的八卦聯想，漫長的路途因而新鮮無比，毫不覺得勞累。尤其黃昏時節，景色怡人，沿路走來，心情更佳。偶爾停下腳步，選擇路旁的咖啡館小歇，觀察周圍，有意無意聽聽旁人談話，雖有摸魚打混之嫌，但覺得人生眞是快樂逍遙。有時候路走岔了，問問旁人，順便小談兩句，別人熱心指點，你也誠懇致謝，簡單一件微不足道的小事，就可找到人跟人之間難得的善意，整天的生活感覺格外愉悅。

社會環境不斷地變遷，城市馬路與路邊風景也經常更換，就拿首善之區的台北市來說吧！街道永遠坑坑洞洞、圍圍堵堵，一副每天都在「大興土木」、爲城市動美容手術的樣子。大小工程製造噪音、污染，也造成交通混亂，給民眾生活帶來不便。不過，一切好商量，施工單位只要豎立一塊牌子表達歉意，市民就能共體時艱，見怪不怪。這時候我不得不欽佩市民的高度修養了，也許大家都把城市當作自己的故鄉、自己的母親，希望故鄉更美麗，母親更健康。有了偉大的目標，一切犧牲、奉獻都是應該，而且值得。尤其抬頭看到捷運在馬路半空呼嘯而過，猶如飛龍在天，更讓人額手稱慶，大喊：美夢成眞了。

若干年前我到日本廣島遊玩，第一次看到這座曾淪爲人間鬼域的南方城市，感覺自己正走入歷史之中。老廣島人多半已在那場災難中喪生，現在的住民多是戰後從外地移入者。除了聳立在市區的和平紀念館爲歷史作了見證，也保留城市共同記憶之外，廣島與其他日本城市相較，並無明顯的異常。行過街頭，舉目所見，人物景象一派祥和、有秩序，令人很難想像半世紀之前，城市歷經一場人類史上的空前浩劫。偶爾在路旁看到用柵欄圍住的小工地，才知道他們正在興建地下鐵，以便迎接一九九四年的亞運。爲了不影響城市交通與民眾生活作息，施工單位多利用夜間趕進度，車子在地面奔馳，底層則加緊施工，各行其是，互不干擾。任何時間從市區走過，幾乎察覺不出一項巨大的工事正在進行。如果在台北，大概非得把整座城市弄得一場亂，不足以顯示工程偉大，就好像歷經劫難的人，如果沒有呼天搶地的哀嚎，無法表現千古冤情似的。

4.

大部分的人一出生就注定一輩子奔波勞碌，汲汲營營，而後日子在彈指間溜過。朝起夕落、春去秋來，形貌、心境的變化，未必自知，別人的眼睛卻是雪亮的。我小時候面對仰之彌高的威權老師，或飽經風霜的鄰居歐吉桑，總以爲他們已經七老八十了。後來估算，其實他們當時的年齡不過四、五十歲而已，比現在的我還年輕。以前對老教授的刻板印象就是皓首窮經的學究，或像電影或小說裡穿長袍、咬著煙斗，一副仙風道骨的老翁。現在公教人員並不好混，屆齡就必須退休，留在校園中的「老教授」差不多就是我輩中人了。

我警覺自己在青少年眼中，大概就如當年印象中的老歐吉桑或老教授吧！生活超過五十年，依古人的標準，應該「知天命」，了解上天的意旨，順應自然的稟賦。換做別人，早已成熟穩健，扮演一派宗師，開口閉口天人合一，要不然也天宇殺機。爲何自己猶是不長進的老小孩，與三十幾歲也沒太大差異，說思想停滯毫不爲過。追根究柢，或可歸因從小行爲差池，誤交損友，可是仔細一想，好像也不好說誤交損友，因爲自己本身常是別人的損友。

不過，隨著年紀漸長，經驗增加，看待人間事的角度、胃口還是有些不同。許許多多年輕時代視爲理所當然、新鮮有趣的事，有如鏡花水月，再也沒有機會，或者沒有興趣捕捉了。我更能體會做人的確不簡單，甚至可說是一件偉大的事。因爲每天面對那麼多人、那麼多事，應付那麼多的人與事，讓腦神經都快打結了。打開電視、攤開報紙，形形色色、推陳出新的社會百態紛紛出籠，令人眼花撩亂。且不說什麼「創造宇宙繼起之生命」的大學問，光是盤算如何平平順順過一天算一天，都得費點心思。

生活或許就如吃飯，說容易很容易，說難也難。到底怎麼吃飯，吃什麼飯，富貴貧賤、環肥燕瘦，人人標準不同。可是每個人都必須吃飯過日子，成大功、立大業的人需要吃飯，遺世獨立或遊手好閒、孤苦困頓的人何嘗不然。不管吃的是五星級飯店或路邊攤，燕窩魚翅或粗茶淡飯。就算僅僅爲了苟延生命，也不是人人理所當然，想吃就吃得到。每個人總得磨練生活的勇氣與智慧，才能在愈來愈擠壓的風塵中找到他的「人本」，找到他的立足之地。

人生短暫，譬如朝露，小人物的海海人生，承擔不起古聖先賢所賦予的重責大任，一步一腳印，漫長而辛苦。能夠了解眾生皆苦，輕鬆以對，在枯燥、困阨生活中自得其樂，堪算是一名智者了。一般人視智者猶如聖賢，對我而言，所謂智者，無需大智慧，也不必具備大財力，只要讓自己活得快樂、有尊嚴，就受之無愧了。如此智者，或許只是社會賢達所謂的鴕鳥心態，或阿Q式的精神勝利，甚至視之爲民族劣根性。可是人生在世，並非個個皆含著金湯匙出生，也不是人人都有堅強的意志，能克服困境，成就自己。絕大部分庸碌之輩所追求的，只是起碼的生命價值，若無一點阿Q精神或鴕鳥心態，日子豈非更加難過？

舞台上的戲文和「講古」的人常說「人生如夢」、「人生如戲」，這兩句四字眞言，聽起來茫茫渺渺，很難用科學、邏輯分析。畢竟每個人生命歷程不同，價值觀也不同。如果人生如夢，那麼，很多人每天都在夢遊，有些自由意識，也常身不由己；如果人生如戲，每個人都得扮演角色，隨時裝腔作勢，也隨時調整自己。

（本文原載於《馬路遊擊》，九歌出版）

哥哥妹妹與他們的表演事業

1.

第一次跟這對陳姓兄妹見面，就留下深刻的印象。妹妹急迫地推銷她的理念，滔滔不絕，唯恐話一停頓，我人就會走開似的。她告訴我，南管不但是中國現存最古老的樂曲，也是世界最美好的聲音，她立志要讓每個人都喜歡上這種音樂。那時我三天兩頭就會遇到擁抱傳統的文藝青年，久而久之，聽到熱血沸騰的談話反而興味索然，很想打瞌睡。眼前這位穿著棉襖，一副仕女模樣的年輕女子直覺又是一位熱愛南管的基本教義派。對我而言，「南管」有時等於「難管」，復興南管就如高喊光復大陸一樣，有些空洞與不切實際。可是她說得堅定而有自信，讓我不忍潑她冷水，只好靜靜聽著。一旁的哥哥瞇著小眼、滿面笑容地聽妹妹高談闊論，好像在分享妹妹的偉大成就。我記得那天他只講了一句話：「我全力支持她，花再多的錢也要幫助她！」這句近乎八股的話，他說得俗又有力，後來我發覺他常把這句話掛在嘴邊。

兩兄妹經常在台北的各種文化場合連袂出現，哥哥算是妹妹的保鑣兼祕書。他長得武頓粗獷，跟妹妹的白淨秀氣成明顯對比。兩人其實身材相似，五官也像極了，都有一個大頭加上略帶方正的臉。不過，人們很容易爲兄妹兩人的美與醜感到好奇，是不是眞的像笑話所流傳的：兩兄妹的父母在做人時，對哥哥比較青菜，打好粗胚就出產了；而「做」妹妹則比較細膩、厚工，模型完成之後，還有一番磨光的加工過程，所以產品光鮮亮麗。同樣體形，相似的輪廓，兄妹給人的第一個印象，不一樣就是不一樣。

多數人知道妹妹這號人物，是從多年前她成立「漢唐樂府」開始。這個樂團光聽名稱就知道它的主人很「中國」、很「古典」。「漢唐」以演唱古老的南管音樂爲主，但與一般南管樂團不同的，它並非社區子弟的玩票組織，而是一個具有濃厚個人風格的音樂團體。樂團剛成立時，眞正的成員只有妹妹一個人，算是校長兼撞鐘。傳統「南管界」對她的評價不高，雜音很多，認爲她只是好發議論，善於鑽營。若進一步問，到底她的毛病在哪？好像也沒人能說出所以然。簡單說，她只是顧人怨，讓人看不順眼而已。樂團初期的經營並不順利，演出機會不多，樹敵不少，新聞媒體也不太報導這個一人樂團的消息。妹妹說她爲了南管，可以做牛做馬，任何閒言冷語、蜚短流長都能忍受，再大的犧牲也甘之如飴。她每次談到創業的艱苦，就像在唱四句連一樣，悲憤交加，卻又鏗鏘有力。

蹉跎了幾年，「漢唐樂府」沒有明顯的進展，仍然像虛設行號的一人公司，偶爾湊幾個人在一些文化場合演唱，唱完之後，士農工商，做鳥獸散。不過，妹妹有個好處，她不像一般鄉村姑娘，急於婚嫁，也不像一般城市女郎，忙於工作。她念茲在茲的不是名牌衣服、化妝品，不是電影、插花、咖啡，每天一睜開眼想的就是南管。她的時間很多，而且知道以時間換取空間，她所做所爲皆不離南管，包括演唱、做研究、寫企劃，也包括聊天、跟人吵架。我剛認識她的時候，她通常大白天睡覺，一入夜晚就像電影裡的吸血鬼般，神采奕奕，整個人熱情浪漫起來，到處找人談南管，談中國音樂……，從晚上聊到天亮也不覺得疲累。也許是投入過深，妹妹對當時「南管界」的生態頗不以爲然，常肆無忌憚地批評其他南管社團，也花很長時間在跟人打空氣戰，經常搞得謠言四起、各種二手傳播紛紛出籠，妹妹也毫不客氣地四處放話，叫對手放馬過來。

這時候哥哥出現了，他從南部沿著縱貫線北上找妹妹，發覺妹妹一個單身女子在都市生活，容易受騙，決心挺身而出，誓死保護妹妹。哥哥說：「只要我有一口氣在，誰都不能欺負她。」

他們是親兄妹，但在童騃的年紀就兩地分隔，重逢是在十餘年後。

2.

兩兄妹的父親是一個歌仔戲後場樂師，母親則在戲班燒飯，爲演員、樂師及所有工作人員張羅三餐。父親的月琴演奏在歌仔戲界小有名氣，許多戲班爭相延攬，也許因有一身功夫，不怕沒有舞台，他毫不客氣地把九個孩子一個一個生下來。面對一堆兒女，兩夫妻沒有太多的喜悅與成就感，只覺得孩子要來，就讓他們來吧！作為「做戲仔」子女，這群孩子甫出世已注定一生的命運，從小必須隨著父母一個鄉鎮接著一個鄉鎮「過位」，戲班是他們的家，戲院是最豪華的旅館。一枝草一點露，每個人都要走自己的路，也要過自己的生活。妹妹兩歲時送給同樣是歌仔戲演員的姑媽扶養，姑媽自己沒有子女，把妹妹視同己出，但作為「做戲仔」子女的命運依然沒有改變。

後來戲院沒落，原來在「內台」賣票演出的戲班有的改演「外台」酬神戲，有的變成賣藥團，藉表演歌仔戲吸引觀眾，再趁機推銷藥品。有好幾年時間養母帶著妹妹參加賣藥團，在各地廟會、夜市圍地為場，變成道地的江湖藝人。賣藥團流動演出，妹妹上學念書成為遙不可及的事，勉強在小學唸了三年，就輟學跟在養母身邊，把表演當作上課。每逢夜晚，賣藥團選擇一塊空地，利用竹竿，拉起電線，懸掛幾個燈泡，鄰近的婦孺老少自動拿著板凳、長椅條靠攏過來。妹妹和養母稍作打扮，就跟其他演員一起在空地「落地掃」，演起《三伯英台》、《雪梅教子》等觀眾耳熟能詳的戲文。演員時而唱作俱佳地演戲，時而手舉藥品，大聲吆喝，就像電視、廣播節目演到一個段落，就進一段「工商服務」。演員表演只是手段，賣藥才是最終目的。藥品本小利多，如果推銷得好，收入足以支付賣藥團一行十數人的薪水與演出開銷。

養母曾是「內台」戲班台柱，在賣藥團可算主角，但也得跟所有演員一樣，利用表演空檔穿梭觀眾群，軟中帶硬地推銷藥品：「這兩罐賣完，我們整齣戲演下去！」言下之意，藥賣不出，戲也唱不下去了。在賣藥團裡，小小年紀的妹妹有時敲鑼打鼓，有時移動矮小的身軀，拉開嗓門

「這裡一罐」、「那裡一罐」，叫得比誰都大聲。他們賣的主要藥品叫「猴標六神丹」，是由團主親手調製，聽說對治療腸胃有特殊療效。

妹妹隨著養母飄泊，哥哥的情形也差不多。他整個童年都跟著父母在戲班討生活，偶爾也上台敲敲銅鑼，有時則在台下賣賣零食、枝仔冰，說是要貼補家用，不過賺的錢通常顧自己的嘴坑都不夠。跟妹妹中途輟學的情形不同，哥哥倒是把小學念畢業了，而且還考上南部一所名聲不錯的初中，不過他並沒有繼續升學。原因與其說家庭環境欠佳，繳不起學費，不如說家長認為小孩不需要念太多書，趕快工作、賺錢要緊。哥哥大概同意這種說法，不念就不念，但也不打算繼承父母衣缽，靠演戲吃飯。他決心離開戲班，離開家庭，出來打拚，也許他覺得可以像戲劇裡的英雄一樣，離鄉背井，最後總會衣錦榮歸。

哥哥一踏入社會，就在道上大哥身邊學做小弟，跑跑腿，助助威。人在江湖，自然身不由己，經常得為兄弟兩肋插刀，衝鋒陷陣。他的戰鬥經驗隨年齡而增加，最初拿木屐與對方開打，逐漸升級到扁鑽、武士刀對陣，最後則是槍枝伺候，等於一路從石器時代戰到原子時代。聽說若干年前在縱貫線打聽哥哥的名號，還有一些人知道呢！

妹妹送給姑媽當養女時，哥哥年紀還小，難以了解手足分離之苦。妹妹跟著養母浪跡江湖，哥哥也隨著父母飄蕩四方，人海茫茫，兄妹各走自己的路。養母是自己的親姑姑，算來算去，可以說親上加親，但稍稍懂事之後，一股被親生父母捨棄的忿忿之情，油然而生，成為妹妹童年揮之不去的陰影。她埋怨親生父母，也不想見到他們，這對兄妹因而更加無緣謀面。一直到妹妹十七歲時，哥哥的母親，也就是妹妹的生母逝世，妹妹心不甘情不願地隨著養母回來奔喪，才再度回到自己的家。妹妹神情冷漠，正在混兄弟的哥哥卻悲喜交加，他雖然才二十出頭，但已很有江湖氣味，大方地掏出一疊大鈔，給妹妹做見面禮。

妹妹在陳家九兄妹中，排行老么，上面有五個兄長和三位姊姊，但她唯獨對排行第七、大她五歲的哥哥感情特別濃厚，而這位哥哥也憐惜么妹，百般呵護。或許因爲兩人都有一段離開家庭，離開父母的悲淒歲月，同爲天涯淪落人，成年之後格外珍惜兄妹情緣。

妹妹的外型討喜，能說能唱，雖然小學沒有畢業，但自視甚高，喜歡思考，也比一般同年齡的少女早熟。她憑藉自己的表演天分，加上貴人相助，逐漸走出自己的路。她生命中的第一個貴人就是「猴標六神丹」的老闆，他提供廣告，讓妹妹能進入電台做節目，演唱「台灣民謠」，並自編自演《隋唐演義》、《西廂記》之類的說書節目。就在這段時間，妹妹遇到她生命中的最愛——南管，很快就迷戀上這種曲調優雅的音樂，並且以它作爲終身志業。她加入南部一個歷史悠久的南管樂團，學唱曲與琵琶彈奏，進步神速，不久樂團遠赴歐洲表演，妹妹也被選爲團員之一。樂團在歐洲幾個城市受到歡迎，妹妹眼界大開，更加深對南管的信念。她認爲自己所屬樂團過於保守、業餘，不能符合現代社會需求，必須不斷創新，改變表演形式，才能揚名國內外。她的想法與一向把南管當做生活的樂團前輩、師兄弟大相逕庭，得不到認同，雙方難免大小聲起來。妹妹一人敵眾人，「呸」了一聲，毅然離開這個引領她進入南管世界的樂團，獨自一人提著大包小包行李，北上發展，在台北開始一個嶄新的生活，並在三十歲那年，成立一個屬於自己的南管團體。

相形之下，學歷比她「高」的哥哥十足是個老粗，從國小畢業以後就脫離傳統舞台，在五湖四海打滾，角色、身分變化多端，有時是車站前的「叫客」黃牛，有時當賭場經理、有時又搖身一變，成爲圍堵工事的董事長。不管是那種身分，他終日叼著一根菸，一副有錢大爺的派頭。不過，夜路走多也會遇到鬼。哥哥的黑道生涯後來走得並不平順，套句流行術語，就是「事業」遇到「瓶頸」，最後北上投奔妹妹，終於給自己找到「轉型」的機會了。

3.

兄妹在台北會合，以「漢唐樂府」負責人的身分連袂參加形形色色的座談會、公聽會和展演活動，在「文化界」逐漸打開名氣。「文化界」是一個很模糊，也很難界定的行業，怎麼樣才算「文化界」？不外是經常出席文化活動的學者、專家或者擔任什麼協會的執行長、總監……。如此說來，常在各種文化性集會露面，就像被「認證」一樣，成爲文化人的必要經歷。不過，「文化界」沒有圍牆，只要你高興，任何事業都可扯上「文化」。以前有一個金壁輝煌的理容院高舉「文化城」大旗，喧騰一時，後來被一把無名火燒掉，「文化城」也沒了。妹妹的「漢唐樂府」辦理登記時，這個名號已經有人捷足先登，一查才知道某個酒店系列早就預訂了，妹妹的樂團還是在全銜名稱稍作調整，加上古典音樂之類裝飾才順利登記成爲表演團體。

兩兄妹的最高學歷，哥哥是小學畢業，妹妹是小三肄業，他們的專業是南管，從其身分背景來看，勉強算是「民間藝人」。可是一般人觀念中的「民間藝人」都屬外形質樸、鄉土的老藝人，與一般文化人作風不同，也很少參加「文化界」活動，像妹妹與哥哥這般年輕、積極、外型光鮮的人，很難讓人與「民間藝人」聯想。如果拿傳統的民間藝人比喻做老聚落的廟宇，這兩兄妹大概就是新興的私人神壇吧！他們形影不離地在「文化界」勤於走動，打破「文化人」與「民間藝人」間的界線。妹妹努力爭取做台灣南管的「代言人」，哥哥幫助妹妹廣結善緣，與「文化界」搏感情。他經常邀請朋友打打麻將，到「清」的理容院做兩節「馬殺雞」，吃飯、喝酒更是尋常小事。

這種交際場合的哥哥一反平時在「文化界」的沉默，如一尾活龍般，風趣幽默，酒量、酒品奇佳，從不因酒失態，划拳更是一流。他自稱是鳳山「拳」校畢業，乍聽以為是鳳山的陸軍官校學生，原來是鳳山划拳學校出來的。依他的標準，我輩「文化人」划拳，頂多只是「菜市場拳」程度，要贏要輸似乎皆在他的掌握中。哥哥常拿自己的身材開玩笑，自稱是全台灣演「紂王」的不二人選，因為「根據考證」，紂王長相就跟他一樣，擁有五短身材，丹鳳眼外加一個大頭。

兄妹結交的朋友愈來愈多，他們的住處經常高朋滿座，從文化官員、學術機構負責人、學者專家、企業家，都跟兩兄妹建立交情，樂團的名氣也愈來愈大。當然仍有人對妹妹的行事風格不以為然，談起「漢唐樂府」依然充滿不屑。風聲一傳到哥哥耳中，他立即施展江湖那一套軟硬功夫，為妹妹排除困難。他找上對方，面露笑容、十分謙卑地向對方請教，並解釋他們兄妹的想法。如果人家仍然「執迷不悟」，哥哥立刻沉不住氣，滿臉通紅、氣急敗壞地亮出底牌：「你到高雄火車頭探聽探聽，戶口名簿上蓋紅字的人……。」說著說著，竟連自己也笑起來，太久沒有混兄弟啦！

哥哥和妹妹攜手打拚，跟他們住一起的，還有妹妹收養的女兒，三人相依爲命。說到這個女兒，妹妹會像唱台灣民謠一樣，告訴你一個傳奇故事。原來少女時期的她體弱多病，看遍中西名醫，也到處求神問卜，都無法找到病因。後來有一得道高僧指點：病要痊癒，除非「爲人妻」或「爲人母」。妹妹一生的感情世界撲朔迷離，是不是曾經「爲人妻」不得而知，反正她口風很緊，抵死否認，所以「爲人妻」的紀錄空白；「爲人母」部分則具體落實。她打探南部有個剛出生的女嬰要送人扶養，急忙循線找了過去，也許兩人有母女緣，妹妹滿心歡喜，把女嬰接回家中照顧，當了未婚媽媽。「爲人母」以後妹妹的病情果眞好轉，身材逐漸豐腴。更讓她高興的是，這位養女質樸乖巧，長大後成爲小美女，是妹妹的精神支柱，也是她南管事業的幫手。

海峽兩邊開放交流之後，哥哥陪著妹妹以及樂團回到她日思夜夢的祖國，一行人直奔西安，演南管樂夜祭黃陵，妹妹感慨悲歌，涕泗縱橫，黃帝地下有知，一定受寵若驚。妹妹接著以南管的故鄉泉州爲中心，尋師訪友，從閩南、福建全省到全中國，建立其綿密的人脈。這個時候妹妹覺得哥哥年齡老大不小了，決定要爲他討個老婆。她在泉州看上當地一位容貌清秀、身材窈窕，比哥哥足足小了十六歲的南管名家，妹妹直覺這位小姐就是她的嫂子了。有人半開玩笑：「如果拿南管美女跟哥哥配對，豈不是好花插在牛糞上？」妹妹卻信心滿滿，她想：以哥哥優秀的條件，誰被他愛上，誰就有福氣，何況這年頭牛糞何其珍貴。兄妹兩人鎖定目標，把機關算盡，全力搶攻，終於贏得美人芳心，成爲當年海峽兩岸文化聯姻的一段佳話。兄妹迎親時，還邀集學者、專家組一個台灣文化界觀禮團，像迎媽祖般，熱熱鬧鬧地陪哥哥到泉州迎新娘，然後上京舉行盛大婚禮，由當時中國的文化部長擔任證婚人，簡直比高中狀元還隆重。

從中國南管界挖了一塊寶，不但攸關哥哥的終身幸福，更讓妹妹的樂團憑添生力軍，知名度大增。妹妹終日宣揚南管，汲汲營營，月旦人物，固然得罪不少人，但也結交不少貴人。除了那位賣「猴標六神丹」的藥商之外，酷愛南管的著名老畫家堪稱貴人中的貴人，名列「漢唐樂府」的首席大功臣。老畫家出身軍旅，以中將榮銜退役之後，獨自一人隱居近郊，吟詩作畫，寫寫書法，除了外出聽聽南管，幾乎足不出戶。他迷戀南管近乎「癡」的地步，堅信這種樂曲就是周朝的雅樂。對「南管界」而言，南管是供人聆聽、吟唱的，管它有幾千年歷史，只有妹妹認同老畫家的音樂觀。她彷彿找到精神導師，對老畫家執禮甚恭，常向他請益，兩人因而十分投緣。

老畫家澹泊一生，無籍籍之名，不意生命中的最後二十年竟一躍成爲曠世藝術家，其獨特風格的山水畫不但深受藝文界肯定，在國際拍賣市場更享有極高的價格，成爲美術史的一頁傳奇。許多長年認識老畫家的人不禁扼腕嘆息，當年老畫家塗塗畫畫，作品塞滿房間，任何訪客看中意，可順手拿回去「補壁」，想帶幾張，就帶幾張，他毫不以爲意。可是以前大家的眼睛都給蜊肉黏住，竟然不知珍惜，有的還拿得很勉強呢！等到老畫家的作品洛陽紙貴，買也買不起，要也要不到了。妹妹拜畫家爲義父，把他從獨居的髒亂小公寓接過來奉養，近水樓台，得以常與老畫家討論南管事業。老畫家找到南管知音，談天說地有人共鳴，生活有人照顧，應是他晚年快慰平生的美事。老畫家過世之後，妹妹爲他料理後事，成立紀念館，他的大部分作品也歸妹妹所有，成爲推展南管的重要資金來源。這件事免不了讓人羨慕又忌妒，閒話特別多，但妹妹爲老畫家晚年知己，殆無疑問，老畫家樂意幫助妹妹也是不爭的事實，何況老天爺高興讓什麼人中樂透彩，擋也擋不住。

4.

妹妹雖出身寒微，但前半生過得多采多姿，有幾分女中豪傑的架式。她沒受過學術訓練，但跟學者專家談文論樂一點也不怯場。得老畫家眞傳之後，功力大進，居然著手撰寫中國古代音樂的專書。她的學術觀點海闊天空，不著邊際，有時又精細無比。她跳躍式地談論古代音樂，所能說服別人的，不是文獻資料，而是她的自信。她跟老畫家一樣，可算是一個大南管主義者，在她眼中，不論中外古今的任何音樂與南管相比，皆粗俗不堪。當初她把樂團取名「漢唐」，就代表其「復古」的癖好，認識老畫家之後，還恨不得把「漢唐」改成「周秦」哩！我有時喜歡消遣妹妹的長篇大論，勸她好好演奏南管，不要做什麼研究了。她不服氣，打死不退，更加勤快地用略嫌蛇行的字體寫了一堆洋洋灑灑的文章。

有一天，妹妹興致勃勃地告訴我，要用南管來演中國古代樂舞，以印證她的古典音樂理論。

我把她的話當耳邊風，不以爲意，可是沒幾天她眞的「不揣鄙陋」地草擬計畫書，四處尋求贊助。雖然連番碰壁，但毫不氣餒，最後終於得到官方經費補助。有了政府贊助的招牌，等於爲妹妹的樂舞計畫背書。她結合國內重要的舞台技術專家與表演藝術家，加上泉州過台灣的大陸嫂子，把原來用「聽」的南管音樂加上華麗的畫面。於是載歌載舞，服飾豔麗的南管樂舞就這樣出爐，讓許多台北文化人眼睛爲之一亮，驚豔不已。妹妹的樂團從此令人刮目相看，演出的邀約不斷，成爲政府扶植的重要表演團隊，這幾年更常出國表演，名氣益加響亮。妹妹在樂團掛名藝術總監，哥哥則爲樂團團長，兩人在台北「文化界」終於嶄露頭角，占了「兩」席之地。

妹妹從南管音樂起家，而後以古典樂舞聞名，走的是風格化、類型化的表演路線，「假古董」的味道濃厚。在重視多元文化的今日，能夠有一個雅致的表演空間，讓人觀賞到流麗悠遠的南管歌舞，以便「發思古之幽情」，毋寧是可喜的事。其實就算走「復古」風格的「定目」劇場，妹妹的樂團仍居當代表演文化的一環，也永遠有其重要性，她多年的堅持總算有了回報。

至於哥哥，他從地方混混變成重要表演團體的負責人，勉強也算是「黑道漂白」、「兄弟轉型」的例子。他那位來自泉州、本身是南管名家的妻子生了兩個孩子，加上妹妹母女，一家六口生活在一起，應是他一生最幸福的時刻。不過，在這個南管之家，兄妹系譜仍是家庭牢不可破的基本骨架，其親密程度遠超過夫妻、父子、母女的情分，「外人」要跨越兄妹情結，打進這個家裡還眞不容易呢！哥哥常不經意地表現妻子與妹妹在心中的地位：「太太走了可以再找一個，但是妹妹只有一個。」

妹妹何嘗不作如是觀。妹妹的大嫂，也就是哥哥的太太，當初可是自己精挑細選，用盡心機迎娶過來的，連新娘都曾經向親朋好友透露是因爲妹妹才答應這門親事的，嚴格來說，她嫁的人是妹妹而不是哥哥。妹妹也很得意地說：「你知道嗎，她剛來台灣的時候，全身上上下下，從內衣內褲到絲襪都是我買的。」妹妹對嫂子如哥哥般愛護，可是個性同樣好勝、對南管同樣內行的嫂子所期盼的，卻單純只是屬於小倆口的夫妻關係。她如何克服心裡障礙，找到自己在家裡的位置，的確需要一番適應與學習呢！

哥哥因爲年輕時代「付出」太多，這幾年身體狀況略差，爲人處事內斂不少。相反地，早年體質羸弱的妹妹像倒吃甘蔗，年歲愈大身體愈粗勇，成天神采奕奕，有想不完的構想，做不完的演出計畫。她熱中回她的祖國發展幼兒教育，以台商的身分傳播南管福音，並爭取這項表演藝術成爲人類重要文化遺產。爲了完成「歷史性」的願望，妹妹結交一些有頭有臉的中國文化界官員、學者，不但在泉州建立據點，還要在京城成立研究中心，在她推動下，好像眞的有「南管統一中國」那麼回事了。

我很少看到如此親暱的兄妹關係，哥哥一心一意保護他心目中弱小、容易被欺負的妹妹，妹妹則像媽媽般打點哥哥大小瑣事。兄妹情結濃得不容分解。算命師曾經鐵口直斷妹妹的事業愈老愈發，她深信不移，勇往直前。換句話說，妹妹勇於向命運挑戰，部分原因是因爲她相信命運，一旦大羅神仙、密宗大僧、哪吒三太子指示清楚，就全力以赴。我有時擔心妹妹好強的個性與以南管爲己任的想法會拖垮好不容易建立起來的「漢唐」基業。然而，看到她終日風塵僕僕、自信滿滿的神情，好像也不需要旁人杞人憂天。回顧二十年來，南台灣一對小學程度的兄妹在「繁華都市台北」的「文化界」，能靠南管闖出一番事業，成爲新的台灣經驗，實在是異數。就算哪一天六口之家遭逢極大的變局，以其一貫的行事風格，好像都不難找到「漢唐」兄妹模式的解決方法。

（本文原載於《馬路遊擊》，九歌出版）

男兒哀歌

我一直認爲阿坤且這輩子彷彿被開了個大玩笑似的，做人做得很辛苦，也很失敗。他那一夜的談話令我印象深刻，至今都覺得有些悽慘。

這當然是我個人的想法，是不是這樣，只有他最清楚。也許，他認爲自己一生多采多姿也不一定。他平常看起來總是笑瞇瞇的，很少暴怒急躁或愁眉苦臉，再怎麼大條的事，也是嘻嘻哈哈，旁人消遣他、罵他，他只會用更尖更細、更嬌嗔的聲音，回罵一句「死賤人！」或「你家死人！」不容易看出生氣「指數」。不過，我還是相信他的一生是悲苦的，如果他仍認爲他的人生不悲苦，那麼，他大概不知道眞正男人的快樂在哪裡。

我叫他「阿坤仔」，他叫我「哭A」，我什麼玩笑都敢開，就是不敢觸及到他個人「生理衛生」問題——直接講就是性關係。我問他，他一定不會生氣，但就是不好意思開口。也許我跟大家一樣，早已根深柢固地認爲他的所做所爲是不正常的「削死削症」，基於同情朋友，避免尷尬，我不敢觸碰我自認爲的禁忌。雖然如此，有關他的一些八卦與隱私，我知道的還眞不少，都是從蜚短流長中拼湊起來的。

他說他的啞巴兒子要認他那天是大甲媽祖出巡的前一刻，深夜的鎮瀾宮香客大樓內外沸騰，一陣一陣音量高低不一的鞭炮聲、鑼鼓聲顯示熱鬧驚爆點的範圍與人潮湧進的狀況。外面吵雜，裡邊也不得安寧，穿著花花綠綠的男男女女進進出出，川流不息。提供給遠來香客休息、睡覺的通鋪有些像大營房，也有些像菜市場。我坐在他床位旁邊的上鋪，中間隔著一個小通道，居高臨下，可以清楚地看到他。

他打開有航空公司標記的藍色旅行袋，拿出一個阿瘦皮鞋的盒子，先把袋子往床鋪內推，大屁股直落木床，一腿拉到床面，一腿屈膝，像他平常賭「十胡」四色牌的姿勢，皮鞋盒就放在大腿上。

「我那個啞巴仔要認我了！」他邊說邊打開盒蓋，盒子裡面裝的不是皮鞋，而是一堆旦角裝扮用的頭飾與鈿片，另外還有一個小紅盒，他小心翼翼地用手擦擦它的紅絨布外皮。他說話的時候我正忙著看學生遞來的資料，沒特別注意他講些什麼，只覺得他低著頭，有些像自言自語，也彷彿對小紅盒交代什麼。

在這個可以容納兩百人的通鋪，西側兩列雙層床鋪都是來自國立藝術學院的學生，在即將展開的八天七夜「遶境進香」中，學生要演出隨駕戲，就是在大甲與新港之間任何媽祖神駕停駐的地方演戲，這種不分晝夜的流動演戲方式，阿坤旦早已司空見慣。他穿著一件白汗衫，加上半長短褲，算是他的睡衣，也是休閒服，他不演戲的時候經常就是這樣穿著，在喧鬧的香客大樓看起來像極進香的歐巴桑。不過，他這次不是來進香，也不是來演戲，而是來「贊助本團光彩」，專門爲演員化妝、穿戴行頭的，算是藝術學院團的一分子。

離子時神駕出發還有一些時間，有些年紀大的香客早已呼呼入睡，同學則顯得精力充沛，三三兩兩在聊天、嬉戲，沒有人注意阿坤旦的言行舉止。大概看我沒什麼反應，他仰著頭又說了一遍：「喂！哭A，阮啞巴仔要認我了！」

「喔！要認你了！」

「是我小妹跑去問他們，他們親口說的。」阿坤旦繼續說著，淡淡的口氣中有些興奮與期盼。

兒子認父親，這是什麼新聞？我邊看資料邊敷衍兩句，隔了一會，才想到這件事對阿坤旦生命的意義。他從小紅盒中取出一只金戒指，站了起來，趨前貼近我的床邊，伸開一個手掌，說：「八錢，開一萬多，這是要給阮啞巴仔。」我接過他的金戒指，戒指上鐫刻著「福」字，「阮啞巴仔叫做有福！」說話的語氣令人聯想〈慈母吟〉的畫面。

「另外，我也包三萬元給伊。」好像怕我不相信他的大手筆似的，邊說邊從睡褲暗袋裡掏錢。

「要給你太太？」我阻止他掏錢的舉措，他還是把看起來頗飽滿的紅包袋揚了一揚。對他而言，送貴重的禮物給妻小，何等堪值紀念與回味的大事！

「我小妹也問伊，說阿坤要來看你好嗎？伊惦惦著不說話。大概是答應的意思！」他口中的

「小妹」其實是遠房堂妹，祖宗八代親戚，也只有這個「小妹」同情他，有些來往。

阿坤旦說起這件事竟然有些嬌羞，臉上一直帶著微笑，一百七十多公分高的身材在他的世代裡算是相當英挺，即使已經六十多歲，仍然長得細皮嫩肉，體態婀娜，說話輕聲細語，尤其是肥大、圓俏的臀部很難不讓人聯想到女性的柔媚。他在舞台上裝扮起旦角，比女人還要女人。我沒看過中國四大名旦、四小名旦，從他們留下的劇照來看，阿坤旦一點也不稍讓，但論舞台上的成就，卵葩比雞腿，不值別人一根腳毛，連做人的基本條件都因爲角色錯亂而活在人際夾縫之中。

正因爲如此，飄浪多年的阿坤旦能與妻小相認值得慶賀，我也替他高興，故意開玩笑說：「那要快一點給她，要不，過幾天，你那些錢會輸去，或者被人騙去……。」

「不會啦！這些錢存多久你知道嗎？我怎會拿去賭博。」他信誓旦旦地說。賭博是阿坤旦的重要休閒，他不像社會新聞傾家蕩產、賣某賣子的賭徒，反倒像街坊口中不守「婦」道、不顧家庭，被丈夫追著打的好賭懶婦。阿坤旦不菸不酒，也不在意穿著、旅遊、吃喝，畢生積蓄不是賭桌上輸掉了，就是花在交「朋友」，而在「朋友」身上所下的賭注也大於「十胡」。送紅包與買戒指這筆錢就算不吃不喝不交「朋友」，也夠他存好幾個月。

*

我初見阿坤旦其實可以追溯到三、四十年前的童稚時期，地點就在南方澳。媽祖廟或哪吒太子廟一有廟會就演戲，一演戲我就會出現。跟一般猴囝仔一樣，我習慣地戲台上下「進出」，一會兒攀著戲台前沿的梁柱，看台上的樂師、演員，一會兒又溜到台下，看廟前隨時發生的江湖雜藝。阿坤旦隨著戲班來演戲，人一亮相，立刻成爲南方澳人矚目的焦點。

我印象最深刻的一齣戲，他扮演一個賢淑的婦人，言語、動作都高貴，當他的丈夫被敵軍俘虜，堅決不肯投降，即將被處斬，婦人聽到厄耗，立刻懷抱稚子趕到刑場與夫訣別。爲了逃避敵軍搜捕，婦人把自己裝成瘋婦，瘋瘋癲癲地一直闖到丈夫面前，丈夫大驚，生怕妻子受累，佯裝不認識，婦人也裝瘋到底，一對生離死別，卻又不敢相認的夫妻，有一套悽悽慘慘的唱腔與細膩繁複的舞台動作。

我在戲台上抱著大柱，心不在焉地看戲，阿坤旦披頭散髮，黑衣白裙揹著一個大眼睛會眨動的洋娃娃，臉上抹粉塗泥，一下子指天罵地，抓鳥捉蝴蝶，一下子表現眞實情境，悲戚不已。一不提防，他已躡手躡腳地走到面前，杏眼直視，慢慢地伸手，猛然抓住我鼻子，大叫：「抓到了，蜻蜓抓到了。」隨即又轉身面對台下觀眾，瞪著大眼，驀地口出穢言：「卵鳥給你咬！」接著「哎！」嘆了口氣，行雲流水地唱了起來。

阿坤旦的這句髒話在漁港每天都可以聽一百遍，但還是把我嚇了一大跳，「苦旦」講髒話，就跟孔子說粗話一樣地突兀。那天下午的戲演完之後，他脫掉戲服，走下戲台，到廟前港墘臨時用磚頭堆成的大灶旁洗米煮飯，然後煎煎炒炒，爲整個戲班準備晚餐。他的頭部裝扮猶在，腳穿紅繡鞋，長及膝蓋的絲質白褲，既不像大男人，也不像女人，我對他的身世一無所知，卻十分好奇他的性別，與幾個猴囝仔七嘴八舌地猜他是男是女？

我後來才知道，他衝州撞府的野台生涯那一陣子正好「流浪到宜蘭」。那一齣戲叫《斬花雲》，也叫《戰太平》，演朱元璋大將花雲兵敗被殺的故事，阿坤旦演的是花雲的夫人。

我童年時代看見阿坤旦的次數不多，但印象至爲深刻，以致十年後在台北見到他時，一眼就認出這個頭髮鬈曲、陰陽怪氣的人。那時我正進行戲劇田野調查，花許多時間了解各地戲班的演出情形，我特別選擇台北牛埔仔的一個戲班做固定的觀察紀錄，阿坤旦正巧就在這個戲班，他還是一樣的美豔。有很長的時間我跟著這個戲班跑，它到哪裡，我跟到哪裡，看他們如何安排一場演出，如何決定戲碼、角色，演員台上台下的生活態度與觀眾的反應，幾個月下來，我跟這個戲班的每個人都很熟，阿坤旦也不例外。有一次戲班到南方澳媽祖廟演戲，我跟著回來，特別邀阿坤旦到我家吃飯，我媽殷勤接待，轉身低聲問我：「你怎麼認識這款人？」

吃「鑼鼓飯」的「做戲仔」在傳統社會受到歧視由來已久，所謂「第一㜁，剃頭噴鼓吹」。而在戲班裡，這群被人歧視的「做戲仔」卻也看不起「查某體」的阿坤旦。戲班的人談起阿坤旦，語帶不屑，管他叫「阿坤姊」，私底下則叫他「查某坤」，如果相罵沒好話，「腳仔坤」就會出口。「腳仔」的語源我不清楚，只知道形容男性的雞姦行爲。有一次我隨戲班到苗栗鄉下演戲，晚上散戲之後，大夥人各抱各的棉被，在戲台找空隙睡覺，我睡在阿坤旦旁邊，一位年紀較輕的女演員惟恐我不知道似的，偷偷告訴我：「那個人是『同性戀』，你要注意喔！」她講閩南語，「同性戀」三個字卻用國語發音。

阿坤旦的「查某體」來自遺傳基因，還是上帝開他玩笑？沒有人知道，他本人大概也不會知道。如果說是遺傳，他的父親可是十分大男人，在竹南中港開了一家有「粉味」的酒家，娶了兩個太太。阿坤旦的母親是大某，細姨進門之後掌控家庭經濟大權，做了酒家的老娼頭，母親只管洗衣煮飯，還常遭受丈夫及其小老婆的責罵，精神苦悶，藉賭消愁。愈賭愈入迷，最後成了全竹南著名的「賭博花」，「講到賭，伊就氣（去）」，這方面阿坤旦顯然得到母親的遺傳。

阿坤旦從小跟著母親，很少得到父親的關愛，「碰皮」白淨的他對於入學念書沒什麼興趣，卻對煮飯、洗衣、縫衣服這類「查某人」工作十分投入。在日本時代的公學校念了三年，阿坤旦大字不識幾個，就輟學在家幫忙端送酒菜，有時也到附近的金紙行打打零工。在戰後初期的熱烈戲曲氣氛中，竹南子弟團「中樂軒」老早就看上了這個清飄少年，大家都覺得他是個唱旦角的最佳人選。頭人來找他時，母親出外賭博，父親也不在家，對子弟沒什麼概念的阿坤旦傻傻地隨著頭人進了「中樂軒」。

在以男性為中心的子弟館裡，阿坤旦受到地方頭人與師兄弟萬般寵愛，教戲的子弟先生對他特別用心。年輕、嗓音好、扮相漂亮的阿坤旦很快就成為「中樂軒」的當家旦角，在各地的子弟活動中出盡了風頭。「中樂軒」公演時，寫著「祝阿坤旦光彩」的紅紙條從戲棚上一路貼到棚下，大部分賞錢、金牌指名賞他。他的名氣轟動小城，不但鄉里少女知道這個美少年，台北方面都有人為他的聲色所迷倒。阿坤旦發覺舞台上下的生活要比在小酒家送酒菜、金紙行摺紙錢來得有魅力多了，天天都有人圍繞著他，說他人長得好美，戲唱得好動人，他只要一開口，就有人搶著為他倒茶、遞毛巾，阿坤旦從不知道人世間有如此溫情，也不知道扮演女人竟是如此美妙。

每個人都有自己的體質與外形，有女性特質的男人不一定就會女性化。強調「業餘」與「高貴」性質的子弟團，旦角一向由男性扮演，乾旦用小嗓唱戲，在舞台上做出婀娜多姿的體態，拋下戲衫，還不是大男人一個。阿坤旦原本也能像許多乾旦一樣，娶妻生子，安安分分養家活口，從工作與家庭生活中培養男子漢大丈夫的氣概，幸福快樂地過一生。偏偏他從男性世界獲得「擁護」，想從舞台上找到自己，卻也把自己推到陰暗的角落。也許是命中注定吧！否則，他的爸爸為什麼替他取名叫阿坤，阿坤演旦角，自然會被稱為「阿坤旦」，簡稱就是「坤旦」，意思豈不是女人扮旦角？當然與男人扮演的「乾旦」有所區隔了。

*

阿坤旦的十九歲，是生命中的重大轉捩。那一年中秋前後的某一天，被阿坤旦尊為師傅的子弟先生把他叫到房間，說有子弟罕有的祕本要傳授他。阿坤旦高興地進了師傅房間，師傅把門帶上，一本正經地說：「你做旦的唱唸很好，但是楣角還不夠。旦要做好，首先要注意腰部的動作。來！你穿內褲就好，倒下，我比給你看。」他叫阿坤旦脫掉外褲，平躺在床上，臉部朝下，阿坤旦感覺到師傅的手從腰部往臀部遊走，突然內褲被往下拉。「免驚！免驚！」師傅低聲說著，整個人從上平貼著他。

阿坤旦很難評斷這次「痛」的經驗——很痛苦，可是也很痛快。應該就是從這一刻開始，阿坤旦眞正對自己的人生角色產生懷疑吧！

「阿坤仔被子弟仙強姦了」這句話悄悄在「中樂軒」流傳，因爲對子弟先生的尊重，沒人敢把這件事公開。師傅也感覺到氣氛不對，爲了掩人耳目，很熱心地爲阿坤旦撮合親事，對方是中港附近一個客家農村的姑娘，反正父母也不管他，師傅一手包辦下，阿坤旦以「入贅」名分成了親，進入妻家的大門。彷彿爲了印證自己角色似的，阿坤旦自己開起自己玩笑，四年生了三個，不捨晝夜、生生不息，二男二女一個緊接一個地來到人間。

雖然阿坤旦努力地創造新生命，但是，「子弟界」和「娛樂界」的人都知道阿坤旦被師傅強姦，對於圈內朋友而言，阿坤旦彷彿通過什麼資格證明似的，不少人期待他的加盟。

阿坤旦在中港的家庭生活很快就結束，在最小的孩子生下之後不到一年，一個人揹著包袱離開了家庭，臨走的時候跟太太說台北朋友介紹他去萬華的戲院當經理。不識字能做經理？太太有些懷疑，阿坤旦也不多解釋，只一再保證賺錢會寄回來。太太默不作聲，倒是懷中吃乳的么子有福一面認眞地吸吮母親的乳頭，一面睁開大眼看著即將遠行的父親，突然張開雙手，咿咿啊啊地要阿坤旦抱，阿坤旦只看了一下，匆匆忙忙就走了，因爲有一部黑頭車已在巷口等候他多時了。

阿坤旦剛到台北的日子怎麼走過，我不清楚，恐怕也是一段不堪回首的經驗吧！我只知道他到台北一年之後才加入萬華的北管班，那麼這一年他到底怎麼生活？他在等待什麼？工作？感情？不管如何，來台北之後阿坤旦的人生變了顏色，第一個改變是從一個玩票的子弟變成一個職業伶人。到底是因爲熱愛表演，還是爲生活所逼？是生理因素，還是心理因素？恐怕連阿坤旦本人都很難算得清楚。因爲有第一個改變，連帶也產生第二個改變——他從六口之家的男主人變成一個不被六親所認的無名孤魂。

那是一個冷濕的冬季夜晚，多年不見的太太突然出現在阿坤旦的房間門口，阿坤旦正與「朋友」在一起，太太不叫不罵，面色慘白，冷冷地說：「大家都說你做腳仔，我還不相信，今天終於讓我看到了。」說完「呸！」一聲，往地面吐了口水，掉頭就走，大概就是馬前潑水的意思吧！阿坤旦這個形式上的家頃刻之間土崩瓦解，回到中港，再也沒有親人理他了。我曾問阿坤旦，到底他太太看到什麼？他沉默一會，說：「無啊！都是有人在說閒話啦！」

我在台北認識阿坤旦的時候，他已在萬華一個龍蛇混雜的地段住了相當長的時間了。有一次我有些資料問題要請教他，他邀我到住的地方談，我們約好某天黃昏在龍山寺前見面，然後從廣州街、西昌路口拐入小巷。原先車水馬龍的鬧市立刻轉變成詭譎曖昧的場景，沒有綠燈戶，卻有一間間粉紅色門面的餐廳與老人茶室，看起來像住家的房舍門窗緊閉，有些男人、女人站在門前張望。也許剛下過雨的關係，地面泥濘陰濕，我們最後從狹長、陰暗的巷弄進入一棟老式公寓的後門，爬上又窄又陡的樓梯，才到阿坤旦的「家」。「家」的客廳擺設十分傳統，神案上供奉神明圖像和牌位，一位容貌清瘦、穿著黑色網織內衣的老人坐在沙發上抽菸，兩位中學生模樣的少年兀自一旁看書。

阿坤旦介紹老人是他契爸，很照顧他，我略略行禮問候，老人客氣地說句：「請坐！」也不多話。我們沒停留多久，就一起出去找個小吃店，一面吃飯一面閒聊，談一些戲班掌故與表演的技藝。阿坤旦這方面無疑是個最好的報導人，懂得很多，記憶力也奇佳，二、三個小時談下來，收穫頗多。最後我好奇地問方才少年是誰？阿坤旦也不知道，他雖然與契爸同住，但經常在戲棚睡覺，有時好幾天都不曾回家，這兩位少年以前沒見過，可能是契爸新認識的朋友。他說：「我的契爸人很好，常收留在外流浪的年輕人，提供吃住，有時也爲他們出學費。」

我對這樣的善心人士有些不解，他解釋說：「我剛到台北的時候，在朋友家認識他，他邀我搬來與他同住……。」我雖然覺得他們關係有些不尋常，可是不好意思問，就把話題岔開了。當我準備告辭，阿坤旦很殷勤地說：「不要回去了，今天晚上到我那裡睡吧！」我知道這只是一句禮貌話，也感謝他的好意，卻不知怎地渾身不自在。

阿坤旦在萬華的「家」若干年後隨著老人的逝世而解體，阿坤旦也因爲幾位「家人」的排擠離開了這個「家」，轉搭宜蘭的戲班。他曾跟我埋怨這些「害」他的人，他說：「這些死賤人就是怨妒我契爸對我最好！」

*

從大甲回來以後，大概有半年時間我未曾與阿坤旦見面，卻一直掛記他那天告訴我的事，很希望他與妻、子的關係有好的結局，就像舞台上常見的大團圓一樣。可是我總替他擔心，戲劇中的夫妻、父子相認的故事，不論情節再怎麼曲折、過程再怎麼坎坷，都有基本的倫常與規範，而角色易位的阿坤旦想要走上回家的路，恐怕有些遙遠……。有一次回宜蘭，特別到他的住處看他，他坐在床邊，默不作聲，隔了一會，才說：「本來我以爲他們要認我了，結果，哪有啊……。」講話的口氣仍然溫和，卻掩蓋不住罕見的沮喪。

相會的這一天阿坤旦滿懷希望，他特別選在啞巴仔生日當天下午，拎著一盒水果和一個大蛋糕，穿著整齊的花格襯衫與西裝褲，從宜蘭坐了兩個多小時的火車到台北，再轉縱貫線，也是花了二、三小時才回到竹南中港太太的家。太太正在門前河邊洗衣服，昔日的少婦已成老婦，阿坤旦仍然一眼認出，他心裡暗自盤算，已經有將近四十年沒看見她了吧！

「秀花！秀花！」阿坤旦輕輕叫了她的名字。

她沒抬頭，也沒回答，只是更用力、更快速地搓洗衣服。阿坤旦從口袋裡掏出紅包和戒指，揮了一下，說：「這三萬元給你買衣服，手指給咱阿福仔。」

她還是沒應聲，阿坤旦往她身邊趨近，想把紅包和戒指塞到她手上。突然，她搶過紅包和戒指，往阿坤旦臉上一丟，大罵：「夭壽短命，你還有臉回來！」阿坤旦都來不及反應，啞巴阿福仔已從屋內衝出來，指著阿坤旦咿咿喔喔叫嚷著。

阿坤旦愣在那兒，不發一言，想裝個笑臉也裝不出來，等母子兩人進入屋內，並且關上大門了，才把散落一地的紙鈔一張張拾起，稍作整理，用手指沾了舌尖算了一下，還好沒有短缺。戒指被丟到滿布細石的地面，一時找不到，天色逐漸昏暗，他蹲下來藉著屋裡滲透出來的一點殘光摸了半天，好不容易才從河邊的石塊縫找回來。

阿坤旦的天倫之旅完全失敗，回到宜蘭，在床上整整躺了三天三夜。中港的老家沒了，四十多年來的新家又在哪裡？阿坤旦有子有女，子女生的小孩當然也是他的孫子，問題是妻小不肯認他，有家等於沒家。其實在此之前，阿坤旦已有多次被妻子、兒女聯手轟出的紀錄。這也難怪，純樸的農村家庭，即使父親做奸犯科或浪蕩江湖，都不難獲得子女的諒解，但是阿坤旦的名聲卻讓親人深以為恥。元配那天從萬華回來之後，已對阿坤旦恩斷情絕，不但她鐵石心腸，連子女也敵愾同仇。

這一次的相會代表阿坤旦回家的路永遠斷絕，他也認命，雖然還愛著妻子，但無緣就不強求，如果有一天兩人能以兄妹（或姊妹）相稱，他就心滿意足了。至於四個親生骨肉，他的母性光輝始終不曾稍減，尤其是么子有福仔，他有更深的歉疚。他離家不久，有福仔發高燒，家裡沒錢，能拖就拖，終於拖出大毛病。長大以後的有福仔對父親的怨恨超過兄姊，他就讀台北盲啞學校時，阿坤旦曾偷偷來探望，有福仔堅持不肯見面，阿坤旦只能黯然離去。電視連續劇裡，一個為環境所逼、拋夫棄子的可憐母親想念子女的情節，阿坤旦一演再演，但是悲劇永遠演不完，團圓的夢也終生無法實現。

我一直以為阿坤旦有當女人的欲望，這個欲望在現實人生不能達成，才選擇舞台盡情表演女人。有一次我問：「阿坤仔！你喜歡做男人還是女人？」他毫不考慮地回答：「當然做男人！」我以為他開玩笑，但他說得正經八百，不禁納悶，是不是他對男性、女性的基本看法與世俗眼光有所不同。阿坤旦喜歡的男性是什麼樣子？像碼頭工人般的陽剛，或像他這樣的「查某體」？

於是，我自作聰明地「判定」阿坤旦的悲劇來自個人的生理與心理因素，而生不逢辰、站錯舞台也是加深悲劇缺陷的一大因素。如果他生在《品花寶鑑》的時代，不管在茶樓唱戲或被官宦豢養，一定大展狐媚，即使爲衛道人士所不容，還是可以與「愛」他的人在屬於自己的天地過著幸福快樂的日子。其次，如果他能一直站在舞台上，表演拿手的戲曲，扮演擅長的角色，受到觀眾的歡迎，即使人生角色混淆，也永遠能做一個快樂的阿坤旦。不幸地，他成長在庶民性格強烈的台灣社會，又不像豐富創作力的同志藝術家、作家可以擁有自己的一片天空。他只是市井小人物，走下廟會的舞台，日常生活還是要過，他的女性特質與性別錯亂，備受揶揄、捉弄，一步一步被逼入死角，成爲社會的邊緣人。

阿坤旦所表演的北管戲曲在他嶄露頭角的同時，已開始由盛而衰，內行的觀眾愈來愈少，它在祭典演戲的「正統」地位逐漸被歌仔戲取代，一些北管演員只好放棄唱作嚴謹的北管，投入表演風格生活化、即興成分濃厚的歌仔戲。除非像演員平均年齡七、八十歲的台中金鳳班無路可走，才堅守北管陣容。有北管班底的歌仔戲班，白天演北管增加儀式與熱鬧氣氛，晚上就唱歌仔戲，一來輕鬆，二來也能吸引婦女觀眾；女演員的比率逐漸超過男演員，不僅旦角，連老生、花臉都常由女演員反串。阿坤旦是「子弟」出身，沒有「打屁股底」演員那般扎實的表演基礎，只能演端端莊莊，說一是一，沒有廢話的青衣、苦旦，若要演活潑、花稍的小姑娘，便有些滑稽與可笑，更別說花臉、老生這類架式十足的大男人角色了。戲班演北管時，阿坤旦好歹還是個角色，一板一眼地既唱且作。但是，一演歌仔戲，他的角色立刻尷尬不堪，因為歌仔戲不論男、女角色，都用本嗓演唱，不像北管的旦角需「咿咿喔喔」地用假嗓。阿坤旦用本嗓唱戲，不陰不陽、不男不女，一開口就招惹戲班同伴的嘲笑，不唱也罷。

阿坤旦最近幾年都在宜蘭，因為宜蘭班演北管的機會比較多，多少還有用處。不過，戲班的戲路大減，演戲有一搭沒一搭的，就算有戲，他的角色也是可有可無。閒著也是閒著，阿坤旦接管戲箱，負責演員卸妝後的行頭分類、整理，每台戲多領個一、二百元。錢不多，但是這種女人差事毋寧是他喜歡的工作。

阿坤旦最後在宜蘭的日子，與其說演戲，倒不如說是養老。可是，他養什麼老，誰養他呢？他大部分時間住在班主提供的小平房。班主夫婦兩人都是演員出身，雖然不能免俗地鄙夷阿坤旦不男不女的生活，但倒也念舊，對待阿坤旦還算不錯，不演戲時也會邀他到家裡坐坐。阿坤旦很喜歡在家料理家事，接待屬於自己的朋友，他對傳統口味的米食，如九層糕、車輪粿、金瓜糕……這類只有老輩農婦才會的小手藝特別有興趣，也常常做來送給班主與左鄰右舍。他還養了幾隻母雞，放任牠們在空曠的大地四處覓食，雖然老眼昏花，卻能隨時掌握牠們的蹤跡，只要「咕咕！咕咕！」幾聲，就能很快從床底、草叢中抱出大母雞，摸摸雞屁股，很準確地告訴你這隻雞有沒有蛋。母雞生下的雞蛋孵成小雞，阿坤旦拿到市場賣，五塊十塊的像個斤斤計較的村婦。

*

阿坤旦隨著野台戲班闖蕩的一生，彷彿浪跡天涯、追覓知音的生命之旅，只是造化捉弄，他所選擇的最愛常是令他肝腸寸斷的負心人。他在情愛世界的執著與浪漫，就如他在舞台上的堅持一樣。起初，他的「查某體」以及私生活惹人閒話，還可以躲在自己的小小舞台，北管沒落以後，這座舞台漸被拆散，此時他的年華已老，百病纏身，糖尿病、中風、骨折接踵而至。旁人看來，年近古稀的阿坤旦簡直成了廢人，在戲班的地位更加低落，酬勞也每下愈況，演一天的戲才一千出頭，平均每個月演出次數還不到十天，差不多只領「老人工」的錢了。即使當女人的機會被剝奪，阿坤旦還是把握任何演女人的機會，他比別人早到戲台上，按部就班地梳妝、貼片子、敷臉。這時戲班還沒決定演出戲碼，阿坤旦不知道角色，不知道最好，至少可以想像自己是移山倒海的樊梨花或千里尋夫的趙五娘。戲碼確定了，阿坤旦的角色微不足道，怎麼裝扮都沒太大關係，但就算只演一個不重要的婢女，或在主角身旁跟前跟後的旗軍，他的扮相依然「照起工」，也依然亮麗。

阿坤旦生命結束前的那二、三年，我與他見面的機會不多，偶爾見面，總覺得他愈來愈老，面龐雖然秀麗，身體卻逐漸臃腫，動作笨拙，也很少再見他的笑顏。尤其是與妻兒相認的希望破滅之後，彷彿已對生命失去堅持，整個人失去了光彩，與人談話的時候，視線只停留在水平之下，不再像以前一樣，習慣用柔媚的大眼對人說話。他愈逃避，愈令人不忍，我也更不敢面對他，我實在很難拿七十歲、備受糟蹋的阿坤旦與印象中年輕、嫵媚、鳳冠霞帔、身著宮裝的阿坤旦相比。

阿坤旦生命中最後一個戀人是小他四十歲、剛從監獄出來的年輕人。有一次我到宜蘭找他，他正準備豬腳麵線，並在門口燒了一堆紙錢，牽著這位身材粗短的年輕人的手跨過火光，去除霉氣。他認年輕人做契子，契子不太說話，像受了什麼委屈似的，他慈母般忙進忙出，百般呵護。這天的阿坤旦滿面春風，彷彿生命中出現了晚霞，笑得很燦爛，他已經很久沒這樣的笑容了。爲了與契子長相廝守，阿坤旦不避嫌地拉著他到神前賭咒：兩人要相愛一輩子，否則五雷轟頂……。

阿坤旦一直有個夢，能做個賢明的家庭主婦，在家煮飯、洗衣、養雞和做粿食等他的「良人」回家。他一直渴望這一天的來臨，可是「良人」何在？他與契子的戀情大家都不看好，他也有自知之明，卻還孤注一擲。契子無一技之長，他處心積慮地盤算著，賣自助餐、開電動玩具店、擺水果攤，各種謀生的方法阿坤旦都想過，也都有些猶疑。他擔心的倒不完全是錢的問題，因爲縱使阿坤旦晚景淒涼，身旁仍不乏老相好，有些「仰慕者」對阿坤旦的情感依然值得稱頌。一位住淡水的先生腳有些跛，人長得猥瑣，看起來也不像有正當職業的樣子，但對阿坤旦一往情深，數十年如一日。我剛認識阿坤旦時，就常看到他在阿坤旦周圍進進出出，我們談話時，他默默地一旁伺候，阿坤旦說東，他就不敢說西，雖然阿坤旦只是把他看做「伴」而已，這個人卻也死忠到底，三天兩頭就從台北來宜蘭看他，如果眞要籌錢，起碼這個人「當衫當褲」都會傾力幫忙。

阿坤旦掛記的還是契子好吃懶做的個性。他有廟拜到無廟，還特別帶契子到萬華三奶夫人廟找人算命，「如果回中港做水果生意，前景如何？」相士看了兩人面相，算了八字，直批：「大吉」。阿坤旦半信半疑，不過，還是高高興興地到處籌錢了。

阿坤旦與契子關係的最後發展，我後來才聽我的學生秀玲說的。秀玲可算是阿坤旦人生最後的知音，她在學校主修劇本創作，與阿坤旦認識之後，決定以他這個人作爲劇本創作題材。她像一個社工人員，經常找阿坤旦聊天，成爲阿坤旦的好朋友。她告訴我阿坤旦的小男朋友，帶著阿坤旦僅剩的一點錢不告而別，到台北投奔阿坤旦的一個老「同志」，從此音訊全無，阿坤旦整個人因而崩潰。

「這個年輕人連阿坤旦短短的黃昏之戀都給予無情的打擊。」秀玲忿忿不平地說。她特別描述阿坤旦的悽慘景況，「他哭得唏哩花拉，哭一哭，擤擤鼻涕，暫時忘了，眼睛吊吊地傻笑，隔了一會傷心起來，又開始啜泣……。」我不禁想起舞台上他所曾扮演的那位萬念俱灰的花雲夫人。沒幾天又聽說阿坤旦再度中風，他被送進養老院，整個人癱在床上，滿面污垢，目光呆滯，阿坤旦的人生至此可謂生機全無了。

阿坤旦死前的一個月，突然要求秀玲陪他回老家看看，兩人坐火車到竹南，再轉中港，阿坤旦原來的家早已荒蕪，元配在她胼手胝足建立起來的新家，過著平凡快樂的生活，子女皆已婚嫁，長子在南部一家工廠上班，兩個女兒一在桃園一在新莊，自己則與刻印章爲生的啞巴兒子同住竹南。阿坤旦沒去打擾他們，只在秀玲陪同下，到年少成長的幾個地方流連一番，昔日鄰居順口問問：「這是你的女兒？」阿坤旦回答：「不是，是我的學生。」這句話雖然說得有氣無力，卻也有些得意，在阿坤旦觀念中，收了學生的人多少也代表一定的身分吧！

阿坤旦生前不看報紙，不聽新聞，他大概不會知道這幾年「同性戀」議題經常被討論，像同志結婚、小劇場導演罹患愛滋病，都曾經是大眾媒體的熱門新聞，多少帶有淒美的成分，「同性戀」、「同志」也變成充滿中產階級意識的浪漫字眼。但是，這種浪漫對阿坤旦卻是十分遙遠。尊重「同性戀」人權，提倡「同志愛」的人，彷彿與阿坤旦不處在同一世界，他們的文化不是阿坤旦的文化，阿坤旦永遠無緣認識他們，他們也不會進入阿坤旦的生活。阿坤旦與小劇場導演離開塵世的時間相差不過幾天，但沒有人注意阿坤旦的離去，也沒有人惋惜與悼念。在歐吉桑、歐巴桑以及大眾口中，阿坤旦「腳仔仙」的一生齷齪不堪，一定是上輩子做了什麼孽，這輩子才生成這個樣子。

阿坤旦死後沒有舉行喪禮，只有他的「小妹」把他的遺體火化了事，他的子女後來才到班主那裡打聽阿坤旦的相關資料，以便領取喪葬補助費與保險金，雖然有些無情，地下有知的阿坤旦，應該有些欣慰吧！好歹他們來相認了。生命對阿坤旦而言，就是這麼無奈，因爲無奈，他乾脆用生命賭青春、賭明天，這場豪賭使他獻盡所有，最後竟也一無所有。他身後的骨罈孤零零地放在中港附近的一家菜堂，猶如生前一樣的冷清孤獨，我想阿坤旦也無所謂了，就像他晚年在戲台上扮演的角色，不是經常連個名字都沒有嗎！

（原載於《聯合文學》一九九八年十二月號，曾收錄於《南方澳大戲院興亡史》，印刻出版）

海上的橋與路

過橋了

南方澳跨港大橋通車剪綵那天日麗風和、冠蓋雲集，有頭有面的人都來了。一群人從第三漁港的碼頭緩緩通過大橋，到達觸角般伸出太平洋海面的豆腐岬，南方澳的新階段就這樣被走出來了。大橋橫跨的海道是船隻每天進進出出的必經水路，如果從南方澳地形來看，它的整個動線是水路加陸路包圍漁港的大圓形，銜接大海的水路就像檢查視力時掛在牆上的圓形缺口，你一眼遮住，一眼瞪著缺口，比上比下的手往左上角一揮就猜對位置了。

大橋兩端相距雖然不過百公尺，但從一端走到另一端，要繞遍整個南方澳，最後也只能望海興嘆，無法越過水路。有了跨港大橋等於接合了水路的缺口，南方澳在地形上就大團圓了，從此，每個人都可以雙腳或車子走遍南方澳，難怪大家都覺得建設突飛猛進了。官員、媒體更是再三強調，這是亞洲第一座雙叉式單拱大橋，通車之後，南方澳漁港將走向多元化，漁業前景更加燦爛。「雙叉式單拱」是啥米碗糕不重要，擁有亞洲第一的紀錄讓每個人眼睛都亮了起來。

那天我正好也回南方澳，老遠就看到橋前裝置的拱形塑膠圈閃爍著金黃色的剪字：「慶祝跨港大橋通車典禮」。我沒有過去看「過橋」儀式，心想這與電視經常看到的重大工程剪綵儀式應沒什麼兩樣。不過，我也沒有錯失南方澳歷史上的重要一天，夜晚時分獨自漫步到一般人稱「水產」的魚市場，從魚市場經過檢查哨到第三漁港碼頭，登上跨港大橋，從橋中央往兩邊望去，周圍的腹地二十幾年前都還是太平洋海域的一部分呢！南方澳人脫離不了太平洋，不僅大人靠海營生，每個孩童從小到大應該都喝了不少海水，這片海域在許多人的遊戲版圖中也早已留下痕跡。

在南方澳這座海上大舞台，魚市場、造船廠和媽祖廟、「南方澳大戲院」一樣，都是每個人家庭、學校之外最重要的生活場景，也是我童年回憶中最五彩繽紛的部分。每個場景有每個場景的特色，我一路走來，始終不如一，視時空、節令調整方向。通常我以家裡爲中心閱讀南方澳，走「這邊港」的港墘經過媽祖廟到「彼邊港」的末端就是魚市場。到造船廠則是完全相反的方向，從「這邊港」、「神州大戲院」前的華山路走到底，經過碼頭工會拐彎往內埤漁港走，經太子爺廟，就到人煙稀少的造船廠一帶。無論到魚市場或到造船廠，在童年印象中，都是漫長無比的路，連跑帶跳感覺上都要走半天。

南方澳最喧囂的聲音，不是《安平追想曲》描繪的「入港銅鑼聲」，而是此起彼落的馬達機器聲。南方澳上千艘的漁船進出港都得接受檢查哨海防隊的檢查，看看船舶登記證與入出港紀錄，以及船員是否有合法的船員證，最重要的是，跳到船上搜查船艙裡是否有走私毒品、偷渡客、「共匪」的宣傳品……。從海上回來的船隻通過檢查之後，便到轉角的魚市場卸貨，挑高寬闊的市場地面終年濕滑，每天都擺放著奇形怪狀的魚鯊龜鱉以及一箱一簍的白帶蝦蟹，船員的吆喝聲伴雜魚鮮海味在空氣中迴盪著。從各地蜂擁而至的魚販，用一般南方澳人也不懂的音調、手勢爭相叫價，繁忙熱鬧的景氣有些像設在大雜院的股票市場。

魚市場不但是魚貨交易的場所，也是許多南方澳人長年流連的地方，在我的人生記憶中，它的重要性也絕不下於媽祖廟和「南方澳大戲院」，在這裡看人賺錢好像很容易。我念國校時，有些同學人小志氣高，經常到魚市場等機會，漁船一靠岸立即矯捷地跳上船，不管船員同不同意，抓起魚簍就往市場拉，或在大人身旁走進走出，一副忙碌不堪的樣子，等魚貨卸完，船員隨便丟下幾條青花魚，撿起來賣人，就有十幾塊的收入，令我垂涎不已。好幾次想到這裡碰碰運氣，可惜膽識不夠，沒有勇氣上船搶魚簍，看著其他同學忙上忙下，只好撿些冰塊，回去做酸梅冰，或者摸摸鼻子，從檢查哨到後面的海邊游泳「洗渾身」了。

檢查哨下面的海灘是南方澳孩童最常游泳戲水的地方，五〇年代初期曾經被開闢成海水浴場，吸引一些外地的遊客，南方澳人大概從這個時候開始，才知道游泳不只是穿內褲，還可以穿時髦的泳衣、泳褲呢！以檢查哨爲起點，C形的海岸線一直綿延到蘇澳、北方澳。後來聽說是軍事安全的理由，海水浴場廢置，不過，南方澳人玩水的興致不減，每年夏季海灘仍然密密麻麻地人滿爲患。只是海灘上難得看到幾個穿泳衣褲的，南方澳人的「傳統」泳裝是小孩裸身，男人著內褲，女人穿燈籠褲外加襯衫。

我在這裡也敢舉手宣誓，至少在六〇年代之前，南方澳人的日常語彙裡沒有「游泳」這兩個字，我們管海裡泅水叫「洗渾身」，「渾身」就是「身軀」，宜蘭腔唸做「昏蘇」，把游泳叫做洗澡，大概也是「一兼二顧，摸蛤兼洗褲」的意思吧！六〇年代後期，這一帶海灘被開闢作爲木材進出口的小型商港，接著「十大建設」之一的蘇澳港動工興建，北方澳又成爲軍事禁地，原來的小型商港轉成第三漁港，整個海灘完全改觀。而對面造船廠尾端瀕臨太平洋的地帶，也因爲興築防波堤，丟擲不少水泥塊，縱橫交錯，一塊塊看起來像豆腐，沒多久，一個被叫做「豆腐角」的新地理名詞出現了，不過在公文書上被比較有學問地稱爲「豆腐岬」。

以前在魚市場或檢查哨看對面的造船廠、豆腐角，總覺得咫尺天涯，神祕無比。這一帶可說是南方澳最偏遠的地域，住戶稀少，舉目望去，只見海防崗哨，以及零零落落放置在地面上準備整修、打造的船隻，與在船上船下忙著幹活的工人。雖然偏遠，在我童年時代卻經常不遠「千里」而至，打聽新船建造的進度及相關動態，準備在它下水典禮時大顯身手。

每一艘新船下水有繁複的儀式，但孩童最關心的，莫過於新船主人何時會在一陣鞭炮聲中，把一簍簍的包子往人群丟擲。「撿包子」是南方澳孩童最重要的「戰鬥性」娛樂，有如在千軍萬馬之中搶奪敵人軍糧，每個人伸長脖子，張開雙手，想盡辦法接住包子，儀式結束後，還會相互比較戰果，撿不到包子的人宛如戰鬥中被「閹」掉一樣。從儀式性質來看，丟包子應與普渡時道士、和尚「坐座」丟擲糖果、錢幣的意義相似，目的在施捨與超渡孤魂野鬼，搶包子的人等於是餓鬼的象徵了。

說撿包子的人是「餓鬼」也沒有錯，起碼我就是因爲「餓鬼」才會去撿包子，而且道具齊全，有備而來。我的道具是一枝長竹棍上加一個圓框，框架上用魚網織成袋狀，就像捕蜻蜓、蝴蝶的網子一樣。每當新船下水的消息傳來，我就扛著這個網子，率領鄰居孩童，浩浩蕩蕩去新船鵠候，在「撿包子」的混亂狀態中，網子一揮，威力甚大。因爲不知道下水的正確時辰，等個一、二個小時、甚至耗大半天是常有的事。

新船下水典禮丟包子通常有兩個階段，第一階段在造船廠，儀式結束下水之後，新船開到港內，再來一次。我在造船廠的戰事結束後，立刻趕到新船停靠的位置。有時從造船廠可以看到新船停在對面的漁港路前，僅僅一水之隔，但因無路可通，還得繞整個南方澳才能「撿」第二次，內心眞是焦急，惟恐錯過時辰，恨不得天空也能出現一道牛郎織女相會的鵲橋，讓我從造船廠尾直接過橋到魚市場撿包子。現在的孩童大概不會有這種「搶孤」的快樂了，平常零用錢不缺，「麥當勞」、「肯德基」那麼普遍，誰會稀罕紅皮的小包子呢？

有腳就有路

南方澳原是一個沒有橋的地方，要看「橋」必須離開南方澳，在往蘇澳的公路上，就有兩座橋，一座叫「蘇南橋」，一座叫「白米橋」，橋長都不過十幾公尺。童年時代與玩伴相邀走路到蘇澳、羅東，在漫長的路途中，這兩座橋有「指標」作用，從南方澳天主堂出發先過「蘇南橋」，走一段彎曲的山坡路，比「中山北路行七遍」要累好幾倍，走完迂迴的山路，踏上「白米橋」，就算苦盡甘來，進入蘇澳白米甕，也等於接近市區了。從「白米橋」回來的時候也相同，通過蘇花公路管制站的分岔路，往海港方向走下來，到「蘇南橋」就表示回到南方澳了。而在來回的路程中，我們常與拉「離阿卡」的苦力互助互利，在又陡又彎的斜坡，我們在板車後面幫忙，推上平緩的路段，下坡時便可以舒舒服服地坐在「離阿卡」上，運氣好的話，主人可能還會賞賜兩毛錢作酬勞，讓你可以買一枝冰棒。

南方澳沒有橋，並不代表南方澳人不重視橋，許多人的原鄉經驗中，早已有無數關於「橋」的回憶。村莊與其他村莊之間，因河流、斷谷阻絕，十分不便，有了橋就像多了隻腳，人與人之間的交往自然更加方便。造橋與鋪路、蓋廟是深入人心的善事，廟口說善書、戲台上搬演的天天都在講，連往生之後都得有一段過（奈何）橋的科儀。我小時候喜歡看喪禮中的「過橋」，因為就像演戲一樣，師公——「司功」、喪家和地方父老都成了演員。不但「司功」扮演牛頭、馬面把守奈何橋，土地公和曾二娘引領亡魂過橋，地方父老還得客串「詩人」與「司功」在橋頭一唱一和地吟詩作對呢！

以前我不但希望南方澳造船廠尾端到魚市場之間有橋，最好南方澳到北方澳之間也有一座橋，以方便我的巡行計畫。我念國校時，有一年的縣議員選舉，在「南方澳大戲院」內舉辦候選人的政見發表會，一位祖籍北方澳的候選人滔滔不絕地陳述他的抱負：「如果我當選，要建議政府從南方澳建一座跨海大橋到北方澳……。」他話還沒講完，我就拚命鼓掌以示支持，可是掌聲立刻被全場哄笑聲淹沒了。

南方澳與北方澳隔著蘇澳灣遙遙相望，像螃蟹的兩隻大螯控制著船隻在海灣的進出。結束海上作業的北方澳漁船回來之後，經常先到南方澳拍賣完魚貨，才走一個多小時的航程回家，從南方澳可以看到對岸民宅的燈火、煙炊。從來沒有人想過要在兩個漁村之間搭建跨海大橋，就算縣議員在地方有頭有臉，講這種天方夜譚，也會被南方澳人當作笑話。連南方澳人都覺得好笑的事，卻是我童年時代的夢想。因爲北方澳海岸百合花盛開的季節，我經常長途跋涉地從南方澳到蘇澳，再從蘇澳走到北方澳，採擷長滿沿途山壁的野生百合，路途十分遙遠，如果有一座大橋可以從南方澳直接越過海灣到北方澳，不但快捷、刺激，也不需經過蘇北山路礙眼、恐怖的亂葬崗了。

在沒有橋的時代，南方澳的地形山海交互環繞，不是山就是海，靠近山邊的地帶還有小溪潺潺而流，雖然海水污染日漸嚴重，南方澳仍然可以看到花叢樹木，港內的螃蟹也處處可見。那個年代的南方澳孩童在港灣與溪流之間，利用地形地物，創造極大的生活空間，遊戲中也常有漁船、江河的影子。夏季柚子盛產的季節，人們在享用之前拿來當作中元節、中秋節的供品，柚子剝剖之後，柚皮可以放在頭上當「扁帽」，一條條的柚皮像一隻隻的小舢舨，上頭插幾根冰棒棍、香腳當船桅，從最高的主桿往舢舨兩頭拉線，上面貼著一小塊一小塊的色紙當國旗，就可以拿到溪流裡玩新船下水的遊戲了。

如果賭性堅強一點，連衛生紙都可以摺成船做賭具。就拿我自己來說吧！我暑假時在家前面的小溪放幾塊石頭，形成小急流，每一個小急流算一個關卡，就這樣當莊玩起「過五關」的遊戲。「賭客」把家裡的米黃色粗草紙——那時還不流行白色衛生紙——摺成船形，由上流而下，經過激湍，如果紙船淹沒，本莊家把這張濕透的草紙沒收，放在一旁攤開，曬乾之後成爲財產，可以擦拭，也可以拿到學校供晨間檢查用。如果「不幸」紙船連過五關，沒有翻覆，我必須忍痛賠他五張草紙。

其實，沒有橋也有沒有橋的好處，大家習慣安步當車，用兩隻腳到處「走透透」，而距離遠近，也完全憑個人的主觀認知。我小時候有些家住五結的親戚捨不得花錢坐車，經常打赤腳走六、七個小時來作客，而且三天兩頭就來一次，回去還多帶了條魚。再拿豆腐岬到檢查哨、魚市場的距離來看，以前覺得好像從地球頭走到地球尾，可是現在算起來只不過一個多小時而已。人的雙腳天生就是要走路，否則要腳何用？我們平常用「腳」計算人數，想來也極有道理，用「腳」才能表示行動，有榮辱與共的感覺，所以船員叫海「腳」，賭博要四「腳」，缺一「腳」就找人來插一「腳」。像我當莊家在溪邊賭衛生紙，沒有這些孩子「腳」也玩不成了。

進步的條件

如果說南方澳的整體景象與「魚」完全結合，那麼，在意義上也表示南方澳是個有「錢」的地方，難怪以前外地人就用「馬達一響，黃金萬兩」來形容南方澳人的富裕。小說家筆下的南方澳魚季，妓女在山坡搭建娼妓棚，以迎接甫從海上回來的男人，這種情形我沒見過，倒是常聽說漁民到羅東紅瓦厝找女人，老鴇知道客人來自南方澳，毫不客氣地加倍收錢。魚季期間，南方澳到處都是魚，每家每戶的門前、屋頂、曬衣架上全是魚乾、魚脯，連大馬路到港墘也常是一張張草蓆，擠滿大魚、小魚、蝦米、烏賊。魚不但是每家的主要菜餚，有時也成爲小孩子的零食。尤其是飛魚產卵的季節，漁船下網的同時，也在海面浮鋪草蓆，飛魚群被驅趕入網，同時產下大量的魚卵。草蓆上成千上萬黏在一起的飛魚子灑鹽蒸熟之後，大人小孩捧在手掌，大口大口地吃，還發出「騷！騷！」的聲音呢！日本人吃魚子用筷子一小粒一小粒挾著吃，看到這種情形不暈倒才怪！

有魚腥的地方總會吸引大批蒼蠅，「嗡嗡」地在四處盤旋，南方澳人見怪不怪，「垃圾吃垃圾肥」，我上學途中總會在港墘的草蓆上順手抓一把，到學校慢慢品嘗，感覺味道要比家裡的魚鮮美。也許魚吃多了，或在魚市場玩多了，每個南方澳小孩子身上多少都有些魚腥味。初中時代那位教生理衛生，喜歡拿塗滿粉筆屑的板擦猛打學生頭部的「紅鼻子」老師——因爲他有一個紅糟鼻——把每個來自南方澳的同學，都稱做「摸魚屁股」，就是一例。

當然不是所有南方澳人都生活富裕，一家七、八口擠在租來的小房間的漁民大有人在。不過，南方澳誰有錢誰沒錢，很難從人的外貌看出。這幾年南方澳也的確有了改變，原來的三個里已擴大一倍，成爲六個里的行政區域了。衛生方面比以前進步很多，蒼蠅、蚊蟲也漸漸少見了。最值得誇獎的是，南方澳年輕的「讀書人」增加了，家長比上一代關心子女的學習環境，原來侷促在山坡上的國中早已遷移到內埤海邊，面臨浩瀚的太平洋，充滿人性空間的新校舍跳脫一般學校建築的制式格局，頗能開闊學生的視野。也許太過重視子女學業了，許多家長反而不信任本地國中的教學環境，紛紛讓子女轉學到羅東、蘇澳的國中就讀，南安國小、南安國中學童人數正逐年減少中。

每個人看起來都在追逐現代化生活，原來磚瓦平房一間一間改成三、四樓層房，任何一塊小空地都不放過。從日常生活來看，南方澳人漸漸跟台北人生活同步，沒有人再把游泳說成「洗渾身」了，擁有泳衣、泳褲的歐吉桑、歐巴桑大有人在，常隨年輕人到海邊或外地的游泳池「游泳」。雖然沒有大書店、圖書館、美術館、藝術電影院這類都市文明，但只要生活中有各種電器設備，尤其是電視和卡拉OK機，就是進步表徵了。拿電視來說，台視剛開播時，全南方澳有電視機的只是少數大戶人家，他們的門禁較嚴，電視似乎只是炫耀品，沒有開放給大家分享、同樂的氣度。我少年時代都是跑到附近的里長伯家，隔著窗戶窺看他那十二吋的黑白小電視。幾年之後，家裡有電視機了，就像開了小型電影院一樣，左鄰右舍擠成一堆，喝茶、看「電視」。後來電視機跟碗筷一樣普遍，一家比一家大，沒有人願意到別人家看電視了。電視看多了，出現在電視畫面的擄人勒索也讓南方澳人心驚膽跳，生怕小孩被綁架，再三叮嚀小孩不要隨便亂跑，不能跟陌生人說話，大家對台北專家規畫的國中建築也有微詞，因爲「死角」太多，安全堪虞。漸漸地，生活在南方澳的小孩跟台北、台中的小孩沒什麼兩樣，衣食住行被家長妥適地安排，不像六○年代以前的孩童生活空間都是自己創造出來的。

進步，彷彿是不得已的宿命。南方澳從一九二三年開港以來，每天都在追逐進步，所以才會在短短數十年之間，擴充成擁有三個漁港——南方澳港、內埤漁港、第三漁港——的漁業重鎮。對南方澳人而言，所謂進步，最簡單的意義就是不斷吸收新鮮事物，別的城市有的，南方澳也一定要有。因爲進步，所以時間寶貴，人愈來愈貪圖方便，能夠不走路就盡量不走路。平常大家開車、騎摩托車，車子不能到的地方就覺得極不方便，尤其是內埤港和造船廠一帶工廠漸多，首要之務就是讓對外交通更加便利。於是地方政府從豆腐岬和第三漁港碼頭之間的水路上搭建一座簡便的水泥橋，方便來回的車輛。爲了不影響進出的船隻，橋的中座比兩端高出許多，看起來像駝峰，南方澳人都習慣叫做「溫龜橋」，橋通了，從檢查哨、魚市場到豆腐岬一、二十分鐘可到。然而，就在這幾年之間，南方澳的近海漁業萎縮，遠洋漁業興起，船隻愈來愈大，經過「溫龜橋」時，不但船上設備容易與橋面擦撞，也影響海道視線，於是「溫龜橋」功成身退，嶄新的跨海大橋取而代之。

故鄉戀情

從港區看去，跨港大橋宛如海上的一道長虹，北方澳與蘇澳成了背景，乍看還以爲是國外哪一座著名的大橋呢！登上高於海平面十八公尺的跨港大橋中央，眺望太平洋及蘇澳灣內漁火點點，從橋下穿過的船隻劈開海平面，激起一陣陣的白色浪花，不覺心曠神怡。南方澳從此多了一個風情萬種的勝景，不但縮短了交通距離，也提供年輕男女「扇海風」談情說愛的地方。通車儀式這一天在橋上觀景的人不少，周圍的小攤販更多，不全是本地人，有大半是聞風而至的遊客，以及來「賺食」的外地人。我從跨港大橋回家，還不到十點，漁港街道已少有人跡，白天車水馬龍的繁華，入夜隨著觀光客的歸去，反而急速冷清。本地人也許躲在家裡看電視了，連廟前都空蕩蕩地僅剩幾個小攤販，這怎麼會是我熟悉的南方澳？

以前大白天在南方澳走動的人，不是本地人就是外地的魚販，少有閒情逸致的觀光客；一入夜晚，來自各地的江湖郎中、康樂團紛紛出現，大台小台從廟前空地一直擺到港墘，不一定搭台子才可以表演，一張草蓆、一塊塑膠布都可能有意想不到的花樣。也許這些都是「農業社會」的回憶，「古早」的人才有如此悠閒的生活習慣吧！

跨港大橋通車後沒多久，南方澳人又開始煩惱了。因爲半年來南方澳漁獲量銳減，市場冷冷清清，有人把原因歸咎跨港大橋破壞了南方澳的風水。尤其是接近水泥原色的橋梁結構讓人愈看愈不像橋，南方澳人認爲橋要有橋的樣子，圖案、顏色、造型都應該熱鬧些，最好像冬山河親水公園邊的利澤簡橋那樣的鮮紅。在許多南方澳人眼中，跨港大橋看起來如此冰冷，不好親近，有人繪聲繪影地描述大橋通車前夕，工人拆除鋼架時，從橋上墜落海中……。

從媽祖廟回家的途中經過一家雲南老鄉的小麵攤尚未打烊，只有老闆獨自在喝酒。打從青少年時代我就經常在這裡光顧，但很少與老闆聊天。後來他把麵攤交給兒子，自己倒像個客人，常看他自個兒在小攤子擺幾碟小菜，喝起酒來了。我拐進麵攤，叫了碗麵，他對我有點印象，邀請我喝一杯。「我在這裡賣麵都已經四十年囉！」聊著聊著，他回憶在南方澳的前塵往事，也想起他的原鄉。他從口袋掏出一張皺皺的紙條，上面歪歪斜斜地，又圓圈又打三角形，畫的是簡單的昆明地圖。「你看！這就是我老家的地圖。」他指點地圖告訴我哪個地方是滇池，哪個地方是官渡，他家的位置以及周圍的馬路，鉅細靡遺。他一九四九年來到台灣，「我跟著部隊一路來到基隆，下碼頭的時候，孤單一個人……。」部隊隨即到南部駐防，沒待多久，他就辦理退役，隨著大夥人在蘭陽溪河床搬運砂石，有一天來到南方澳，遇著了在理髮店工作的太太，因而改行在南方澳擺攤賣麵，定居下來。如今他有妻子，有兒女有孫子，由孑然一身到今天的一、二十人的大家庭，南方澳成了他安身立命的地方。遙想當年來台那一幕，彷彿「五月花」號遠渡重洋抵達新大陸追求新生命般的悲苦，從少不經事到如今垂垂老矣，恍如南柯一夢，原鄉的一草一木，一石一瓦，在他晚年竟又清晰地浮現。

老鄉低著頭，斷斷續續地說話，似乎有些醉意，他的兒子把麵端到我面前，生怕客人忍受不了父親的囉嗦，半開玩笑地說：「爸！別再說了，你這些話已經講幾百遍了……。」一語驚醒夢中人，我整日回憶南方澳的陳年往事，又喜歡以古論今，大概也是老化的徵兆吧！

（本文曾收錄於《南方澳大戲院興亡史》，印刻出版）

尋找第一個跳脫衣舞的人

大概是深受傳統文化影響的緣故吧！台灣人沒事喜歡比大比久比第一，遠東第一大橋——西螺大橋、亞洲第一巨人——張英武、世界最大的小學——老松國校都曾讓人與有榮焉，甚至連居世界第二名的「人口密度」都像中什麼獎似的。這幾年隨著本土化與社區主義的流行，開口社區、閉口本土，可以比的人、事、物更多了。不但創造社會文化史紀錄的偉大先驅者一個一個被找出來緬懷、供奉一番，一條古道、一個戲偶、一隻豬公或無數阿公、阿婆睡過的老眠床，都可能因為它的歷史、重量而被賦予無限的鄉土情懷。

這裡也有一項「台灣第一」，不知道應不應該提出來討論？

擁有這項紀錄的人沒有第一位醫學博士或第一位飛行員、法官這種傲人的光彩頭銜，她（應該不是他）所創造的紀錄，有些像第一個開「阿公店」、第一個製造「石灰拌荖藤」檳榔口味，或第一個發明「大家樂」的人，依世俗的認知，這項紀錄毋寧是一項罪過的開端，不要也罷，不但不值得聲揚，查出來還要罰錢，向社會「正氣」人士道歉呢！

既然如此，有勇氣承認的人就像砍櫻桃樹的華盛頓一樣勇敢了，不過，台灣能有幾個華盛頓？而且，聽說華盛頓根本沒砍過櫻桃樹。沒人敢承認的紀錄追查起來就困難，困難歸困難，事關台灣社會史一些值得觀察的問題，我還是低聲先問問：台灣第一個跳脫衣舞的人是誰？

誰是台灣第一個跳脫衣舞的人？誰會在乎？

也許「台灣第一秀逗的人」才會關心這個問題。因爲看脫衣舞在乎的是立即的感官刺激，眼睛看到物體，受到刺激，傳回腦部，腦部指揮心臟加速跳動，刺激唾腺。換句話說，現場的視覺與心理、生理感受最重要，就像吃牛排，吃的是眼前那一塊牛排的口感，誰管日本時代哪個人最先到神戶吃牛排！

什麼是脫衣舞？

雖然跳脫衣舞僅僅是小道，不能靠它振奮軍心士氣、反攻大陸，同樣地，也不會因爲它的存在，四維八德、三綱五常就沒有了。不過，它與台灣大眾文化的互動值得注意，有什麼樣的社會，就有什麼樣的人民，有什麼樣的人民就會有什麼樣的脫衣舞，台灣人的文化性格多少可以從脫衣舞的表情形態、舞台氛圍以及演員、觀眾的互動反映出來。早期的歌舞團，無所不包，無所不能，就是沒有表演脫衣舞。這樣清純的特質，爲什麼六〇年代初的某一天，開始有了天旋地轉的改變，歌舞團成了脫衣舞的代名詞，是誰創造了這項驚人的紀錄？

如果你認爲脫衣舞傷風敗俗，不值得關注，也不值得研究，那麼就算了，請你去做你認爲重要的事吧！比如說，逛逛書店，翻翻雜誌，我可以建議你找本《別鬧了！費曼先生》（*Surely You're Joking, Mr. Feynman!*）看看。理查・費曼（Richard P. Feynman, 1918～1988）的傳奇最近幾年在台灣很熱門，不但好幾家出版社翻譯他的傳記，連日前忙於市長選舉，到處跑步、握手、找人唱歌的候選人都同時推薦，可見他的時髦程度，沒有讀過的人很難在日新月異的台北市與人「社交」，有落伍之虞。費曼是一個物理學家，拿過諾貝爾獎，還做過很多有趣的事，可以說是「美國的李遠哲」，這裡先透露一下：他的故事可能讓你對脫衣舞會有另類的看法。

不管是出自偷窺與好奇，或真的被我的說詞感動，你開始覺得「脫衣舞」有些名堂，懷著悲壯的心情，希望了解攸關台灣現代文化命脈的一頁，那麼，就請你先做個深呼吸，吞吞口水，一齊關心誰是第一位跳脫衣舞的人吧！

要探討誰是「台灣第一位跳脫衣舞的人」這個問題，開宗明義，要先了解什麼是脫衣舞？大部分的人——尤其是男人——不管他是冠冕堂皇，或者偷偷摸摸，大概都看過脫衣舞。沒有在鄉下戲院看過，也應該在台北「金龍酒店」或西門町獅子林看過；沒有在台灣看過，也可能在美國拉斯維加斯或巴黎「麗都」、「紅磨坊」看過；即使沒有親眼看到舞台上扣人心弦的表演，最少也見識過電影、電視節目或錄影帶中的脫衣舞了，連錄影帶都沒看過，至少也想過。總而言之，男人不知道脫衣舞是很困難的事，除非你騙人。這玩意光從字面看，用肚臍想，就可以有簡單的概念：在跳舞中脫掉衣服或邊脫衣服邊跳舞。換句話說，它包括「跳舞」與「脫衣」的兩個連續動作，不是單純脫衣，也不是單純跳舞，第一個跳脫衣舞的人，不是第一個脫衣服的人，也不是第一個跳舞的人。

脫衣舞容易讓人有「聯想」或「回想」的空間，一般人談到脫衣舞也知道是怎麼回事，但脫衣舞有脫衣舞的動作與視覺效果，牽涉觀眾的情緒反應，要科學地給台灣的脫衣舞下定義，不見得容易。一個演員穿比基尼泳裝出場表演歌舞，不同於出場之後慢慢寬衣解帶。太太在房間裡打開唱機，邊跳邊舞邊脫衣是否與舞台表演有別？在什麼樣的場合，用什麼的方式脫衣才能算是脫衣舞，或者，脫衣要脫到什麼地步，或穿多少才算數？

這幾年男性跳脫衣舞的風氣也曾在國內的夜總會出現，吸引了不少的女性觀眾，男性的體型、肌肉與生理構造有「阿諾式」的美感，在女客面前表演脫衣舞給台灣女權運動做小小的見證；另外，男性反串女性或所謂「第三性」的邊跳邊脫也擴大了脫衣舞的領域，證明脫衣舞不是女人的專利。我們不得不承認，「脫衣舞」要賦予「本土」的解釋需要花些時間。

浪漫之夜

如果我們先不去管吳王夫差或秦始皇宮廷的歌舞表演，有沒有達到「脫衣舞」的標準，據說，人類歷史上第一場脫衣舞表演是發生在一八九三年二月九日午夜的法國，地點在巴黎一家叫「老四的酒吧」（Bel des Quat'z Art）。一個浪漫的夜晚，一群男女青年正在酒吧裡舉辦巴黎式的狂歡酒會，酒酣耳熱之際，有人起鬨要當晚兩位最受矚目的美麗女孩脫下衣服，看看誰最有魅力。這兩位美女也不拒絕，在喧鬧的音樂聲中，有節奏地暴露出她們的腳踝、大腿與臀部、酥胸，最後她們把身上的衣褲也一一褪去，旁觀者如醉如癡，揭開巴黎脫衣舞史的序幕。

當天兩位女主角，應該就是人類史上跳脫衣舞的鼻祖，其中一位後來的人對她都沒有印象，另一位則不知是幸，是不幸？大家都記得她的名字叫夢娜（Mona），她當夜的大膽表演顯然技壓對手，才會被治安單位帶回警局罰款，並拘留一個晚上，也因爲這場意外的牢獄之災使她一夕成名。眞要感謝夢娜，以及取締她的警察，讓我們牢記人類色情文明史上重要的一天。夢娜的演出其實只是即興地創造了紀錄而已，就像有人一時興起，在街頭「露」一下，還談不上正式的表演。眞正的開始是在一八九四年以後，最早是一群職業舞孃在叫「狂熱的牧羊人」（The Folies Berge）的歌劇院舞台上徐徐寬衣解帶，挑起觀眾的興趣，令治安當局大感頭痛，防不勝防。

不管如何，巴黎的脫衣舞已經走出了第一步，並且逐漸發展，出現一些脫衣舞「名」星，或以容貌、或以動作、或以創意打開知名度。根據一個叫史利納·凱勒（Celina Kyle）的專家研究，脫衣舞眞正成爲巴黎歌劇院固定表演項目是到一九〇七年才開始。著名的巴黎「紅磨坊」（Le Moulin Rouge）也在這個時候發展出一套曖昧淫浪式的表演，女郎在觀眾面前風情萬種，當燈光全滅的那一刹那，她褪下了最後一件衣物。

巴黎的脫衣舞表演令觀眾如癡如狂，很快地，歐洲的主要城市也大行其道，最後流行到美國，成爲紐約、芝加哥夜生活的熱門節目，新大陸創造的表演風格隨後又傳回歐陸，促成了脫衣舞的國際大交流。

那麼，東方國家呢？以中華文化的歷史悠久，博大精深，色情風月叫人不敢小覷，誰敢保證以前的台灣一定沒有中國式的脫衣舞？台北早在一府二鹿三艋舺時期，現在一號水門、華西街一帶就是燈紅酒綠的凹肚仔街，名妓如雲，她們在取悅賓客時是否有「脫衣」加「傳統舞蹈」的部分？一八九五年前後的歐洲脫衣舞萌芽之際，台灣正值甲午戰爭、乙未割台的關鍵時刻，但這不代表台灣脫衣舞一定不會在那段風雨飄搖的年代出現。國破家亡之際，滿清遺老抒發「宰相有權能割地，孤臣無力可回天」的惆悵，也許就是在酒肆與不穿衣服的藝伎一起憂國憂民亦未可知！

日治初期，「有禮無體」的日本人來了，傳統土娼之外，多了些擅長舞蹈的日本藝伎。凹肚仔街一帶擴大成「遊廓」，有「貸座敷」的公娼，有料理店（旗亭）的藝伎，而現在保安街一帶的江山樓風化區也逐漸成形，以「藝旦間」名聞全台。「不識藝旦，免講大稻埕」，連中南部的酒樓都得請幾個台北藝旦坐鎮，增加號召力。藝旦就如藝伎，總要有三兩下藝術手段，以詩文與戲曲周旋於賓客之間，強調的是賣笑不賣身。

話雖如此，依人體的生理、心理需求，戲曲與詩文酬唱畢竟不及情色接觸的快感，何況一九一〇年以後東京淺草的色情歌舞表演已經逐漸發達，旅居日本的台灣士紳、留學生多少帶回一些資訊。潔身自愛，堅持僅以詩文爲風雅之士勸酒的藝旦固然不少，但誰敢說另一「攤」的南北曲與琵琶樂聲中沒有來一段脫衣舞侑酒？

不過，日治時期脫衣舞就算出現，也只能算是即興、偶然或插花性質的演出，不是職業性或專業性的脫衣舞專賣店，這方面台灣慢「先進」國家很多，大概晚法國六十年，比美國、日本、中國（上海）也慢三、四十年。品質方面，更難望「先進」項背，數十年之間，台灣脫衣舞始終停留在色情與歌舞混合的生態，難登表演的殿堂，至今還在朝這條觀「光」路線「奮鬥」。這不代表台灣人這方面的欲望不高，相反地，春城無處不飛花的台灣，色情事業就像超級市場，應有盡有，形形色色的招數恐怕非編百科全書不足以描述。如果要從色情行業這個角度談脫衣舞，那便沒完沒了，各地的酒家、酒吧、舞廳、酒廊出現的脫衣舞只能算是開胃菜，甚至只是一小碟泡菜。

隨便舉一個例子吧！六〇年代中壢「豬埔仔」原是豬販集中之地，這裡的地下酒家外表看起來都像低矮違章建築，但內部陳設豪華，女服務生作風大膽，客人甫進門，便一絲不掛的跳熱舞迎賓。至於以溫泉聞名的北投與礁溪，更是春光無限，要什麼有什麼，脫衣舞只是「百戲」之一。有人到飯店飲酒作樂，順便找人脫衣陪酒，也許順便跳起舞來；或者「春宮秀」的表演，前面先來一場脫衣舞當作「序幕」或「前戲」，總之，脫衣舞這件事無所不在，只是舞台上的專業表演斷斷續續而已。

中文辭書裡查不到「脫衣舞」這個名詞，老一輩台灣人管脫衣舞叫「史脫利普」，這個日文名詞源自英文Strip，是脫衣服的意思。至於脫衣舞Striptease這個字是Strip（脫衣）加tease（戲弄），所以戲弄、挑逗觀眾應是脫衣舞的基本原則。換言之，脫衣舞的定義不在脫多少，而在於它的表演性質，而表演的特徵則表現在脫衣女郎與觀眾的互動。

依西方各類辭書的解釋，脫衣舞是在劇院、酒吧或夜總會的綜藝節目中，表演者藉由音樂伴奏，以挑逗的方式在觀眾面前徐徐脫衣演出。這個定義雖然清楚，但在台灣也不完全適用，也許是「國情」不同吧！幾十年的台灣脫衣舞史都是在與警察捉迷藏，由於避免警察取締，沒有足夠的時間表演「脫衣」過程，而以快速暴露三點做爲重要標記，有時甚至只是脫衣亮相而已。例如幾年前牛肉場流行「內衣秀」或「透明秀」，由女郎穿著透明內衣表演歌舞，一出場該暴露的就暴露了，何「脫」之有？

說了半天，脫衣舞在台灣容易「混淆視聽」，每個人都有「各自表述」的模糊地帶與想像空間。而這個小小的命題也給我們一個啓示：任何理論與研究都必須兼顧本土經驗。所以，脫衣舞在「承東西道統，集中外精華」與田野實證之後的定義是：演員在公開場所，例如戲院、歌廳、夜總會或Pub有音樂伴奏與舞蹈動作的脫衣或暴露三點的表演。

依這個標準，超級市場式的偶發性脫衣舞便被「忍痛」排除在外。以一般人共同的經驗與認知來看，可能的脫衣舞「專賣店」包括台灣各地戲院出現的歌舞團、歌廳（歌劇院）的牛肉場、Pub的歌舞秀，電子琴花車，綜藝性質的工地秀、喜慶晚會……一切依臨場狀況而定。

爲了從戲院、牛肉場這類開放性表演空間了解歌舞表演如何由單純、乾淨走向裸露的過程，並釐清脫衣舞與十八般色情行業的分際，本文在範圍上便以符合「大眾」口味，人人「消費」得起的歌舞團或歌廳（歌劇院）牛肉場、電子琴花車爲主。而追根究柢，戰後以來的歌舞團便成爲脫衣舞的「主流」了。

誰先脫？

台灣人原是喜歡看表演，也樂於贊助表演的人，即使在戰後經濟困頓的時代，一般人的生活並不寬裕，但是看表演，不管是歌仔戲、新劇或歌舞團的風氣極爲流行。歌舞團表演各種類型的舞蹈、歌唱、戲劇，有時還加上特技與魔術，沒有人會把它與色情聯想，也沒人指望歌舞團會有那一種「精采」的演出。觀眾看歌舞團純粹當作藝術休閒，男女老少咸宜，像「台灣藝術劇社」的「G.G.S跳舞團」、著名歌謠作家楊三郎創辦的「黑貓歌舞團」，以及後來的「藝霞歌舞團」都是極具號召力的「高尙」、「正經」歌舞團，舞台上乾乾淨淨，詩書禮樂，充滿文藝氣息。

但另一方面，外國影片與大眾媒介也開了另一個窗口，讓觀眾在模模糊糊之中見識到性與裸露。一九五七年前後台語片興起所引發的市場競爭，有人算準了人性的需求，拿「脫」當利器，便像黃河決堤般，一發不可收拾，其他團也跟進，歌舞團逐漸變成以「脫」爲主的團體。當「脫」成爲歌舞團主要的號召之後，原來純演歌舞、戲劇的團體無以爲繼，不是同流合污，加演一些脫衣舞迎合觀眾口味，就是把執照賣給別人，解甲歸田。

原來正牌經營的「黑貓歌舞團」也換了老闆，新老闆告訴歌舞演員說：「你們要脫就脫，團裡會發一點獎金。」結果還是沒人願意一試，最後挺身而出的是負責團裡伙食的女工，看在獎金的面上。她說：「那我來試試看好了！」

「沒脫不成團」，原因當然可以歸咎台語電影氾濫，各地的戲院都在放電影，讓戲班、歌舞團失去了演出空間，只好窮則變，以另一種歌舞表演做號召，才能吸引觀眾的眼光。人們發現：「脫衣舞」原來是那麼簡單、刺激。話雖如此，如果人的心底沒有一顆想窺伺別人身體的心，脫衣舞怎會如星火燎原？

不管如何，歌舞團表演脫衣舞，台灣總算有了「專業」的情色歌舞了。而隨著社會經濟環境的變遷，「脫」的方式千變萬化，八〇年代還演變出「金絲貓」外國秀、「牛肉場」及各種千奇百怪的「秀」，並且由室內而室外，有開放給大眾免費觀賞的電子琴花車歌舞秀，賣藥郎中安排的脫衣舞秀，以及俗稱「1069」的同性戀酒吧的男性脫衣舞……。

從這段簡單的歌舞團變遷史來看，一九六〇年前後歌舞團的轉變對台灣歌舞表演史或色情行業的影響，便不可謂不大了。因爲它掀開了表演者身上的遮羞布，也撥動深受道德規範的社會大眾偷窺欲。六〇年代中，當「中華文化復興運動」喧天價響，差不多就是歌舞團最流行的時候。觀眾到戲院看歌舞團帶「有色」的眼睛，看「脫」的期待遠超過看「歌舞」的表演，不僅大多數的歌舞團群起效尤，連廟會的歌仔戲在「拚戲」的時候都有可能穿插脫衣舞。

由此觀之，第一個跳脫衣舞的歌舞團，尤其是第一個（或第一批）跳脫衣舞的人便具有「劃時代」的地位了。

我曾經迂迴地問過一些老牌歌舞團女演員是不是開風氣之先？每個人都急速地強調她們的表演是如何地注意「藝術」，沒有人承認是脫衣舞的始作俑者。有一次我跟一位「黑貓歌舞團」出身的著名演員開玩笑說，台灣第一個跳脫衣舞的人「就是妳！」她立即提高音量大叫：「冤枉啊！」然後指天發誓，說她沒有這個面皮，也沒這個才調。

第一位或第一批跳脫衣舞的人是誰？看來需要做一番研究了。

國寶黃先生

看歌舞團有趣，但要研究台灣有「色」的歌舞團並不容易，除了報紙社會版偶爾會有歌舞團發生鬥毆或警察取締脫衣舞的報導之外，歌舞團怎麼經營，如何訓練，歌舞女郎如何表演？從沒有一篇稍爲像樣的報導，更找不到任何研究論著，所以要研究這個題目必須現場觀察與田野訪談。我看過歌舞團的民眾當報導人容易，每個人也可以談一籮筐看脫衣舞的往事，但一般觀眾看歌舞團時，整個精神可能已陷入亢奮或恍惚狀態，光是看舞台上的詭譎多變已自顧不暇，不會那麼具「考據」精神或「宏觀」視野去「考古」誰是脫衣舞的祖師爺？

而經營歌舞團的業者或歌舞女郎、樂師雖然了解「歌舞團界」的生態，也沒幾個人吃飽飯閒著沒事跟你討論這種事。有些歌舞團團主、樂師連過去這段經歷都不太承認，更何況是歌舞女郎了。那個時候跳脫衣舞的人現在都已是「阿嬤」級的，可能老早就忘記這段歷史，也不會承認是跳脫衣舞的「台灣第一」。何況，跳脫衣舞的人背後可能有一段人生滄桑，僅爲了滿足自己小小的研究報告（或偷窺欲）踩痛別人的傷處，豈不是黑心肝！

還好，我找到幾位「國寶」級的歌舞團業者，爲我提供最直接的資料，其中最重要的，是一九四三年生於新竹的黃先生，才五十出頭，已是「歌舞團界」身經百戰的退伍上將了。黃先生小學畢業後輟學當學徒，在年少輕狂的十七歲那年與人發生衝突，失手打死對方，被送進少年監獄度過了四年的青春歲月，成了當時報紙社會新聞。出獄之後，經過朋友介紹加入當時極富盛名的「南光新劇團」，演起台語話劇了。雖然以前沒什麼演戲經驗，但粗獷的外型與言行舉止中自然散發的江湖味道，使他成爲劇團反派的不二人選，專門演「壞人」，並能與當時著名的「新劇皇帝」南俊並列主角，可見他的「造型」了。

在過了一年新劇團的漂泊生涯之後，黃先生看準了逐漸風行的歌舞團，他說：「那時陣管那麼嚴，稍稍露一下，大家眼睛都亮了，歌舞團當然可以做。」他以六萬元代價買下「洪一峰歌舞劇團」的牌照，「原來我並不想改團名，但洪先生不願意，我只好改名爲『眞美樂歌舞劇團』，在歌舞節目中穿插脫衣舞。」那一年他不過二十三歲。

黃先生講得沒錯，在民風保守的六〇年代，沒有出租A片的錄影帶店，沒有鎖碼台，只要一張瑪麗蓮夢露的性感照片就可以讓許多男人狂喜，更何況是眞人眞事？歌舞團是那個年代民眾所能接觸到最刺激、最清涼退火的表演秀，不但大城市有票房，即使是窮鄉僻壤也能吸引甚多的觀眾。

澎湖離島的「南榮戲院」，便是黃先生眼中最好的表演地點之一，任何時間都受到漁民的熱烈歡迎。尤其是颱風天或風浪大的季節，漁民無法出海，待在岸上的日子，不是賭博、看戲，就是在家打小孩、管老婆，看歌舞團無疑地比看歌仔戲更能滿足討海人狂野的心。每逢歌舞團演出，觀眾大排長龍，場場爆滿。黃先生先派人坐飛機去戲院清場、收票，演出當天早上大批團員才從鼓山坐五個小時的台澎輪到馬公，在眾人期盼中準備下午的演出。

「說來你不相信，我們到澎湖表演，比電視台勞軍還稀罕、還受歡迎。」黃先生說。

票房沒有問題，但是歌舞團有它的「天敵」——警察，只要警察依法到現場「指導」，看到風吹草動就取締，歌舞團便做不「下」去了。所以每團都要學習如何面對「人民保母」。團主要做好公關，也要訓練歌舞小姐如何躲避警察，尤其是警察取締時如何迅速湮滅證據，更是這一行業生存的不二法門。經營歌舞團的老闆都有一張老江湖的臉，絕大部分是軍警退休的外省人，憑藉到處都有「老鄉」當警察，多少可以方便些。黃先生是極少數經營歌舞團的本省人之一，個人的江湖背景加上節目精心安排，歌舞團事業做得不錯，他有他的一套歌舞團哲學。「做『烏龜』生意，人和爲貴，對付警察，該有的『禮數』絕不可省；應付小流氓，也不需要動刀動拳，用一些小步數就足以對付。」黃先生緩緩地說。

他的方法是：每到一個地方就先把手錶拿到當鋪，當小混混要來「借」一點「所費」時，黃先生不慌不忙地把當票放在對方面前，很無奈地說：「實在眞失禮，生意還沒做，我也沒錢，你看！我連手錶都當了。」小流氓一聽，看看面目冷酷的他，鼻子摸一摸只好走了。

烏龜生意該收了？

六〇年代可說是台灣歌舞團的戰國時代，在台灣各地跑碼頭的歌舞團甚多，但是起伏很大，要說個明確的團數，簡直像猜六合彩「特仔尾」號碼。

一九六三年這一年一下子冒出近百個歌舞團，打開報紙的戲院廣告，從南到北，由西至東，每個地方都有歌舞團的點。大概太過張揚了，引起警察取締，馬上在短短一、二年之間，縮減到十五、六團，以後就維持差不多二十幾團的紀錄。七〇年代初警察在戲院嚴格取締歌舞團，另方面，台北觀光飯店夜總會卻又大大方方地出現香豔刺激的脫衣舞秀，雖然消費比戲院貴多了，但台灣人「敢開甘開」，夜總會經常座無虛席。這一刺激，又把歌舞團增加到五十多團，八〇年代多數戲院改建成商場或公寓，歌舞團沒地方去，只剩十餘團，而後就每下愈況。

歌舞團大起大落，黃老闆一直是這個行業的中流砥柱，他擁有五、六家歌舞團的執照，「眞美樂」、「綠綠」、「千代」、「超群」、「日光」……。在七〇年代的戒嚴時期，有一支歌舞團牌照就如同擁有一份雜誌、報紙執照一樣，可以高價轉讓。「眞美樂」牌照後來被「拱樂社」的陳澄三買去，改名爲「三蘭歌舞劇團」。黃先生記得很清楚：「有一天深夜，陳澄三先生來我家，求我賣一支牌照給他，因爲他組織歌舞團出國公演，一切都準備好了，就是找不到牌照。」最後黃先生以八萬元代價把「眞美樂」賣了。

歌舞團沒落的今天，黃老闆手中仍有四支執照，只是，這些牌照已不値錢了。他把執照攤在我面前說：「這些牌照以前一支八萬、九萬，現在送人，也沒人要。」黃先生不疾不徐地說著，看不出有什麼惋惜的神情，我突然發覺他也是一項紀錄的締造者：台灣經營歌舞團團數最多的「歌舞團之王」。

八〇年代歌舞團進入尾聲時，黃先生毅然結束歌舞團事業，也沒有「轉型」到方興未艾的牛肉場。他淡淡地說：「有歲數了，孩子也大了，烏龜生意應該收了！」他改行做幕後工作，提供晚會所需的燈光、音響之租借服務。另外，還「經營」一座信奉玄天上帝的私廟，當起廟公了。黃先生與神明結緣很早，年輕時代就有高人指點他是上帝爺公的契子，上帝爺公的「金身」一直隨著他的歌舞團闖蕩江湖，保佑他以及旗下的歌舞女郎。

二十多年前，黃先生在新竹市愛文街興建受天宮，供奉玄天上帝，自己擔任管理人，也為人解答籤詩，香火鼎盛，與脫衣舞這個行業愈行愈遠了，也不再管「歌舞團界」的事了。當初友人介紹我認識他，他再三推託，不是要出國觀光，就是要到南部割香，總而言之，就是排不出時間。最後友人憑著與他的交情，直接帶我到他的廟裡找他，他無法走避，勉強以禮相待，但談起早昔的歌舞團經歷有些顧忌，許多事情不是「唉！這有什麼好講的。」就是「忘記了！」

在我們談話時，他住在隔壁的老舅舅剛好過來廟裡走動，正好是我認識已久、擅長製作燈籠的謝先生，這位曾經獲得薪傳獎的民間藝人見到我很高興，急忙把他的弟弟——也就是黃先生的另一位舅舅也找來。兩位謝先生都曾在公家單位服務，算是地方的知識分子，他們的大姊就是黃先生的母親，很年輕時就過世。做舅舅的謝先生顯然曾經對這位外甥傷過腦筋，聽到黃先生與我大談歌舞團，有些尷尬，連忙告誡說：「過去少年時代做的工作，以後不能再做了。」似乎擔心黃先生會重操舊業。

有了謝先生這層關係，我與黃先生的談話逐漸熱絡起來，黃先生不但有問必答，他那位曾經擔任歌舞團台柱的夫人也加入我們的聊天，兩夫妻最後把僅存的一些歌舞團演出照片遞給我，

「你要的話就拿去吧！前幾天我才把一堆照片燒掉，只剩下這些啦！」黃先生說。

那麼，誰是第一位跳脫衣舞的人？曾經有人說是一對兄弟仿照外國電影裡的脫衣舞表演，訓練三個年輕貌美的姊妹花如法泡製，觀眾反應甚佳，開始了台灣脫衣舞新紀元。黃先生斬釘截鐵說：「不可能！歌舞團哪有這種水準？除非是在夜總會做節目。」他告訴我，第一個帶頭跳脫衣舞的是「松柏歌舞團」，而「松柏」的靈感則受到電影「隨片登台」的啓示。

當時台語電影流行「隨片登台」，影片在戲院上映的空檔，男女演員上台表演歌舞，以刺激票房。「隨片登台」原來還規規矩矩，到《水蛙土》上映的時候走了樣，這支片子「隨片登台」時，女歌舞演員穿得比一般「登台團」暴露許多，讓人眼睛爲之一亮，「口碑」很好，吸引大批觀眾。「松柏」的老闆靈機一動，在歌舞團演出時，演員配合音樂與舞蹈，開始脫起衣服來，時間大約在一九六二年。黃先生雖然沒有指明是哪一位先脫，但很肯定地說，歌舞團跳脫衣舞從「松柏」開始，沒錯！

「松柏眞的脫了？」我問。

「是啊！脫了。」他說。

「怎麼脫？」我問。

「怎麼脫？演員穿七件衣服，一件一件脫。」黃老闆說。

「到最後呢？」

「最後？上面一件，下面一件啊！」

以黃老闆在「歌舞團界」的地位，當時南北二路誰有新的花樣，他的消息應該很靈通的。「松柏」踏出第一步，其他歌舞團紛紛仿效，一時之間，到處都在跳脫衣舞，競爭十分激烈。嚴格來說，其他歌舞團跳脫衣舞未必是受「松柏」的影響，每個團主應該早就有所盤算，只是等誰先出招而已。剛開始能脫、敢脫的人不多，許多歌舞團還為了爭奪「脫」的歌舞女郎而交惡。但是，不到半年，每一團的每一個舞者都在「脫」，不「脫」才是稀罕了。

我陸續打聽出觀眾口碑不錯的歌舞演員，例如馬麗莎、千代玲子、金文姬、山本富士子、安娜……這些名字當然都是花名，她們取與著名電影明星相同的藝名，或取一個柔媚的名字無非是激引觀眾一些性幻想。歌舞女郎的脫衣舞能不能受到觀眾歡迎，需要一些條件，最重要是敢「脫」，其次是敢挑逗觀眾，第三才是具備起碼姿色。那麼，誰決定「脫」與「不脫」？

黃先生很有自信地說：「歌舞團要脫不脫由個人決定，你不脫沒人會強迫你，但是在歌舞團的生活環境裡，歌舞小姐看到其他團員在脫，不需要二、三天，她也自然會跟著脫，要不然，就是自己走路。」

為尋求台灣第一位脫衣舞演員，我花費了一些時間。最後，總算獲得一點領悟：這是一個台灣整體大眾文化生態的問題，歌舞團與戲院、影業及其他娛樂業有密不可分的互動關係，脫衣舞與舞台秀、色情業之間更是縱橫交錯，要理出一條清楚的脈絡，的確需要做大研究呢！

誰是台灣第一個跳脫衣舞的人？哎！誰知道！

（原載於《聯合報》一九九八年九月，曾收錄於《南方澳大戲院興亡史》，印刻出版）

這邊港彼邊港

最近我常想起以前在南方澳的生活經驗，也喜歡跟朋友講些南方澳的人情與故事。這個台灣東北部的漁港幅員狹小，連當一個鄉鎮的資格都沒有，有些台灣地圖甚至連「南方澳」三個字也不標明。但對我而言，兩個小時就可以「走透透」的南方澳有講不完的童年往事，以及每天都會突如其來發生的新鮮事物，儘管有些「天寶遺事」的懷舊心情，以古議今也容易被視爲老化的徵兆，然而在五光十色的現代社會回憶南方澳確實是一件幸福的事。

南方澳的歷史不過百年，但所經歷的族群變遷、社會發展有如台灣移民史的縮影。文獻上的原住民猴猴社，在這個世紀初期已不見蹤跡。一九二三年開港之後，漢人、日本人、琉球人陸續移居於此。戰後日本人、琉球人離開了，來自台灣各地的移民大量湧入，其中也包括從國共戰場「轉進」到台灣的中國退伍官兵，短短二十年之間，這個原本人煙稀少的小漁村一下子成爲人船擁擠的大漁港，不同的移民帶來不同的風土習俗，南北二路生活文化匯集在南方澳，在這個地方生活應該等於在好幾個地方生活吧！

也許是移民的來路混雜，南方澳的人與事很難用單一的標準來衡量。一方面有移民社會的開創、熱情性格，經常不按牌理出牌；另一方面，卻也有現代台灣人保守、貪婪、隨遇而安的個性。在大街小巷看到的南方澳人不是打赤腳，就是穿木屐，有人還穿著睡衣、拖鞋坐巴士上蘇澳、羅東呢！但不能認定這些人沒見過世面，他們可能早已隨著漁船走遍各地港埠了。南方澳人求新求變、俗又有力的個性最常反映在生活與信仰之中，以中元節來說吧，普渡所出現的供品，除了一般的三牲、蔬果，還包括「乖乖」、「旺旺」，以及走私進來的「五糧液」、「貴州茅台」，社會流行什麼，鬼神世界也必然流行什麼！在肅殺的戒嚴時期，南方澳人為了海上安全，卻也忘了政治安全，常常偷聽中央人民廣播電台的氣象報告，偶爾還因為迷航或避風的因素，登陸中國港口接受「人民政府」的招待。最後，南方澳更締造歷史的新頁，數百艘漁船組成的船隊突破政府禁令，浩浩蕩蕩地到湄洲迎媽祖，一下子把只有幾十年歷史的南方澳媽祖廟提升到名廟之林。儘管與「祖國」關係如此密切，一到選舉，南方澳卻又是傳統反對運動的鐵票區。

國民政府撤退來台灣那一年，我在南方澳出生，十八歲上台北念大學之前，生活重心一直在南方澳，我以家裡為據點——更精確地說，是吃飯和睡覺的地方——上山下海，滾遍南方澳的每個角落，如果「人生如戲」，戲劇發生的地點不僅在「南方澳大戲院」這樣的建築物而已，戲院外的世界更加寬闊、炫麗。我經常從南方澳爬上蘇花公路，俯瞰腳底下的大舞台，作為布景的海灣、港口、山巒，若即若離。學校、廟宇、漁民之家、魚市場、造船場、天主堂……都是共同建構大舞台的小舞台，游動的船舶、車輛、人群，交插穿梭，變化著不同的場景。每個南方澳人不管爲生活奔波、爲功課操煩，都得在舞台上扮演一個角色。我不一定是南方澳最好的演員，但一定是全南方澳最忠實的觀眾，每天睜開眼睛就「想孔想縫」，關注一幕幕「演出中」的戲碼，以及可以讓自己快樂的方法。

南方澳每天上演的不全是溫馨感人的鄉土劇，南方澳人也非個個慈眉善目，像生活在桃花源的「人格者」，南方澳人吃喝嫖賭不輸任何台灣人，吵架聲音也夠大。但是，同樣的「賺食」人，南方澳人不會因爲移入地不同而相互仇視。每個在這裡成家立業的人不管先來後到，來自小琉球、龜山島、恆春、澎湖也好，福州、大陳，甚至朝鮮、沖繩也罷，都是「在地人」，只有在南方澳沒有家的人才會被看做是「外地人」。南方澳人的原鄉大概只爲了便於稱呼，例如南方澳黑黑壯壯的「黑仔」特別多，「澎湖黑仔」、「琉球黑仔」叫起來就很方便。南方澳人所指涉的地域名詞都是現實區域標記，例如廟口、水產尾、內埤，或者「這邊港」、「彼邊港」——全南方澳人都圍繞著南方澳港生活，我家附近的人稱自己所在位置叫「這邊港」，對面叫「彼邊港」，同樣地，「彼邊港」的人也稱自己在「這邊港」，而稱我們在「彼邊港」。每個「這邊港」都有來自宜蘭、小琉球、澎湖、龜山……的人。

我小學時代的同班同學有半數來自南部漁村，我們沒有「本地人」、「澎湖人」、「小琉球人」之分，但是閒著也是閒著，「這邊港」對抗「彼邊港」的故事常常發生。每天放學排隊回家，走出校門長巷，分別從漁港兩側回家，「這邊港」的回「這邊港」，「彼邊港」的回「彼邊港」，有時還會互相叫陣，約好晚上到沙灘或山上曠地摔角相撲。大部分的南方澳人不大注重孩童的學校教育，只要警察、老師或別的家長不找上門，每個孩童大概都有無拘無束的生活空間。如果說每個南方澳小孩個個貪玩也不公平，起碼，少數家長也很注意孩子學習環境，他們把小孩安排到羅東的國校就讀，每天一大早就看到這些小「留學生」穿著整齊的制服，帶著便當，在媽祖廟前的公路站牌等車上學，夜晚低垂，我都已經玩了一整夜了，他們才回到家，這些南方澳孟母所擔心的，就是寶貝兒子被南方澳頑童帶壞吧！

「這邊港」、「彼邊港」的對抗，在我小學畢業到蘇澳上初中之後，便消失於無形，因爲與較有都市文明的蘇澳人比起來，南方澳人就是南方澳人，誰管你「這邊港」、「彼邊港」。初中畢業以後，我們又與蘇澳的同學一起到宜蘭市上高中，比起更文明的羅東人、宜蘭（市）人，南方澳人與蘇澳人都不登大雅之堂，蘇澳鎮形成命運共同體，努力地從宜蘭羅東同學那裡見識到青少年的流行。高中畢業上大學，也是如此，宜蘭草地郎的穿著、長相、口音、生活娛樂比起時髦的台北同學，屬於孤陋寡聞的異類，於是，宜蘭人大團結，相濡以沫。在外地人眼中，「宜蘭人」就是「宜蘭縣人」，沒人管你是「羅東人」、「蘇澳人」、「三星人」、「五結人」！等到人在國外生活，宜蘭人當然也跟來自雲林、台北、高雄……的人一樣，都以「台灣人」自居了。

「這邊港」、「彼邊港」的故事類似移民史上台灣人分類對抗與融合的過程，事實上，南方澳的發展與變遷，何嘗不是台灣現代社會的縮影。南方澳的故事不僅僅發生在小小的漁港，可能也是半世紀以來台灣許許多多人的故事。每個人生命中都有主觀的「這邊港」，也排斥「彼邊港」，但是，一旦有機會接觸更多的港口，便會隨時容納原來的「彼邊港」。

我始終覺得青少年時代的南方澳生活經驗奇妙無比，沒有電視、電玩，沒有足夠的零用錢，卻有最開闊的遊戲空間，以及接觸形形色色大眾藝術的機會。由於貪玩、放蕩，反映在課業上的自然是一張張不堪入目的成績單，但是運氣不錯，年年低空過關，從南方澳—蘇澳—宜蘭—台北——一路搖搖晃晃上來，甚至「離家三萬里」出國留學。我的青少年玩伴就沒有這麼僥倖，不是因爲家庭因素中輟學業，就是在一關關的考場中敗下陣來。我後來有幸與學術、文化界朋友「長相左右」，發覺一些年齡相若的朋友雖然未必家境優渥、天資聰穎，但幾乎每個人都是從小獎狀、獎學金領到大的優等生，與我年年補考的學習經驗迴不相同。

媒體上也常看到許多政治人物、企業家談他們青少年時代的奮鬥，總會強調童年打赤腳的艱辛過程，說得悽悽慘慘，偉大無比。我很難體會他們所面對的眞實情境，到底多苦？因爲我小學時代也成天打赤腳，還撿廢鐵、賣冰棒呢！我什麼都沒有，就是時間最多。也許是生性樂觀，「吃苦當作吃補」，總覺得勞動本來就是嬉戲的一部分，何況，賣冰棒、撿廢鐵是爲了滿足口腹之欲的打工兼遊戲，打赤腳更是天經地義，沒事穿鞋幹麼？我的國校同學不分男女，有幾人穿鞋？我甚至認爲幾十年來手腳靈活、身體健康，要歸功於童年打赤腳在土地上「腳底按摩」的結果呢！

我念高中之前唯一的一次上台北是小學三年級暑假，隨大人北上旅遊，嶄新的卡其服加上黑球鞋，打扮得像過年一樣。因爲南方澳不通火車，我們前一夜還先到羅東親戚家過夜，以便搭乘清晨開往台北的頭班車。那一次台北之行已經印象模糊，不過大清早三輪車在冷風中奔馳羅東街道，鈴聲與晨星朝露交互閃爍、在火車上吃池上便當、看到松山附近的大片農田、階梯爬不完的木柵仙公廟、有吊橋的碧潭，以及暈車嘔吐……，事隔四十年，還隱隱可以嗅出味道。如今長住台北，成了南方澳的出外人，愈發感覺這個歷史不長、地狹人稠的漁港，無所不在地影響著我，怎麼甩都甩不掉。

最近幾年每次回來南方澳，總覺得漁港一直在變遷，一直在發展，與以往質樸的景象呈現明顯不同的風貌，通往魚市場的整條漁港路已經變成海產店、藝品店充斥的觀光街，一部一部的遊覽車載來一批一批的觀光客，街上穿皮鞋的人愈來愈多。現在的南方澳每隔一段時間就會有媒體爭相報導的消息：海上旅館、黃金打造的媽祖、銜接港口海道的跨港大橋……。踏在這塊熟悉的土地上，很容易感受到南方澳人跟所有的台灣人一樣，生活愈來愈富足，視野也愈來愈開闊，每個人都汲汲營營在追逐進步，可是，比起三、四十年前的生活，有哪些算得上眞正的進步，哪些只是虛華的表象呢？

《南方澳大戲院興亡史》所批露的故事，是個人生命經驗的反芻，記述的不只是童年時代的戲院生活，更包括南方澳乃至蘭陽平原這個天然大舞台生活的點點滴滴，是個人成長史的一部分，也是文化啓蒙的一個因緣。來自童年時代的遊戲經驗，不僅僅增加生活樂趣而已，竟然也養成一種生活態度與工作方法；尤其中學以後在別的城鎮時間增加，我習慣從蘇澳、宜蘭、台北這個大舞台來看待生活周遭。人與人之間的距離、時間與時間的銜接、空間與空間的串連，讓不同的場景變幻萬千。即使出了國，我仍以這種思維模式，面對孤寂的異國生活，心中永遠有一個拿捏的尺寸，教自己如何在另一個寬廣宏偉的大舞台上，找到一個視野還不錯的位置。這種成長經驗，至今仍是我面對社會變遷，了解文化現象的方法，一切是那麼渺小、自然，卻也美妙，即使有一天落幕了，我希望那一刹那仍可清楚看到舞台上的角色如何走下舞台，如何消逝在觀眾面前，以及，是不是還有一點掌聲。

（本文曾收錄於《南方澳大戲院興亡史》，印刻出版）

三十功名錄

「三十而立」，這幾個字常掛在許多人嘴邊，也常出現在課文。三十歲，可以站立，可以倒立，彷彿代表無比的責任與榮譽。大學時代一位同窗好友〈滿江紅〉唱多了，對「三十功名塵與土」格外敏感。當時我們都僅二十出頭，他卻喜歡裝老賣老，自動當我們的人生導師。他說人生運命可以三十年河東，三十年河西，但是三十歲一過，貧富貴賤已然注定，有人三代飛黃騰達，有人貧賤一生，他的結論是一個人必須在三十歲之前就做好打算。他最初立志要成為思想家，後來修正為出版家，畢業前夕他轉而希望當一個企業家，他闡述事業版圖時的自我陶醉，至今令我印象深刻。大學畢業之後，他進入國中教書，一教就是一輩子。最近我與他聊到這段往事，他矢口否認，似乎早已把當年的眞知灼見忘得一乾二淨了。

小時候對三十歲的印象是遙遠而神祕的歐吉桑、歐巴桑年紀。目睹兄長當兵、退伍、結婚、生子，人生大事在短短幾年之間一口氣完成，原來人過二十歲就可以當大人了，當大人最大的好處就是主權獨立，不受約束。後來，自己懵懵懂懂、渾渾噩噩之間經歷二十歲、三十歲的青春年華，用錢、做事果然享有前所未有的自主權，但心境上感覺跟十幾歲也沒太大差別。三十歲應該不單純只是結婚生子，證明自己一切正常而已，對於生命亦應有所期待。可是期待什麼呢？如今回想起來，好像也沒什麼特別印象，彷彿三十歲的「功名」已如塵土，早不知飄揚何方了。

我逐漸發覺從小到大，從年少到年老，青春總是在不知不覺中，船過水無痕。年輕時期不知道關鍵的三十歲如何度過，這幾年連自己如何變老，也不清楚？我不知道別人怎麼發覺自己老化的，發現第一根白頭髮？或感覺體力減退，戴上老花眼鏡了？有一位朋友在一次火車旅途上，無意中看到前座旅客手上的報紙，不但標題醒目，連密密麻麻的新聞內容也看得一清二楚。前座旅客大概被窺視得不舒服，順手把翻過的報紙丟過來，我的朋友調整好坐姿，準備好好閱讀，但定神一看，方才聳動的新聞標題突然一片模糊。於是，某年某月某一天的某一種場合，他非常精準地發現自己老了。

我對老化的感覺沒有這位朋友敏銳，屬於後知後覺、概括承受的漸凍人型。就拿老化的象徵——老花眼來說，同輩朋友開始戴起老花眼鏡時，我仍沒有這種症狀，朋友說可能是我大器晚成，三十歲才罹患輕度近視，而後近視遠視相抵，所以沒有老昏眼花。我不知道這種論調是否眞實，但一個人沒有老花眼，的確不代表沒有老。這兩年我坐在電視機前，經常陷入邊聽聲音、邊打瞌睡的境界，有時感覺全身腰痠背痛，動作遲緩，以爲只是睡眠不足、姿勢不良，看過醫生，也做過復健，並無明顯改善。最後醫生說這些毛病都屬於老人病，習慣就好了。

進入人生的後中年，更容易體會「少壯不努力、老大徒傷悲」這句警世通言，眼前浮現那位凶惡的小學班導師，一面吟唸句子，一面狠狠瞪我，好像在說：我講的就是你！其實我也知道他講的是我，但井水不犯河水，他何必瞪我。我小時候常以惡小而為之，記憶中父母、師長、鄰居未曾用「乖巧」、「認眞」、「老實」這些字眼形容過我。隨著馬齒徒增，我多少也了解一個人不能一輩子放蕩，就算不能周處除三害，至少也要做工種田打漁，當有用的人。可是我胸無大志，能做什麼呢？小時候作文寫「我的志願」，寫遍各種偉大行業：醫生、飛行員、縣長……，但純粹是小學生作文，沒有人當眞，因為我也是隨便說說而已。

人世間各行各業，上九流到下九流，對我都是沉重的負擔，難度太高。從成長環境來看，我應該在小學畢業之後就到船上燒飯，而非上初中讀書，這是當時大部分男同學要走的路。當船員無須課業成績優異，但得身強體健、頭腦清楚、手腳伶俐，能抓魚、掌舵、辨識天候、方位，還要在強風大浪中，屹立不搖地鏢魚、撒網，甚至潛入海中排除障礙，不是喜歡吃魚、不怕魚腥，或找不到工作、無路可走的人就可以「屈就」。我年少時經常在睡夢中被港內外漁船馬達聲吵醒，身體縮成一團，從被窩裡往窗外一看，眞的是「天這麼黑，風這麼大……」，慶幸自己不是當船員的料。

歐巴桑們常說「第一賣冰，第二做醫生」，賣冰比當醫生好賺，我深信不疑。在水果、飲料樣式不多，冷氣不普遍的五十年代夏天，吃冰是大人小孩消暑解渴的良方，每個冰攤、冰店都生意不錯。對一般人而言，當醫生是遙不可及的願望，全漁港幾萬人沒幾個醫生，賣冰卻是人人可為。許多小學生一放暑假，就到冰棒廠批貨叫賣，像當醫生般打工賺錢，清冰二毛，紅豆冰三毛，本錢少、利潤多。不過賣冰也有風險，幾斤重的圓冰桶，不小心跌跤，裡層水銀破碎，做三天生意也賠不了。有些水銀冷凍效果不佳，冰棒容易融化，生意難做。凡此都涉及賣冰行銷與風險管理，聰明的小生意人知道如何搶得好冰桶，如何在最短時間內把冰棒推銷出去。我曾經到冰棒廠抱個冰桶回來，卻又羞於沿街叫賣，只坐在亭仔腳等顧客上門。每隔幾分鐘打開瓶蓋瞧瞧，順便吃一枝冰棒慰勞自己，回冰店結算時，往往連本錢都湊不齊，原來也不是賣冰的料。

我小時候很想長大之後開家雜貨店，每天坐鎮店裡，收錢算錢不必到處推銷，想吃什麼就吃什麼，符合我好吃懶做的個性。但開雜貨店要有資金、店面，還要批貨、算帳，是大人的大頭路，非小孩子做遊戲，更不是坐在店裡吃零食就能賺錢。這些年便利商店遍布每個角落，全年無休，當年如果真的開了雜貨店，以我的惰性，絕不可能與7－ELEVEN或全家競爭，如果撐到中年才倒店，反而是人生慘劇。

我國小畢業繼續升學，沒有到船上當煮飯仔，原因是體質不佳，容易暈船，不可能「討海」爲生，所以一路讀書。嚴格說來，進學校讀書也非我的專長。我很難對人解釋，一輩子課業成績不怎麼樣，何以能夠逆勢操作，念了二十幾年，最後還當了教授，天理何在？也許天意如此，我也沒辦法。小時候算命仙就對我母親說：「這孩子有讀書命！」母親半信半疑，還是讓我讀讀看，總比一輩子當漁夫好。我也果真「會」讀書，無論再怎麼補考、重修，緊要關頭都會逢凶化吉，恰到好處地低空掠過。進學校讀書不難，但未來做什麼，教人傷腦筋。我從國小、初中、高中到大學，成了百無一用的書生。那時不流行知識經濟，沒有人談創意產業，出現在報紙求職欄的工作，多屬業務員、車床工、電匠，我一一檢討各種工作屬性，竟然毫無「發揮」的餘地，我最後發覺，只有教書這個工作勉強走得通。

當老師要走師範學校系統，對我來說，這是不可能的任務，用膝蓋想也知道考不上。我原本沒有當老師的命，不過，天無絕人之路，師範沒得念，好歹也念了大學，又碰上九年國民義務教育開始啓動，各地國中紛紛成立，一夕之間需要成千上萬個老師。任何大專畢業生，修個教育學分，喊喊教育救國就可以成爲國中教師。我原來盼望大學畢業，當兵退伍之後，跟同學一樣找個國中當老師，從此天下太平。沒想到閒來無事，又去念研究所，具備在大學誤人子弟的資格，並且因緣際會，進入大學教書，搖搖晃晃地從講師、副教授到教授，總算與社會文化脈動接軌了。

我自己很明白，進入教師這個行業，不是至聖先師的感召，也不是受「天地君親師」的觀念影響，如同進學校讀書一樣，我只是選擇一條可以走的路而已。剛在大學教書時，我只有二十六歲，比學生大不了多少，他們也與我稱兄道弟。有些學生是我同學或服兵役「戰」友的表妹或堂弟，算起來等於我的同輩，只是年紀稍輕而已。而後學生一批一批離校，又一批一批進來，如春夏秋冬般週而復始，他們的年齡永遠保持在十七、八歲到二十出頭，而我則一年增加一歲，並且忽視現實，不知老之將至。有一天，有位學生很興奮地對我說：「老師比我爸爸小一歲。」於是，我知道已經跟家長年紀差不多了。最近幾天，有位十七歲的女同學告訴我，她的祖母五十多歲，爸爸三十五歲，聽到這個早秋家族的偉大事蹟，我已然心如止水，一點也不大驚小怪。

現在待在我身邊工作的年輕人，年齡跟我差了一大截，他們做事積極，充滿青春活力。我一直沒注意他們的年齡，總覺得都是長不大的清純少男少女。有一天先後有人結婚、有人生子，我才發覺原來他們都是大人，感覺像流鼻涕、穿開襠褲的鄰家小孩一夕變鳳凰或變鱸鰻，實在太突梯又太神奇了。

以前歐巴桑常用「好命做老父、老母」來警惕年過十六歲的青少年。這句話如今毫無說服力，因爲大學畢業生工作幾年，或念個研究所，「終身學習」一下，差不多就接近三十歲。他們一定很難想像，我這一輩人小時候曾經把三十歲視爲老男人、老女人呢！現代年輕人結不結婚或做不做父母，與命運好不好無關，畢竟，不好命的人做老父老母的，大有人在。人的一生從年少到年長，都屬於自己曾經擁有的經驗。當年我那群同伴三十不到，就叫嚷自己是老伙仔，好像非得如此，就沒有「三十功名塵與土」的使命感。昔日戲言如今都到眼前來，像遊赤壁遙想公瑾當年，或白首宮女話天寶遺事，難免感到有些無奈。現在就算不想再言老，從頭到腳，盡做青春少年兄打扮，成天與年輕人廝混，別人也只把你視爲老人家了。

（原載《印刻文學生活誌》二〇〇四年五月，曾收錄於《跳舞男女》，九歌出版）

走過館前路

那一天到台北市中山堂辦事，早到了一個小時，難得的早到，世界突然寬大起來，一時之間竟然不知如何消磨這幾十分鐘。隨意在衡陽路、博愛路一帶閒逛，走著走著就到了重慶南路、武昌街、懷寧街，一路左顧右盼，雖似鄉巴佬，卻也自在逍遙。拐到襄陽路，眼前就是百年歷史的台灣博物館了，不談它所蒐藏的歷史文物、標本，光看融合文藝復興與巴洛克的建築風格與公園綠地，就足以讓人心曠神怡。站在古希臘式圓柱前放眼望去，前方小巷細細窄窄，行人車輛稀稀疏疏，盡頭處是高壯的台北車站。這個畫面、這個情境既熟悉又陌生。我已經很久很久沒有在博物館前的這一條館前路上走動了。

衡陽路到館前路這一帶曾是台北市最著名的商業區，高樓林立，銀行、公司、店鋪、布莊滿布，說它是日本殖民統治與近代商業文明的重要指標亦不為過。從榮町（衡陽路）、本町（重慶南路）到表町（館前路）所建構的日治「城內」，日本人町的街市意象，與艋舺、大稻埕這些台灣人社區迥不相同。那個年代館前路是「城內」的主要道路，也是一個大商業街，熱鬧非凡。戰後，「衡陽」、「重慶」、「漢口」、「襄陽」、「青島」、「南陽」、「信陽」、「許昌」等中國城市與「忠孝」、「博愛」、「八德」……的傳統價值取代了日本時代的大小「町」，象徵新時代的新圖騰。在那個劇變的年代，「館前路」拜台灣首座博物館之賜，有幸保留一個務實、明確的路名，細細小小、竹竿般的身影站在龐大的博物館前面，看起來像個自不量力，執意要捍衛這座百年歷史建築物的慘綠少年。

館前路全長不過五百公尺，大約是全台北市最短的道路之一，比某些大馬路的巷、弄還要迷你。不過，因地利之便，這條小路曾經是串連台北火車站與新公園（二二八紀念公園）、台灣博物館的通道，也是銜接台北任何空間的一條線。站在台北車站或博物館的兩端相互對看，短小的館前路好像一把銳利的小刀，把台北市中心切成兩半，一邊可通西門町，一邊直達松山，也就是今日的東區一帶。從百年前闢建開始，它就是老台北人生活中的重要記憶，以及許許多多頂港人、下港人進京的第一印象。各地來的遊客下車後總是身不由己地，先到館前路報到，然後才按圖索驥，繼續往各地景點「到此一遊」。我國小時代跟隨家人來到這個繁華都市，走出火車站，就是順著館前路一直走到新公園，然後才往碧潭、木柵仙公廟。館前路是我對台北的初體驗，也是首度台北之旅的第一個記憶。

六〇年代後期到七〇年代初期，我到館前路如同俗諺所謂的行灶腳、進廚房。不論上學、回鄉、採購、休閒，都要走這條路。那時台北火車站還沒改建，左側鐵路餐廳的鐵・路・餐・廳四個大字仍然是等人、約會的地標。我經常從陽明山坐公路局班車到東站，走到鐵路餐廳的某一個大字下與朋友集合，然後一起沿著館前路，直入博物館、新公園，或從開封街、襄陽路轉到重慶南路、西門町。無論是來買書、看電影、喝咖啡，或純粹無聊閒逛，館前路已成生活中重要的場景。尤其念研究所時，論文指導老師俞大綱教授就在館前路的怡太旅行社當董事長，我來這條路的機會更加頻繁。

俞先生每天上午十點左右從金山南路的住家坐計程車到旅行社上班。名義上是董事長，其實不管事，純粹是不「董」公司「事」務的「長」者。我沒看過他批公文，大部分時間只顧與學生、訪客談話。辦公室充其量是他在「城內」的歇腳處，或與藝文界聯絡的窗口。旅行社的規模並不大，大約有十位職員，男性年齡稍長，工作悠閒，女性則個個年輕貌美，顯得極有朝氣。他們早已習慣董事長的交遊、作息以及訪客進進出出的情況，見怪不怪。尤其靠近門口那位身材不高、五官清秀的女祕書，常睜著大眼睛對每個客人親切地問好，讓人心生好感。

旅行社的辦公空間不超過三十坪，董事長室更不到兩坪大。室不在大，有俞先生則名。他在「斗室」一面抽菸、喝茶，一面上課，學生則邊聽邊抄筆記，偶爾拿起他桌上的寶島牌香菸，對抽起來。在煙霧瀰漫中，師生無拘無束地討論、聊天，再一起吃飯，一起看表演、展覽。這間辦公室不但當教室，也是那個年代台北著名的小文藝沙龍，經常高朋滿座，文化、藝術界人士前來談文論藝、月旦人物者絡繹不絕。

俞先生出身書香門第，家世顯赫，母親是曾國藩的孫女，長兄曾任國防部長，姊夫是望重一時的中央研究院史語所所長、台大校長，表兄則為著作等身的當代大儒，他有一位叔父還是台灣民主國的開「國」元勛呢！其他沾親帶故的名人族繁不及備載。如此身家背景，加上燕京大學歷史研究所的學歷，自然博學多聞，生活優雅。他的個性開朗，觀念新穎，平常在大學教戲劇史，寫寫京劇劇本，對電影、舞蹈、美術、音樂、文學與人類學多所涉獵。加上不拘小節，極具親和力，兼有世家子弟的柔雅與作家、藝術家的批判性格，頗受當時的年輕藝文工作者景仰。

我除了每週固定與研究所同學一起上課，也常單獨找他討論論文。我大多選擇接近中午時分到辦公室，坐在沙發椅上與他閒聊一陣，吃飯時間到了，無須特別招呼，隨他到附近的館子吃飯。俞先生用餐的地方不是大餐廳，吃的也是簡餐，卻頗有品味。跟在他後面，我才有機會品嘗功德林素食、添財日式料理，以及中國大飯店的江浙口味。

那時我已在學校讀了十年書，所接觸過的師長不在少數，大部分的老師有如嚴父，師生關係十分拘謹。我又是不受教之人，上課表現不佳，私下也未曾跟老師有較親密、頻繁的互動，很難得到師長的疼惜。有位老師曾經氣沖沖地說我「上學期每堂課都不到，下學期每堂課都遲到。」顯然不把他看在眼裡。平心而論，這位老師的批評還頗貼切，他這句「名」言也在同學間流傳了好一陣子呢！上俞先生的課，是我求學過程中少見的如沐春風，感覺非常幸福快樂。大約在六年之中，我人一到台北火車站附近，自然而然就會往館前路的怡太旅行社，看看俞先生，看看美女，順便叨擾一餐。畢業之後，當兵、工作，也一直維持這個習慣。館前路在我的年輕時代，不啻是全台北最重要、最寬大，也最富文藝氣息的一條路。

直到這一天，情形才產生了劇烈的改變。

五月二日，一九七七年前的五月二日，這一天早上，天氣有些悶熱。我比平常時間稍早，動身到館前路。如意算盤是：「陪」俞先生聊一下，吃吃飯，再到西門町與朋友會合，看場電影……。大約十點多，我從台北車站信步走到館前路四十號，推開旅行社的大門。有如往常，我第一眼就瞧見美女，她的大眼睛依舊明亮，神情卻比往常嚴肅，也沒有親切問好，其他職員則低頭辦公。我有些失望，正要往內走，美女突然站起來，拉住我，面帶哀傷地說，董事長剛剛心臟病發，已經走了……。或許消息來得太突然，我僅是「哦！」了一聲，竟然不曉得難過，連美女的話也沒聽清楚。走出旅行社，面對館前路，這條狹窄的小路突然間遼闊無比，竟不知往左或往右。與俞先生聊天、吃飯的計畫成空，人生頓時之間就茫茫然地失去了目標與方向。

俞先生身邊不乏仰慕他的朋友、學生、後輩，但兒女長年在國外，家裡只有他與師母兩人，不免有些寂寞。尤其他有先天性心臟肥大症，體質柔弱，氣質高雅的夫人又不擅勞作，家事還得他操心。俞先生的別號叫「寥音」，一個常令舉座盡歡的人竟然缺少知音，顯現其開朗風趣的個性背後，有一些少爲人知的落寞。他偶爾會叫我幫忙做些小事，例如買書、抄寫、查資料，他從金山南路搬到光復南路的大廈，也是我與幾位同學幫忙打包、搬運。前些日子我整理資料，看到俞先生二十多年前寫給我的一封信函，云：「內人前年曾攖中風症，新正又復發，初二送至醫院治療，刻尚住院。兒女遠在美國，無人侍疾。我每日作伴，焦慮勞頓，不可言喻，請順便告知諸同學爲感……。」娟秀的字體，如今重讀，仍覺一陣悽然。

俞先生走了以後，我未曾再走進怡太旅行社。因爲工作的關係我大部分時間在東區活動，雖然每天依舊在台北市生活，有時也會到台北車站、重慶南路、博物館、西門町，離館前路都近在咫尺。但我行經的路線都是公園路、襄陽路轉重慶南路，似乎永遠進不了館前路。這條博物館前的路在我生活中已成羊腸小徑級的道路，變得無足輕重。

我忘了這條路最後是如何從我的生活中失去戰略位置，甚至形同陌「路」的。

這一次在「城內」六十分鐘的街頭磨蹭，算來是一種福氣，彷彿回到年輕時代的腳跡。我從博物館穿越襄陽路，沿著館前路往火車站方向行走。我驚覺俞先生過世，一晃快三十年了。這一段漫長時光，我的確未曾好好再看一眼館前路。

館前路兩旁大樓與街道景觀乍看與二、三十年前沒有太大改變。以前太常在這條路出沒，頗能感受它的熱情與人氣，今日重遊，卻只一股冷清、孤寂。當年俞先生常去的中國大飯店消失了，土地銀行的建築物倒還默默地挺立著，升學補習班多了幾家，顯示補習王國已從南陽街滲入館前路了。我刻意尋找四十號的怡太旅行社，尋尋覓覓，卻不得其門而入。原來的建築物早已改建成商業大樓，根據門牌號碼，怡太旅行社舊址現在是一家咖啡連鎖店。我問過大樓管理員與附近商家，沒有人知道有這麼一家旅行社，顯然這已是「晉太元中武陵人」的遠古軼聞了。

怡太旅行社是不是還在台北哪一個地點繼續營業？那位和藹的大眼美女是不是當阿嬤了？我有些好奇。

人真是習慣性、卻又有健忘症的動物，人與人、人與空間的聯繫往往依靠機緣，缺乏這分機緣，再大的機構或人物對另一個人都是可有可無的幻相。沒有俞先生，館前路、旅行社對我皆沒有太大的意義，那位可親可愛的美女，在我的記憶中也沒那般迷人了，我突然發覺，幾十年之間，居然連她姓什麼都不曾知道。

如果俞先生還健在，已是百歲的人瑞了。歲月果眞無情，這位溫文儒雅、誨人不倦的長者在藝文界已漸被人遺忘，連他過世時，悲痛如喪考妣的眾門徒們對老師的思念也隨時間而淡薄了。以前常在怡太旅行社碰面的朋友在俞先生離開人世之後，就像斷線的風箏，難得有碰面、閒聊的機會，令人感慨。少了俞先生這個「莊家」，就算見面，恐怕也是有一搭沒一搭的，不再那麼熱情、趣味了。

不過，人與空間還是有感性的關聯，空間因人而活絡，人因空間而存在。空間所隱含的人文價值一旦發生，便不容易抹殺。因爲俞先生，館前路在我的生命之中，早已留下永遠的痕記。

我在這條路流連了一會，離開之際，方才被我問話的大樓管理員偕同一位小姐走了過來，和善地說：「先生，你是不是要出國旅行，這位小姐可以幫忙辦手續。」

（原載《聯合報》二〇〇五年五月二日，曾收錄於《跳舞男女》，九歌出版）

再見巴黎

再度來到這個他鄉的都市，心底有種難以言喻的感觸。多年睽違，環顧四周的人事物，景色依舊，卻又點綴著新奇，既熟悉又陌生。此種心情不似居家生活的輕鬆，也不是身處異地的落寞，與舊地重遊的興奮與懷舊也不盡相同。它夾雜著閒適、新鮮、虛無、感傷，及五味雜陳的情緒，彷佛連空氣中都嗅出味道，從塵埃中也可以看到它的五彩繽紛，但就是說不出個所以然。

此趟巴黎行，名義上是來「洽公」，辦一件似乎很有意義的「國民外交」，理由堂堂正正，確實效果如何，很難具體評估。反正外交處境艱困，任何機會跟國際人士接觸，不招誰惹誰，都可算是「國民外交」了。辦完了公事，免不了與此間幾位老友見面，吃飯敘舊，話說當年，十分愉悅。不過這裡的朋友各有工作，不能叨擾太多，還是盡量把時間留給自己，這是出國前心底就有的想法。我告訴自己，就在這裡逍遙幾天——暫時解除一切加諸身心的束縛，來個逍遙「法」外吧！

於是，「洽公」反成了此行最不重要，也最不必要的瑣事。但人生卻經常如此，不斷需要這些既不必要又不重要的瑣事，作爲冠冕堂皇的理由，才能讓凡夫俗子義無反顧地辦正事，同時又能光明正大地忙裡偷閒，享受一種「大功告成」之後應有的快感。

下榻的旅店坐落在塞納河邊，店名就叫做塞納河旅社，它的招牌掛了三顆星，但規模不大，四個樓層也只不過二十個房間。每個房間狹窄猶如普通的巴黎旅社，一張大床、外加一套桌椅，已少有轉身的空間。不過，因爲位置適中，交通方便，不消十幾分鐘的腳程就可以跨越河上的「新橋」，進入羅浮宮，因此住宿的房客不少。我是在半個月之前就託人代訂，否則還不見得有此福氣呢！住這裡房租一天將近二百美元，約等於台幣七千元，但不論設備、服務看起來一點都沒有七千大元的樣子。

櫃檯有三張面孔輪流替換，直覺應該是家庭事業，年輕的一對夫妻加上他們的老母，一家三口共同顧店，也算是「拚經濟」的模範。巴黎年輕人很少與父母一起生活，更別說工作了，這家旅社的家庭組合尤其難得。

對我而言，旅館只是夜間停歇的地方，不需要太奢華。況且初春的季節，從窗戶向外觀看，放眼所見，濛濛一片：灰色的天空、灰色的屋瓦、灰色的石牆……，住哪裡似乎都一樣。我一大早醒來，稍事清理之後，幾乎片刻不停留，便準備出門。總是在踏出旅館大門之後，才猛然想起，爲什麼如此匆忙？何以像大企業家赴約談大生意，或如WTO官員即將與各國代表進行攸關國計民生的大談判似的，我只是出去隨便走走呀！

巴黎眞是一個適合散步閒逛的城市，古今中外，這座城市的逛遊者實在太多，也太出名了。

在市區的任何一個點隨意穿梭，幾乎每個角落都捨不得錯過。街道兩旁的建築物承載著歷史的歲月，轉化成琳琅滿目的櫥窗，既遙遠又親切；石塊鋪成的古老街道，有時壯麗如皇家馬路，有時又幽暗如羊腸小徑。從大道到小巷，每條可以通行的路都有屬於自己的名字，即使再短再狹也不會成爲另一條道路的巷弄。單單閱讀三千多條五花八門、雅俗不拘的街名，就會讓人恍若置身在歷史與地理的萬花筒那般，目不暇給。

或許，應該感謝「走路皇帝大」的古老人文傳統，巴黎城裡的步行空間甚爲寬敞，任何人不分國籍，不論來歷，皆可以在行人道上悠閒地遊走。相對的，有車固然風光，車行卻大受限制。一般巴黎人的自用車嬌小無比，但無論在幾條僅有的幹道，或如星狀羅列的單行道上，往往都擠成一堆。而且一旦打了結，氣急敗壞的喇叭聲便此起彼落響個不停。

從清早到深夜，我幾乎都獨自一人在街上行走，與形形色色的路人擦肩而過，既不孤獨，也沒有壓力。在這個歷久彌新的城市十天停留期間，我沒有去香榭大道、巴黎鐵塔這幾個遊人如織的景點，而是循著蛛網狀的街巷，漫無目的地任意溜達，完全放空自己。隨意凝視、撫摸它跨越時空的多樣風情。

巴黎的優雅與慵懶仍如往常，一時也察覺不出原因何在。直到有人掏出手機邊走邊說，我才突然發覺，問題應出在這種手裡把玩的小機器吧！與台北人相比，這座國際城市可謂是手機聲稀稀落落的城市，或許愈有品味的城市就愈不需要用手機音響來提醒別人的注意吧！

這個城市雖然以宏偉的歷史景觀與熱絡的藝文活動傲視國際，到處林立的小型咖啡館仍然是它的特色之一。從外觀上，一時也看不出與一、二十年前、甚至數十年前有何不同，整個咖啡館的色調、味道、吧台的擺設，甚至連喝咖啡人的姿勢、動作都與以往相去不遠。唯一不同的是，早先平台式的蹲式廁所多已變成抽水馬桶。

在菸害防治已成普世價值的今日，巴黎人仍然固執著延續法國的一脈香煙，到處盡是呑雲吐霧的男女。雖然咖啡館都設置禁菸區，裡裡外外依然煙霧瀰漫，「吸菸區」與「非吸菸區」不易分辨，「吸菸區」的位置、光線往往還強過「非吸菸區」。我們經常調侃「上有政策，下有對策」，在這個先進國家同樣適用，而且獲得同行來巴黎「洽公」的一位長輩極力稱讚。這位菸癮極大的老先生，從台北機場開始，已經遭受二十幾個小時「非人道」的禁菸待遇。直到進入巴黎市區，發覺到處香煙裊裊，不禁喟嘆：「法國眞是一個文明國家啊！」

我幾次漫步到市區的邊緣，靈機一動，跳上那條環繞巴黎周圍行駛的公車（PC），沒有特別的動機，也毫無目的，完全任由車子帶我馳騁。這條與法國共產黨簡稱相同的環市公車路線跑一趟下來，可能需要近二小時的時間，等於從巴黎坐TGV子彈高速火車到中部的里昂了。

以往在巴黎的日子，我跟所有在法國的台灣留學生一樣，大部分時間都花在上課、蒐集資料、寫論文，或看戲、逛美術館，以便拚命累積點法國經驗。好像非得如此，才不會對不起國家民族。平常我都搭乘地下鐵，也習慣在星羅棋布的通道穿梭、搭車、轉車，從事「地下」活動。我這一趟巴黎行改變方式，花不少時間在地面上坐公車看風景，當個很有「美國時間」的遊人。看似浪費光陰，心底卻也感到十分放鬆自在。

這一天，我從巴黎歌劇院漫步往北行，到了聖拉扎火車站，再順著羅馬路口，轉進到十七區的大樞紐克里西廣場，然後不自覺地往拉佛斯地鐵站方向走。二十年前，我曾經在這一帶住過三年，今日走來，風景不殊，麵包店、服飾店、旅行社、雜貨鋪、咖啡店外觀都沒有變化，彷彿店招牌一旦掛上，就得世世代代緊守著這個行業似的。

我信步走進一家咖啡館，拉了一把椅子坐下，左邊正對著拉佛斯地鐵旁的出口。張望著不斷在眼前掠過的人群，歐洲人、東方人、老的、少的、金髮的、黑髮的、灰白髮的……，各有不同的外型、神情，自己轉瞬間也無所事事、腦筋空空，甚至神遊在眼前茫茫人海之中。這種跡近無聊的舉措頗適合我這類案牘勞形、庸庸碌碌的東方人，在這座舉世聞名的國際大城市裡感受那種旁若無人，周遭事物皆與我無關的唯我獨尊。這種感覺在以前年輕時，從未曾體驗過。

觀光客通常只是城市的某個浮光掠影，有時反而更體會城市的變化。巴黎直覺與二十年前並無太大差別。不過二十年畢竟不是短暫的歲月，今日這些外表神似的路人二十年前或許還很年輕，或許還未出世，或許還在另一個世界，如今卻同時同地在拉佛斯地鐵站廣場前出現，並成為巴黎景觀的一部分。此刻，如果有一位像我一樣的無聊客，也藏身在某個角落凝視，看我這個怪里怪氣的東方人，或許心底也會有相同的感觸吧！

我明白這是自己的心境改變了，而不是巴黎變了。

我點了一杯咖啡，翻了翻剛買的一本雜誌。過了一會，才發覺咖啡桌右前方不到三公尺處的路樹旁正依偎著一個年輕人，他應當已在這裡待了一些時間吧。從外表一看，就能察覺他是有印度血統的少年人，一雙閃爍大眼配上黝黑臉龐，還不時露出雪白的牙齒，靦腆地微笑著。他穿著一件胸口印著「龍劍」兩個斗大漢字的黃色上衣，整個人依靠在一株偌大的法國梧桐樹上，一隻腳支撐著約莫一百七十五公分左右的身軀，另一隻腳卻不停地向後踢揚。

原以爲這是個無所事事、躲在樹蔭底下發愣的小流浪漢，但仔細一看，他的面前擺著一輛百貨公司常見的購物小推車，裡面放的不是貨品，也不是衣物，而是一只炭火燃著的小火爐，烤鐵架上面鋪放著六、七枝玉米，腳邊還放了一袋生玉米，原來他在做生意哩！

我坐在咖啡桌前，看著這位印度少年，也看著如潮水般來來往往，熙熙攘攘的人群。這裡離蒙馬特、紅磨坊不遠，有不少觀光客，也有不少尋芳客。不過，這一帶的都市建設沒有什麼明顯的翻新，外籍居民的比重高了些，一直也被歸類爲所謂的阿拉伯人區。總之，不算是高級區。

少年一直倚靠在梧桐樹上，一隻腳仍無意識地向後踢，似乎想藉此掩飾內心的焦慮。他在焦慮什麼？擔心玉米賣不出去，今天沒有收入？他偶爾趨前，用手攪動燃燒的炭火，再用同一隻手翻動玉米，好讓它焦烤得勻稱。腳邊的那一袋生玉米隨時準備拿到烤架上，遞補已被消費的熟玉米。可惜一直沒有機會，始終沒有人停下腳步，烤架上依然維持原先那六、七枝已略顯焦黑的玉米。

我對這個看來憨厚的少年不禁好奇起來，台灣的夜市從南到北到處可看到玉米攤販，烤的、煮的，加上各種佐料，每一攤莫不香氣四溢，就是不曾見過這麼簡陋的玉米攤。他的烤玉米一天能賣多少，就算連那一袋生玉米全部賣完，扣除本錢又能賺多少？五十歐元、一百歐元？他是什麼家庭背景出身，爲何會來到巴黎？

他好像不太擔心生意，還不時對我咧嘴微笑。我有些不忍，開始盤算如何捧場。花錢買玉米容易，問題是如何處置貨品？我平常就不太喜歡吃烤玉米，他所販售的玉米看起來黑黑髒髒，又沒有沾醬，我毫無胃口。我終於想到一個解決辦法：在離開他的視線之後，把這些玉米往垃圾桶丟，不過，這豈不太暴殄天物了？

他好像看透我的心事似的，並不急著推銷，反而開口問我話，指著身上那件繡著一把劍盤繞的龍形圖案：「這是什麼？」我大概解說了「龍劍」兩個字的意思，他笑得十分開心，大概當初買這件衣服時，已有人解釋過了。他很高興沒有受騙，還說這件衣服是在附近服飾店買的，花了十個歐元，非常喜歡衣服的圖案。

他說三個月前才剛從印度來巴黎依親。我猜他有十八歲，他立刻拿出皮夾，取出臨時居留證，指著上面的年月日，說他已經二十歲了。「玉米一根多少錢？」我問，他比起食指表示一根一個歐元。歐洲統合之後，歐元取代了法郎，成了法國新的通幣，名義上歐元的幣值略高於美元，一個歐元也等於四、五法郎。但整個消費市場明顯拿歐元、美元當法郎用，原來一杯才三、四塊法郎的濃縮咖啡，現在居然索價二、三個歐元。以前二十法郎可以解決的簡餐，現在要花十幾個歐元。以前給小費用一、二個法郎也就很夠意思了，現在出手一、二塊歐元還挺擔心會被比下去。觀光客來這裡花錢消費，或許無所謂，但很多本地人薪資並未隨物價調整，生活就更艱辛了。難怪更容易憤世嫉俗，稍有不滿，立即發洩，大型示威遊行如家常便飯。

「你的生意好不好？」我仍然懷疑他烤的玉米有人會買，「還不錯！」他很自信地說：「許多非洲人特別喜歡吃。」

可是我明明在這裡已經坐上一個小時，並沒有看到任何顧客上門，路過的人甚至連正眼都不瞧他一眼。以這種情形就算賣到天黑，烤架上的那幾根玉米恐怕乏人問津。沒多久，有位身穿西服的非裔朋友走過來，與印度少年揚手拍掌，張開厚唇親切地說哈囉（Salut！），但仍然沒有買玉米。稍後，總算另一位非裔青年停在玉米攤前，挑三揀四，最後拿起一支。印度少年把錢放進口袋，對著我微笑，彷彿在說：沒騙你吧！

我準備要離開了，心裡盤算著要如何給這個少年仔捧場。我把手伸進口袋，找到一張五塊錢的歐元，「就買五根吧！」我還未開口，只見一個皮膚雪白的妙齡美少女從地鐵站冒出，神情愉悅地與印度少年臉頰對臉頰地親熱幾下。少年原本的焦慮與憂慮一掃而空，整張臉頰頓時燦爛起來。兩個人快速地把沒賣掉的玉米收進塑膠袋裡，好像急著要趕赴重要約會似的。我把已掏出的紙鈔放回口袋。不一會兒，少年一手牽著她的手，一手推著車，對我露出一個既靦腆又坦率的笑靨，迅速走進人群中。

我方才的一點點惻隱之心已經煙消雲散。這個也剛來到他鄉都市，目前還沒有正常工作的東方少年顯然並不需要別人的同情，除非我真正欣賞他燒烤的玉米。他的身分看似卑微，卻已能在這個異地自由自在，讓自己融入這座城市，讓自己真正屬於巴黎。

望著他逐漸消逝的背影，我突然有股身處異鄉外里的孤獨感。

（原載《聯合文學》二〇〇六年五月，曾收錄於《跳舞男女》，九歌出版）

博多夜船

1.

越過了松原，你又來看我？
可看見往來博多的夜船燈火，
可看見夜船燈火。
讓愛的夜船，趁黑夜回去吧！
若天亮將無風起浪，
流言四起、耳語四散！
在玄海那裡，浪頭一定很大吧！
我不想讓你回去，

你是難以割捨的那艘船！那艘船！

這是四、五十年前，美空雲雀演唱的〈博多夜船〉中文詞意，描繪情意相投的青年男女，無法公開相愛，只能在夜間偷偷約會。簡單的歌詞透過演歌的旋律，如泣如訴，風行日本，也在台灣各地流傳。

後來我才知道，美空雲雀並非〈博多夜船〉原唱者，中日戰爭前夕，當時最負盛名的女歌手音丸已經唱紅這首歌。終戰後她在日本各地表演，年幼的美空雲雀曾加入這個巡迴演唱會，唱「開場」的「一前座」，等於替演唱會暖場，爲後面大牌演員的出場做準備。

〈博多夜船〉風行的年代，台灣猶然延續戰後初期去日本化，致力中國化的政策。我白天上學，學習國語，接觸更多的現代都市文明，努力培養「氣質」，反過來厭惡俚俗的鄉土戲曲與流行歌謠。學校裡、課堂上，師生大小對日本莫名的憤慨與鄙視，但回家的現實生活中，卻處處殘留日本的影子。每支日本影片都在家鄉小戲院大賣，日本歌謠與台語歌一樣流行，我對於東洋來的演藝、歌謠，有著欲迎還拒的矛盾心理，也不知不覺熟悉〈博多夜船〉的旋律。

曾聽走過日本時代的長輩說，博多是日本盛產美女的城市。什麼樣的美女，美到什麼地步？像楊貴妃？若尾文子？愈描述愈不清楚。現在的年輕人也許還可以從「博多拉麵」聯想服務小姐的容顏，當年的我卻不知從何思想起。夜間與當了船員、黑手的兒時玩伴在港邊散步，聽波濤拍岸，不自禁地遙想某一個博多月夜的畫舫漂流，穿著和服的藝妓和著三味弦，在燭影搖紅中，唱出江月的悲涼……。

我知道博多這座北九州城市，已經是「成年」以後的事了。一位負笈日本的朋友學成之後，留在福岡的大學任教，一教就是數十年，期間經常回來開會演講、探望親友，我們有不少喝酒歡聚的機會。這位文名甚盛的朋友聊到福岡的教學生涯，也談到當地的綺麗風光，言語中散發一股無以名狀的幸福感。酒酣耳熱中，他邀請在場的朋友一定得到福岡走走，那裡有許多趣味的小酒館，與丰姿綽約的媽媽桑，聽他的口氣，光是一探博多的溫柔鄉，就不虛此行了。

我終於知道，福岡就是博多，博多就是福岡。於是，我立定志向：一定要找機會到福岡，與朋友聚會，看看博多藝妓，坐坐博多夜船。

博多長年浮現的情境，其實只是虛無縹緲的浪漫，我從未「擁有」博多的街市印象，也沒有藝妓侑酒的風情畫面。博多夜船是何種造型？博多有何歷史傳統？皆毫無概念，也未曾認眞想過應該查閱相關資料。

三十年下來，我卻始終沒去過博多，更別說到夜船行走的港邊了。即使有友人在此，依舊未去一圓少年青春夢，其間，多次到東京、大阪、京都等地旅遊，也沒有趁機到這個曾經充滿遐想的地方。什麼特別的原因？也許就是心有餘力不足吧！其實眞正的原因，應該是年歲增長，每日浸在歐風美雨的生活環境中，昔日浪漫情懷已逐漸遠颺，博多也變得格外遙遠了。

2.

第一次感覺到博多如此親近，竟然是在去了威尼斯之後……。

那一次去威尼斯，是爲了參加一項視覺展演的評審活動，原本是一趟悠閒、愉快的藝術之旅，卻因聯繫上的失誤，與其他行程撞在一起，讓自己在短短幾天之中，忙得像什麼偉大人物似的，得在台北——威尼斯——台北——大阪飛來飛去。

從台北——香港到羅馬，再轉義大利國內航線，抵達威尼斯，然後坐車到水上碼頭，搭乘小客船到下榻的旅舍。在威尼斯停留三個夜晚，時差都尚未調整，又立刻輾轉搭機，循原來路線趕回台北。前後六天的水都行，相同的時間，相同的航程，昏天黑地，日夜顛倒，光是在天上飛行、轉機就占了三天。行程緊迫，加上時差的因素，很難放開胸懷，好好享受舉世聞名的山光水色，以及正在進行中的藝術饗宴。

這一趟威尼斯之旅，不折不扣的舟車勞頓，遠遠超出我的期盼。回台的兩天之後，時差仍然沒有調整過來，又趕到大阪大學參加一項學術活動。這也是原先就排定的旅程，感到十分倦怠，很想找個藉口，取消行程算了。

懷著沉重的心情登上飛機，兩個多小時的航程，飛到日本。從走出機場那一刻開始，放眼望去，到處漢字，同樣的東方臉孔，類似的街頭景色，感覺不到旅程的勞累，幾天來備受困擾的時差也消失於無形，我突然有一股莫名的輕鬆。

日本當然是外國，看起來熟識的景觀，其實只是表象而已，對不熟稔日語的人來說，跟日本人溝通是很累人的，最起碼問路就講不清楚，不像在歐美用英語大致可以通行。不過，或許是心境的轉折，這趟日本旅程所感受的親切感，是以前未曾有的經驗，尤其緊接在威尼斯行程之後更為濃烈，我甚至為自己以前沒好好到日本遊玩而惋惜。

來一趟日本就像坐國內航線到高雄，感覺就在家門口，往來行人猶如街坊鄰居，彷彿可以過去勾肩搭背，相互寒暄。走進扶桑三島就像靠近掛在家門口的一面鏡子，讓自己更清楚看到自己。而後從台北搭飛機到高雄、澎湖、花蓮、台東，心情便跟以前極不相同，輾轉赴鄰近鄉鎮、社區、原住民部落、離島，竟然是全新的經驗。

那一次五天的大阪行，除了參加研討會、發表論文、參與討論之外，仍有許多時間到京都、大阪一帶遊玩，參觀愛知世界博覽會，還特別坐了幾十分鐘的車子，到京都嵐山的美空雲雀紀念館。

我之所以把這個小博物館排入行程，原因自然與年少時期對〈博多夜船〉的深刻印象有關。雖然嵐山不是博多，但〈博多夜船〉原唱者美空雲雀文物萃集於此，「音容宛在」，來此做一個小小的懷舊之旅，自然有所感覺了。

美空雲雀紀念館是在一九九四年三月開幕，搜羅了她出道以來，到五十二歲過世之前，所錄攝的唱片、影片，包括台灣民眾熟悉的〈博多夜船〉、〈港町十三番地〉等流行歌曲。除了影音資料，紀念館還蒐集美空雲雀舞台上穿過的和服、禮服、飾品、照片，以及抄滿了筆記的劇本，爲這位昭和歌謠女王與影歌迷之間，搭起了一座橋樑，讓懷念她的人可以隨時去追悼。

3.

美空雲雀（一九三七—一九八九）原名加藤和枝，出生在神奈川縣橫濱市一個普通家庭，喜歡唱歌的父母賣鮮魚爲生，十分冀望女兒長大以後能成爲歌星。太平洋戰爭期間，和枝的父親增吉被徵召入伍，在送別會上，年幼的和枝竟然感性地爲父親唱了幾首演歌，字正腔圓，讓在場的父母、鄉親又驚訝又感動。母親喜美枝發現女兒有著扣人心弦的歌聲，決心要把女兒捧成日本第一歌手。她帶著美空雲雀前往軍隊、軍需工廠做勞軍演出。

戰後，喜美枝爲了讓和枝能夠繼續唱歌，成立「美空樂團」，就近在一些公民館、澡堂等表演，「天才少女和枝」的名聲也慢慢傳開。一九四七年（昭和二十二年）當時的著名歌手音丸聽過和枝的歌聲後，邀請這個小女孩參加自己在四國的巡演。

以一個十齡小女孩，對人生似懂非懂，卻宛如歷經滄桑的青樓豔妓，風塵味十足地唱出「海、酒、淚、雨、雪、別離、女人」之類內容，也引發不少的爭議。有人認爲她是個感覺虛假的小怪物，也有人認爲她的歌藝超越模仿，亦非江湖賣藝者所能比擬。不管社會大眾看法如何，美空雲雀已經日漸走紅，到處參加歌唱節目，並在娛樂市場創造佳績，也打破小孩子不能唱流行歌的傳統印象。

我出生的那一年，正是十二歲的加藤和枝以美空雲雀的藝名發行第一張唱片的時候。當她以流行歌手的身分在東京「歌舞伎座」舉行獨唱會時，年紀也僅十五歲。以我非專業的粗淺印象，童星出身的美空雲雀外型並不出色，小小年紀一副早熟而平板的模樣，雖然唱紅的歌曲不計其數，「老著等」的臉龐一點都不討我喜歡。但在我步入中年，偶然的機會瞥見螢幕上年已半百的她，突然感覺她的舞台歷練，愈陳愈新，彷彿回歸傳統本性的美學，自然而然散發一股魅力。

戰後日本人對美空雲雀有不同評價，所反映的其實是日本社會的價值觀。有人對她高度肯定，認為她的歌聲撫慰戰後日本人的心靈，但有些期望戰後嶄新風貌的知識分子，反對演歌的陳腔濫調，也反對它的代表人——美空雲雀。

美空雲雀的一生亮麗多變，個性海派、講義氣，有時作風霸道、盛氣凌人。她的私生活常惹起議論，尤其與黑道的關係，更是這位在紅塵中討生活的巨星難以擺脫的宿命。不管觀眾喜歡或不喜歡，美空雲雀在戰後日本可謂家喻戶曉，很少人不對她留下深刻記憶，連走過戰後五、六〇年代的台灣民眾都對她如數家珍，包括她跟小林旭的一段戀情。他們都曾是六〇年代《藝能雜誌》選出的年度人氣王，很自然地被成雙配對。只因美空雲雀的母親不希望女兒由巨星淪為家庭主婦，極力阻擋，終使這一對金童玉女的婚姻生變。

台灣民眾除了直接從〈博多夜船〉與〈港町十三番地〉、〈柔〉、〈蘋果追分〉等日本歌曲欣賞美空雲雀的唱腔，還可以透過台灣歌詞作家、歌手的模仿，體驗台語版演歌的味道。當初〈博多夜船〉流行，本土老牌詞曲作家葉俊麟還把它翻成台語版：

惦港邊，送君來分離，珠淚粒粒滴。
咱雙人情甘意甜，因何來受阻礙？
害阮心空虛，害阮心空虛！
心悲哀，環境不應該，迫咱分東西！
咱總是暫時忍耐，萬事若照心意，
早日倒返來，早日倒返來。
心茫茫，看見海波浪，伴阮搧海風，
沿路來思念情郎，像今日咱分離，
何時再相逢，何時再相逢。

台語〈博多夜船〉歌詞內容與博多毫無關聯，情節卻更加複雜動人，場景也豐富起來：情侶因環境所迫，不得不分離，離別前夕相約在港邊惜別，看見海波浪，不禁悲從中來……。哀怨的旋律如魔音穿腦般，散布到台灣大城小鎮的百貨行、理髮廳、美容院、茶室、撞球間、冰果室，幾乎沒有不聽的自由。這首歌還被拍成電影版，依舊感動無以計數的勞工朋友、田庄兄哥、討海人、作業員與一般家庭主婦。

今日的日本演歌，已屬過氣、老派的演唱風格，但當初它的興起，卻充滿創造性與時代性，是伴隨明治時期自由民權運動而出現的歌唱方式，用來取代政治演說，改說爲唱，作爲批評政府的一種表演。明治後期開始，隨著時代環境的改變，演歌才不再諷刺政治，逐漸成爲吟誦風花雪月的歌唱形式。

美空雲雀堪稱日本歌壇巨星，把演歌的歌唱風格發揮得淋漓盡致。很少藝人能像她一樣，身體內彷彿裝有不同的音色，除了剛出道時清純的兒童、少女歌聲，還能唱出具男性陽剛的歌聲，被形容具有七聲帶。她有強烈的韻律感，又善於運用表情、肢體，配合角色，能自由自在地表現歌詞意境，施展她的歌唱魅力。除了演歌之外，她也擅長端歌（古典三味弦音）、民謠、爵士、拉丁歌曲、舞蹈、法國香頌。雖像千面人般展現多采多姿的唱腔，但最特別，也最重要的，任何人皆能辨識其獨特的嗓音，一聽就知道是美空雲雀。

演歌唱法獨特，有甚多的轉折音與抖音，爲了要加強日本味，表演時常穿和服，化濃妝，成爲風格強烈的表演方式。某些日本文化評論家曾將演歌批評爲感傷、輕薄得像感情遊戲，有如痲醉品、解毒藥，只想一味地把被愛恨、戀情壓抑的情感解放，這種感傷只淪爲「通俗」，很難像短歌一樣，屬於「抒情」的文化的範疇。

不過，日本文藝評論家山折哲雄眼中，舞台上的美空雲雀手握麥克風，靈活的肢體，曼妙的舞姿，配合躍動、輕快的節奏，雖然略帶「輕薄」，卻頗能帶動舞台氣氛。尤其舞台靜止的當下，她又呈現完全不同的形象，非常接近歌舞伎演員亮相的感覺，感情集中，而且鮮明、深刻地浮現在臉譜上。

現在日本演歌市場已經日漸縮小，年輕人音樂中幾乎沒有「演歌」的選項，不是年輕人討厭演歌，而是對它毫無感覺，卻又不認爲演歌不應出現在重要演唱會（例如年度紅白歌唱大賽）。他們不知道，也沒有興趣知道美空雲雀唱過什麼歌，走過什麼人生路？唯一知道的是，她是演歌代名詞，自己的父母長輩非常熟悉她，年輕人對演歌視若無睹、卻又無法否定的雙重態度，似乎也反映日本年輕人的生活態度及國族認同。

日文「演歌」曾在台灣風靡一時，成爲台灣歌唱界重要表現型式之一。除了〈博多夜船〉之外，當年美空雲雀唱紅的〈柔〉、〈蘋果追分〉也被陳芬蘭翻唱成爲台語歌曲〈男子漢〉、〈蘋果花〉，建立台灣演歌的風格，流行一時；影響所及，演歌風也成爲國語歌曲的表現形式之一。如今，演歌風的國語流行歌曲風華不再，台語歌曲則仍有一定市場。不過，時下年輕人對於善用抖音、轉音的演歌風早已失去興趣：音樂不High，歌詞苦悶，動輒江湖、黑社會，說教味道濃厚，屬於阿公阿嬤級的古老玩意了。演歌風的台灣歌曲已與日本演歌市場一樣，江河日下，成爲夕陽演藝了。

4.

在參觀過美空雲雀紀念館之後，我特別安排一趟博多行，從京都坐兩個小時新幹線到福岡，完成十幾年來的心願。在「旅日」老友的陪伴下，到當地的小酒館喝了幾攤，雖然沒有藝妓作陪，也沒有看到夜船藝妓，總算對博多風情有了初體驗。

福岡——博多是重要的「涉外」地區，曾經是日本與中國大陸、朝鮮半島交流的窗口，也是對琉球與南海諸國的貿易基地，商業鼎盛，市容繁榮。博多地區目前屬於日本九州福岡市的轄區，當地人目前還習慣將舊行政中心稱爲「博多」，重要的交通據點包括車站、港口，也都沿用「博多」的名稱。對現在的台灣人，尤其是年輕人來說，到福岡的第一個動作也許是吃碗博多拉麵，選對時間的話，再看個「祇園祭」之類的民俗活動吧！

福岡縣久留米市生產的拉麵，在博多傳播開來，成了「博多拉麵」，原產地反而沒沒無聞。最近幾年，博多拉麵名氣愈來愈響，到處都有打著「博多天神」名號的拉麵店。以福岡市而言，不但拉麵店林立，連車站、月台都有坐著、站著吃麵的客人。它的特徵是用豬骨熬成的乳白色湯頭，湯頭乍聞臭腥，多嗅兩口，倒也久久自芬芳。我對這種麵「拉」不起興趣，但入境隨俗，也站在博多車站月台吃了一碗。

福岡居民平均年齡很輕，生活消費不高，香港《亞洲週刊》還曾經把這個地方列爲全亞洲最適合居住的城市。與東京人的冷漠、大阪人的聒噪相較，福岡人熱誠而富人情味。熟悉福岡的朋友都有共同經驗，常看到幾個互不認識的人聚在一起七嘴八舌地討論，目的只在協助一個問路的陌生客人。

從台灣觀點來看，在福岡生活有日本加台灣的優點，難怪我這位久居福岡，已經具「僑領」資格的朋友，數十年來樂不思蜀。如果換作我，想必也如此：在日本當教授領高薪，有空搭飛機回台灣，探親兼度假，喝酒會友兼消費救台灣。

這一趟福岡行，我特別關愛博多這個老名詞，與友人聊天，更是三句話不離美空雲雀與「博多夜船」。總以爲話匣子一開，美空雲雀的七聲帶與博多港邊的古典與浪漫就會瀰漫酒席間。沒想到許多人一聽美空雲雀就一臉不以爲然的表情。至於「博多夜船」，就更隔閡了。不僅台灣來的朋友不知這一段歷史風華，即使日本人也不熟悉。

年輕的博多人已經不知道何謂「博多夜船」，也沒聽過〈博多夜船〉。大夥拚命回想曾經燈紅酒綠、風情萬種的博多港應該在哪裡？藝妓的歌舞如何在船上發生？好不容易問到福岡美術館館長，這位有點年紀、外形粗獷、個性豪邁的福岡人立刻哼起〈博多夜船〉，邊唱邊打拍子，還會以口舌仿三味弦伴奏，沙啞的歌聲加雜著日本演歌的技巧，味道十足，有人立即附和：「這首歌好像聽過！」

〈博多夜船〉吟詠的地點應指現在福岡市的中洲，是那珂川與博多川之間沙洲形成的街道，百年來酒吧及俱樂部充斥，霓虹燈招牌閃爍不停，夜夜笙歌不斷，曾有「西日本第一歡樂街」之稱。趁著月明星稀，燈影搖曳的夜晚，與二、三友人沿著博多川散步，穿過橋梁，走進攤販林立的那珂川邊。途中人潮川流不息。

我們選個小吃攤坐下，就像台灣夜市海產攤的擺設一樣，拉麵、天婦羅、黑輪、燒烤……應有盡有，我們點了幾道小菜，喝點小酒，與老闆笑談幾句。可惜大部分的小吃攤主人都是年輕人，只知道博多川當年有一番繁華，但如何繁華呢？「嗨！就是這樣啦！」老闆用日本人慣用的笑容回答。

5.

我在福岡時曾與日本友人談到京都嵐山的美空雲雀紀念館，一般反應冷淡，面無表情。追問之下，沒人去過紀念館，而且看得出來，沒人有多大興趣。有一位看來閱歷豐富的日本中年人緩緩地提供一個訊息：美空雲雀紀念館因爲無法吸引年輕人，加上募款困難，準備年底關門大吉了。

在重視文化資產的日本，一位在演藝界擁有眾多影歌迷的巨星資料館竟然難以維持，實在不可思議。我對日本友人說，美空雲雀紀念館應該好好到台灣做行銷，把紀念館列入行程，保證能吸引台灣民眾，源源不絕來到這裡朝聖兼消費。友人當下一臉疑惑，他不了解台灣人的習性，也不相信這種事值得期待。

後來反躬自省，我的「創意」未必切合實際。畢竟博多夜船、藝妓、演歌，都是上一個世紀之前遙遠的追憶，早已如過眼雲煙。二十一世紀的新人類對這些歷史記憶，由內心到外在，都很難產生共鳴。台灣知道美空雲雀的人，不可避免地，將愈來愈少，〈博多夜船〉不管日語版、台語版，也已接近絕響，老一輩的日本情結終將在台灣銷聲匿跡，取而代之的，或許是全球化的日本時尚吧！

二〇〇六年十一月某日，我獨自在台北美心公司旁邊的一家英式小咖啡館享受我的「咖啡時光」。旅日友人來了電話，透過手機，收訊不是很好，但還是清楚地聽到他說的話：美空雲雀紀念館已經在幾天前壽終正寢，宣告結束營業。我不禁喟然而嘆，低下頭來，一面啜飲我的咖啡，一面繼續翻閱我的報紙。

（原載《聯合文學》二〇〇七年四月，曾收錄於《跳舞男女》，九歌出版）

註：位於京都的美空雲雀紀念館於短暫封閉後重新開張，二〇一三年五月再度停止開放，據紀念館網站說明，紀念館將遷移至東京目黑的美空雲雀自宅，預定於二〇一四年春天對外開放。

粗坑的菅芒

1.

大姑幾年前在桃園過世時，我正在國外，告別式前匆匆趕回，送她一程。在式場一角，我瞥見眼熟的身影，一個衣衫襤褸的女子蹲在地上，遮住半邊臉的長髮垂至地面，自顧自地玩弄著腳趾頭。這是婚喪喜慶場合常見的「插花」人物，目的不外是向主人家索取財物。沒有人特別注意她，更沒有人招呼她，我的腦中卻如電光石火一般，聯想起「菅芒」。向大姑靈位祭拜過後，我轉身走到式場外，方才那位長髮女「街友」已經不見了。

大姑是父親唯一的姊姊，兩人只差三歲，年齡相近，情感也深。父親四十年前因病過世之後，大姑在人生路上踽踽獨行，顯得更加孤單，她大半輩子都住在蘇澳郊區靠近白石山礦區的粗坑，「菅芒」算是她的鄰居。

我從小就跟大姑很親近，很得她的疼愛，在年少時期的印象中，她的外貌已經好老好老。後來推算她當時的年紀，其實也不過五十幾歲而已。她的頭髮中分平髻，標準的老太婆造型。每次只要看著大姑，直覺上都會聯想到祖母，看到祖母遺照，也會立刻想到大姑。也許母女本來就應該長得很像，還是每個親人老了，長相都會差不多？祖母在我念幼稚園之前過世，我對她的記憶不多，只有幾個非常模糊的片段。有時腦海裡會不經意地閃過一些畫面：滿頭銀髮的祖母獨自坐在一座小島上，島上遍開菅芒花，在豔陽下散發著夢幻般的光暈，海風一吹，飛絮揚起，整座小島幾乎要飛了起來。風止，花絮似雪，無聲、輕盈，落在祖母的身上……我日後回想，那些影像應該是祖母過世時，從大人口中聽到一些吉光片羽，自己想像出來的阿嬤新「住所」吧！不知為什麼，在我的童年生活中，芒花、死亡、瘋癲、孤獨、女人，許許多多看似無關的人事物，卻拼貼出難以忘懷的記憶地圖，偶爾我仍可以從繁瑣桎梏的公務中逃逸，按圖索驥，走回被時光遺忘的芒花小徑上。

2.

大姑中年以前的人生際遇我不清楚，我懂事以來，她就長年獨自住在粗坑。光聽地名，就知道這是一個不折不扣的窮鄉僻壤。當時從南方澳到粗坑，必須先到蘇澳市區，再由市區進入白米甕，沿著永春路直走，到有纜車裝卸石礦的「流籠頭」拐進永樂路，經過「菅芒」的「家」，才能到粗坑。

這一大片工業用地，屬於台灣水泥公司蘇澳廠的廠區與礦區，占地甚廣。水泥廠高聳的大煙囪，成了蘇澳的地標，也像烽火台般，不斷放出黑煙。從白米甕走永春路、永樂路到底就是白石山礦區，挖掘出來的石礦經由纜車——「流籠」，一車一車地輸送到水泥廠加工。從白米甕到粗坑的路上，人煙稀少，山巒、河床交錯，除了隨季節變化顏色的菅芒花之外，放眼望去，光禿禿、灰濛濛一片，可謂不毛之土。還好那時代的民眾古意、認分，逆來順受，不太察覺空氣污染的嚴重性，沒有人去包圍水泥廠。

當時這一段路沒有公路局班車，只有載運礦石的大卡車呼嘯而過。一般人進出粗坑，大多靠兩條腿走路，有自用車的人家算是稀有動物，騎摩托車的人也少之又少，連擁有一部自行車都不容易。就算有「車仔」，要騎一段粗坑路也不方便，因爲大卡車早已把道路衝撞得凹凸不平了。從我家到粗坑一趟，先從南方澳走到蘇澳，再由蘇澳進入粗坑，以我的「囝仔腳」，來回四個小時。

我已忘了第一次到大姑家是「民國幾年」，最早的記憶是小學四年級時，跟隨父親在大年初二到粗坑接大姑回來「做客」。當時我心不甘，情不願，因爲過年一刻值千金，與同伴玩得正瘋，捨不得到外地去，而且到粗坑要走一段漫漫長路，更引不起我的興趣。不過，勉強出了一次任務之後，發現大有好處，因爲大姑家開了一家雜貨鋪，各式糖果、飲料、玩具琳琅滿目。大姑還告訴我，想吃什麼，就吃什麼，想喝什麼，就喝什麼。那一次接大姑收穫不僅如此，還得到一個十塊錢的紅包，這是一筆大數目，超過父母給我的一個月零用錢，買三期的《漫畫周刊》還有找。

從此之後，我食髓知味，每年都自動把接大姑列爲過年重要行程，初二一大早就自告奮勇，接大姑去了！像個苦行僧般，長途跋涉，步行到大姑家，一心一意只爲了化緣。春節之後、開學之前，還會再找一天去「行春」，探親兼拿紅包。而後依四季節氣，「行夏」、「行秋」、「行冬」，隨時都會到粗坑看大姑，禮數周到。特別是碰到長假，我更喜歡去大姑家幫忙看店，「學」做生意。當時我最羨慕的行業就是開雜貨店，也希望長大之後能開一家雜貨店，隨心所欲，快樂逍遙。其實我很清楚，號稱幫大姑看店，吃掉的應比賣掉的還多吧！在物資匱乏的年代，大姑算是我的重要「金主」，尤其，我一向調皮搗蛋，有錢就花，入不敷出，她肯如此「贊助」我，算是獨具慧眼了。不過，去粗坑一趟，也不是那麼快樂自在，去或不去，有時也內心掙扎不已。倒不是我良心發現，憐惜大姑生活清苦，不應該去揩油，也不是擔心山遙路遠，浪費時間，而是這一趟路必須經過「菅芒」的地盤。

走過永春路的泥濘小路，轉入永樂路，轉角處銜接「流籠頭」的是國小分校，另一邊的山坡上相思樹、菅芒花與雜草交錯叢生，這裡就是「菅芒」的「家」，沒有民宅或其他建築物，整片山坡都算是她家的庭院。

3.

第一次隨父親到粗坑的路上，我並未看到「菅芒」有家，也不知道有「菅芒」這號人物。而後又去了幾次，依然沒注意到「菅芒」的存在，直到深秋那一次往粗坑路上……。

那一次我獨自一人走過「流籠頭」，看到山坡遍布灰白色的菅芒花，蒼茫有勁，一時興起，隨手拉了幾拔，並順著山坡小路，邊拔邊玩。突然發現草叢中有一座石頭砌成、上鋪菅芒的小祠，我蹲下來往祠內探看，有一尊黑黃的土地公神像，除了燭台、香爐、香枝之外，還堆放了幾件衣物。我正要轉身離去，突然樹林下出現一個身穿白衣、披散長髮，恍如鬼魅般的東西。我大叫一聲，立刻衝下山坡，顧不得唾手可得的紅包，一口氣跑回南方澳了。

後來我才知道，「她」無名無姓、無依無靠，大家「阿罔」、「阿罔」的隨口叫，年幼的我卻因爲她總是在菅芒花海中神出鬼沒，錯把「阿罔」聽成「菅芒」，不但替她「改」了名字，還特意將語尾微微上揚，好像風吹飛絮一般。

「菅芒」的家離我家少說有十公里之遠，照說她的存在與我無甚干係，井水不犯河水。只不過，到大姑家「探親」，必須經過她的地盤，她掌握進出粗坑的咽喉地，一女當關，萬夫莫敵。其實，我並不怕瘋子，從小也有跟「猶仔」戰鬥的經驗。當時南方澳「本土」神經異常者，最典型的要屬猶猜與猶王了，他們兩人好腳好手，常拿著大瓷碗夫唱婦隨、挨家挨戶要些剩菜剩飯，還會針對主人給的賞賜挑三揀四，提供具體意見。他們究竟是夫婦？同居人？情侶？兄妹？朋友？我並不清楚，但常跟一堆小孩跟在他們屁股後，大喊：「狷猜狷王炊甜粿……。」聽到小孩子的叫囂，他們還會露出缺牙的笑臉，附和著說：「甜粿炊炊不請你這些猴囝仔食。」我不怕狷猜狷王，卻不得不怕阿罔，畢竟「菅芒」與狷猜狷王不同，確切地說，他們分屬陰陽兩界。狷猜狷王早就成爲漁港的「聞人」，跟本地人有說有笑，儼然南方澳「榮譽」公民。而「菅芒」大半個臉被長髮蓋住，看不清她的鬼影，也看不出她的眞實年齡，有種莫測高深的恐怖。而且，她又藏在山林之中，神出鬼沒，隨時都會出來嚇人。

第一次看到「菅芒」，差不多等於看到鬼。從此，這一趟粗坑路，讓我陷入兩難。有一段時間，我不敢再到粗坑，因爲害怕這個瘋女人會突然出現，更怕她衝下山來。不過，因爲害怕「菅芒」而放棄拿紅包的機會，又心有未甘，也不是小小男子漢所當爲。而且手頭確實不便，仔細評估、想想這個鬼造型，再想想大姑的紅包，明知山有虎，偏向虎山行，要拚才會贏，墓仔埔也敢去。

照說我來粗坑探望大姑，師出有名，迎接她回家「做客」，理由更是充分，大可邀個堂兄弟、姪兒同行壯膽，但因發現「金」礦之後，去粗坑的次數過於頻繁，早被大人看破腳手，一再告誡，不得過度叨擾大姑，因此我來粗坑都很「低調」，不太敢讓家人知道。不過，有時會邀個玩伴同行，以壯聲勢。爲了避免我探姑的孝心被「污名」化，我通常先強調此行到粗坑探險，有如桃太郎打鬼王般意義神聖，然後，施以小惠，例如新買的漫畫免費出借……，臨行前，再拍拍胸脯，對同伴精神喊話：「狷仔免驚啦！」有一次我在三個小跟班的簇擁下往粗坑出發，人多膽子就大，個個手上拿著彈弓，口袋內裝滿小石頭，摩拳擦掌，既興奮又害怕，準備對「菅芒」宣戰。一行人經過小土地公祠時，並沒有看到「菅芒」的蹤跡，大夥暗自鬆了一口氣，卻又不甘心空有一身裝備，英雄無用武之地。有人朝土地祠丟了兩顆小石頭示威，行徑有些像現在出現在舞廳開槍示威的混混。

有一年冬季，天氣清朗，但氣溫很低，我從南方澳出發到粗坑大姑家，因爲一時找不到跟班，加上已有多次未曾瞧見「菅芒」，因而放鬆心防，千山萬水我獨行，不必相送！從永春路經過「流籠頭」，準備拐個彎進入永樂路，突然發覺「菅芒」就在眼前十公尺處。我看到這個鬼魅般的身影，拔腿就往回跑，跑了幾步，捨不得大姑的紅包，又轉身朝粗坑方向衝刺，屏息從「菅芒」身邊飛奔而過。眼角瞥見她長髮及膝，小小的臉蛋滿布皺紋，鼻子有點塌，面頰擦脂抹粉，雙唇塗滿口紅，穿著紅洋裝，內加一條紅長褲，上上下下一身火紅，是那個年代「標準」的瘋女人造型。

那一天冬陽穿透陰冷的空氣，照耀在一身火紅打扮的「菅芒」身上，顯得格外淒清冷豔。她嘴裡哼著我所不知的謠曲，在我快速經過時，還看了我一眼，但沒有罵人或作勢要打人，只是繼續唱歌。

4.

「菅芒」以廟爲家，裝亡者骨頭的金斗甕是她生活中的主要器皿，聽說淘米洗菜、烹煮食物都利用這個甕罐。這只限於傳說，她平常三餐如何打理，不得而知，我關心的是甕裡原來的人骨哪裡去了？這也是引發我恐懼的原因之一。當時南方澳的媽媽們在夜間小孩哭鬧不肯睡覺時，常恐嚇說：「再不睡覺，就叫猜王來帶走。」粗坑、白米甕一帶的媽媽在哄騙哭鬧的幼兒無效時，大概也是說「再不聽話，叫『菅芒』來帶走！」利用「菅芒」之類的人物恐嚇自己的小孩，與「叫大人來抓走」有異曲同工之妙，都是當年鄉下孟母養育子女的手段之一。

不過，也不是每個人都怕「菅芒」，或避之唯恐不及，至少大姑與阿城就不這麼認爲。有一次我跑到大姑家，喘個不息，大姑知道我遇上「菅芒」，安慰我說：「阿罔不會害人，伊亦是一個歹命人……。」阿城是大姑的鄰居，比我大十歲，換句話說，我小時候他已是嘴上有毛的「大人」了。他的嘴唇很厚，有些像現在流行的安潔莉娜・裘莉厚唇，只是眼神呆滯，隨時都在流口水。他的智能發育不全，平常跟隨當「土公」的父親爲人「拾骨」、整理墓地，用現在的話說，是從事殯葬業的。阿城沒有外出工作時就蹲在大姑店門口，一蹲就是一整天。大姑有時會拿些零錢或糖果給他，他不肯拿，最後都是大姑硬塞在他口袋裡。我到大姑家時，他會主動靠過來，只在一旁傻笑。大姑怕我在鄉間孤單、無聊，常交代阿城帶我四界走走。

我雖然比阿城小，但「玩」的花樣勝他百倍。他只會帶我到附近的河床拔菅芒，教我作成翳鬚，掛在嘴巴上。也許是職業敏感度的關係，他對裝人骨的金斗甕特別有感覺，粗坑那一帶的荒郊野外哪裡有金斗甕，他一清二楚。每次只要發現金斗甕，原本神智不清、口齒含糊的他立即兩眼發光，像「師公」一樣抑揚頓挫地唸出：「死鬼身茫茫，陰魂化做風，想要回陽去，屍首已爛了。」怪異的腔調彷彿來自陰間，即使在大太陽底下聽到，渾身都會發冷。

有一次我們往「流籠頭」方向走，快到「菅芒」的家時，他指著山坡上說：「阿罔住在這裡！」一點都不害怕的樣子。還頻頻邀我：「上去看金斗甕！」看到我露出驚恐的神情，他開心地笑了，說：「騙你的啦！」他接著一本正經地說：「阿罔沒有，她不會罵人，也不會打人。」大姑並沒有講太多「菅芒」的故事，倒是阿城講到她時，出奇地聰明，口齒也格外清晰，就好像他一見金斗甕，就能搖頭晃腦地將那首「四句連」倒背如流。他陸陸續續講一些與「菅芒」有關的故事，整理起來，大致是說「菅芒」曾是台北一名藝旦，長得很標致，後來被一名很有錢的生意人看上，引起生意人的太太妒恨，放符咒讓她神經錯亂，「菅芒」從此音訊全無……，這些情節就像很多藝旦故事或「瘋女十八年」之類傳奇一樣，眞假莫辨，中間大概夾雜不少人的轉述與加油添醋。她如何出現在這座小土地廟，沒人說得清楚。不過，獨自一個人在山坡草木叢中生活，無燈火無水電，不正常總是事實。

我青少年時期每年新正來接大姑，但她並沒有隨我回家，我以爲她是在等唯一的女兒初二回娘家，可是我從未在大姑家碰過我的表姊。我想，也許是祖父母已過世，路途又遙遠，再加上過年期間，小店的生意特別好，她才不想離開粗坑。若干年後，我到台北讀書做事，過了拿紅包的年紀，很少再去粗坑了，而後大姑搬到桃園兒子家養老，我更少看到她了，也忘了「菅芒」這個「鬼」了。

大姑原本打算在粗坑終老，禁不起住在桃園的兒子多次請求，才搬來與他同住。大姑這個兒子其實是姑丈前妻所生，大姑雖是「後母」，但她個姓純樸善良，善待「前人」之子，否則這位表哥也不會願意接她回家養老。話說回來，大姑長年生活在逆境中，再大的苦難，也視爲上蒼給她的磨難，孤零零一人住在偏僻山村，做小生意求得溫飽。如果不是「前人」子這麼有孝心，也不會到桃園去寄人籬下。

我小時候覺得大姑的命最好，能夠獨自擁有一家雜貨店。後來才知道她的命並不好，黃花閨女嫁人做偏房，生下二子一女。姑丈原在羅東經商，家境富裕，不料一場大火，毀盡家財，之後搬到粗坑，鬱鬱而終。大姑中年守寡，好不容易把子女拉拔長大，發育正常的長子卻在二十歲的年齡意外身亡，兩年後弱智的幼子也病故。女兒出嫁生下幾個子女之後，女婿竟也在青壯之年因海難殞命。

大姑八十六歲那一年，在睡夢中過世，坎坷一生，最後總算有個「福氣」的人生終點。送大姑上山頭之後，我才陸續從長輩口中對她的一生多了些了解。

5.

到粗坑看大姑是我童年時代一段難以忘懷的生活經驗，在路上撞見「菅芒」，也在大姑的小店認識阿城，一樣獃，一個可怕，一個可憐，長大之後回想，都是値得同情的歹命人。尤其對「菅芒」這個當年讓我恐懼、憎恨的「鬼」，逐漸由害怕而好奇，由好奇而產生憐憫。我懷念大姑孤苦的一生，以及當年那一段到粗坑拿紅包，面對「菅芒」的童年往事，想到「菅芒」隱忍困頓的人生，又不自禁地想到大姑的悲涼與認命。

大姑過世後的某一年過年我特別到粗坑走一走，當時我已近十年未曾到過這裡了，看看小時候走過的漫漫長路，以及大姑當年開雜貨店的場景，風景殊異，人物已非。在永樂路、永春路的交接處，我循著山坡小路上去，來到「菅芒」的「家」。小祠四周雜草叢生，似乎已經長期無人踐踏了。我暗自估算，如果她還健在，應該已是八、九十歲的人瑞了吧！來到土地公祠前，往內一看，除了昏黃的神像猶在之外，別無一物，裡外、周圍更無「菅芒」的足跡。果眞碰到她，我不會再拔腿而跑，更不會用彈弓欺負她，只想話話家常，順便問問她：妳的人生從什麼時候開始？三餐怎麼料理？大姑粗坑的雜貨店，在我童年的印象中，看起來雄偉不已，其實只是十坪左右的木造房子，周圍稀稀疏疏有幾戶人家，都是用菅芒粗莖稈編成牆壁，鋪上泥土，屋頂再用茅草鋪蓋，現在皆已改建成國宅。我小時候來粗坑看大姑，主要目的是來要紅包的，她未必不知道我的企圖，卻歡喜做、甘願受，也許她把這個姪兒視爲兒子般溺愛，而她對「菅芒」與阿城的同情也應該來自感同身受的自憐吧！今年的春節，我又趁著回鄉之便，再到永樂路山坡上的「菅芒」的「家」看看。爬上山坡，放眼望去，盡是一片平野，二行鐵軌直直通往南北，倒是菅芒花依舊遍開，隨風飛舞。只是土地公祠不見了，附近也不像有人居住的樣子。原來多年前北迴鐵路興建時，沿線民宅、土地被徵收，「菅芒」的「家」也在工程範圍之內。土地公祠被妥善搬遷到山坡下的一個空曠地另建，廟貌比以前雄偉好幾倍，算是施工單位對土地公的禮遇。

至於一向住在小祠裡的「菅芒」如何安置，沒有人注意，也許她仍在附近藏身吧！就像菅芒花的種子隨風飄散，「菅芒」的命運也注定是飄泊無依。我在「菅芒」的「遺址」四周停留了一、二小時，天光雲影，蟲鳴鳥叫，整個世界一片安詳寧靜，連個鬼影也沒見到。我想，也許她雲遊四海去了。走下山坡，回到白米甕，聽這裡的人說，「菅芒」早在幾年前就過世了。

「沒人知道她怎麼死，也沒人管她怎麼死。」回話的人輕描淡寫，對這個話題似乎興趣不大。

至於阿城呢？我連問都沒問，因爲我猜測不會有人知道他。我想，或許他已被「菅芒」帶走了。

（原載《聯合文學》，二〇〇七年六月，曾收錄於《跳舞男女》，九歌出版）

金錶

1.

我平常不戴錶，兩手空空如也。不戴錶並不意味沒有錶，我不但有錶，而且有好幾個呢！有精工錶、有不同樣式的Swatch，也有幾個地攤買來的仿冒品。閒來無事，稍微點了一下，發覺所有的錶加起來，總價不到二萬元，其中最貴的「名錶」是幾千塊錢買來的精工錶。至於那些地攤貨則不好估計，算是無「價」之錶了。

新聞報導警方破獲僞鈔案計算成果，都不是算重量或紙錢，而是以假鈔的面值計算，所以查獲的金額動輒十億二十億，戰果輝煌。我的仿冒名錶如果依照眞錶價格計算就「發」了，少說也有兩百萬元，包括同事從萬華地攤二百塊買來給我的雷達錶，「原價」三、四十萬，朋友送我當生日禮物的泰國仿製Vacheron Constantin，買價二千元，聽說眞錶價值上百萬元呢！

照說繫在手上的錶與掛在牆上的時鐘一樣，原始功能是在告知正確時間。然而兩個世紀以來，名錶文化早已成爲人類文明成就，也是一種時尚。把時間戴在手上，象徵人對時間的掌控，掌控時間就掌控人世間的大小事務，自然也變成另一種符籙，代表特殊的階級。名人配名錶，大約就跟英雄配名馬、寶劍，美人配珍珠、項鍊一樣，搭配得當，足以表現生活品味與社會地位。不僅上流社會如此，基層社會、小戶人家無不崇仰名錶，引爲風尚，堪稱人不分男女老幼，地不分東西南北，屬於全民運動，任何稍有「街市」規模的鄉鎮，鐘錶店跟銀樓永遠都是地方流行的中心。

我從小到大，很少趕上流行，從未買過價值上萬元的「名錶」，原因不完全在於買不起（曾經是），或捨不得花錢，亦非品味不足，而是不特別重視手錶，也不了解錶的行情，分不清楚金錶、鐵錶有何不同。我不只不喜歡戴錶，也不喜歡戴戒指、手環，總覺得手腕上套了個小道具，很不自然，而且有一層桎梏。尤其平常左手拿筷子吃飯，右手拿筆寫字，不管戴哪一隻手都不方便，礙手礙腳的，無法隨心所欲。

我並非天生不喜歡手錶，或不知道手錶的高貴，事實上，也沒有人天生不喜歡手錶或不知道它的價值，如果現在有手錶與襪子任我挑選，選上就「無料」算我的，我還是會挑手錶。手錶在我成長過程中，曾經充滿神祕與誘惑，有過一段渴望戴錶的日子呢！在那個物資匱乏的年代，一般家庭裡最貴重的器物，就是收音機、腳踏車、首飾與手錶。而且，只有賺錢的人才戴得起手錶，戴錶算是成年人的象徵之一。小孩不能戴錶，就跟十六歲之前不能飲酒、吃雞爪一樣，天經地義，哪像現代小孩戴錶就像口袋插鉛筆一樣簡便，「鼻屎大」的年紀，只要看得懂阿拉伯數字，莫不人手一錶，氣派十足。

我念小學時沒看過哪位同學戴手錶，大家都出身漁民或工人家庭，來自南北二路，從外表、衣著來看，又土又俗。男生理光頭、打赤腳，渾身髒兮兮，像剛在泥土堆裡打滾似的；女生白衣黑裙燈籠褲，外型也不怎麼淑女。雖然無人戴錶，全班四十幾位同學卻有志一同，喜歡在手腕上用毛筆、水彩筆畫個「肉」錶，有時還煞有其事地看看這個「肉」錶，嚷嚷：「吃便當啦！」「下課啦！」「放學啦！」

我每天都有「肉」錶，但夢想擁有一個會動會走的眞錶。國小畢業考初中前夕，父親特別給了一個承諾：「如果考上省中，就送你一個金錶。」讓我連續好幾天作夢都夢到考上省中，戴手錶上學的神氣模樣，此後將與小學生有別，心中一陣「轉大人」的竊喜。可惜我的金錶夢隨著省中考試落榜而消逝，轉念縣中，連錶帶也沒有，大人不再提手錶的事，未曾允諾在哪種情況下會送我一只錶。

2.

我曾經讀過魯迅翻譯的俄國作家班台萊耶夫（L. Panteleev）童話小說《金錶》，心有戚戚焉，因爲小說所勾繪出來的畫面，以及瀰漫在空氣中的低氣壓，彷彿摸得到、感覺得到，我看到童年仰望金錶的那段歲月，充滿色彩與味道。班台萊耶夫生平資料不多，只知道他原是流浪者，後來受了教育，成爲出色的作者。雖然時空環境不同，國情有異，小說情節與現實人生也有若干落差，《金錶》所引發的故事與場景仍帶給我強烈的童年滋味。

《金錶》的主人翁彼帝加是一名小混混，也可說是一名「業餘」扒手或小偷，因爲飢餓難當，偷了蛋餅，被扭送警局。在拘留房審訊時，一位醉漢糊裡糊塗地將昂貴的金錶「交」給了他，只留下錶鍊。彼帝加被送到少年教養院，將錶暫藏在院區中庭地下，所以後來醉漢到警局報案時，警察已無法在彼帝加身上找到證據，只好將他釋放。

回到療養院後，彼帝加急著尋找金錶，結果大失所望，因爲院方將冬天所需的木材堆滿中庭。他決定耐心等候冬天的到來，當木材逐漸被移去燒火之後，圖窮匕現……。在漫長的等待期間，彼帝加在院中學習各種課程，激起強烈的求知欲，甚至被選爲經濟事務的負責人……。

這篇小說故事場景、人物角色與我的成長經驗不同，但情境、氛圍卻有幾分相似，我也很自然地把小說情節投射到自己的童年生活。不過，很快地，發覺沒資格當彼帝加，因爲我雖偶爾從父母衣袋「撿」點錢花用，但尚未淪爲扒手，每天早出晚歸，四處玩耍，自由自在，也沒有落到流浪的地步，吃飯、睡覺時間一到，就會自動回到家裡。以我當時放蕩的行徑來看，大概已經到了臨界點，如果再交幾個損友，就有可能越雷池一步，變成《金錶》裡的主人翁——彼帝加了。

我突然想起綽號「賊仔三」的小學同學王添丁，他是澎湖離島花嶼人，小時候隨父母千里迢迢來到南方澳，被安排在我的班上就讀。我不知他爲何有「賊仔三」這個綽號，也許曾經做過什麼勾當吧！他長得瘦瘦黑黑的，穿著一襲看起來半個月未洗的卡其制服，打赤腳，成績鴉鴉烏，但很會在港口賺錢。漁船一靠岸，他機伶地跳上船，幫忙出卸魚貨，才一個多小時，就可從船員手上獲得幾條青花魚，轉身賣給魚販，立刻有幾十塊的收入。在同學眼中簡直是大富翁，吃喝玩樂都比其他同學大方。

有一天，「賊仔三」手腕上多了一個錶，金光閃閃，十分耀眼，因爲戴錶的關係，看起來有些大人的氣派，全班圍繞著他，摸摸瞧瞧，欣羨不已。大家都以爲這是他幫漁民「出魚」卸貨賺來的，我也深信不疑。過沒幾天，地方警察來教室帶走他，原來他日前趁魚販在魚市場角落熟睡時，「撿」走了新手錶——就如彼帝加從醉漢手中「撿」走金錶一樣。「賊仔三」被送到派出所之後，一去不回，至少在我畢業前沒有回到班上。

3.

雖然我與王添丁相處的時間不長，但直覺他就像《金錶》裡的彼帝加，至少是偷藏金錶時代的彼帝加。這當然只是形式上的比較，添丁的現實人生與《金錶》小說的意涵差別極大，也不知道他後來流落何方，是否還待在漁港，有沒有成爲職業小偷？會不會巧遇佳人，如彼帝加的情人與小偷故事。更重要的，王添丁最後是否如彼帝加，從一個小混混轉變成一個對生命有所省悟的人，了解世間最珍貴的，不是財富，而是高尚的品格，以及人與人之間無可取代的情感？

小說《金錶》的結局不是悲劇，而是悲喜劇。金錶的價值隨著人的觀念而異，它在彼帝加心目中的變化，正象徵其生命觀的轉變，當彼帝加找回長期埋藏在地底下的金錶那一刻，已不是當年見利忘義的小混混了。儘管金錶依然耀眼，彼帝加過去渴望的財富，反而成爲生命難以承受的負擔。由於心境的轉變，當初備感沉重的金錶，掂在手上意外變小變輕了。

彼帝加想將金錶物歸原主，卻發現過去對他苦苦糾纏的錶主——醉漢已經消失，悔恨不已，刹那間金錶又恢復原來的沉重不堪。他終於體會金錶雖然珍貴，但追逐金錶過程中，所失去的更多，而且無法用金錢衡量。而彼帝加在人生逐漸走向光明之際，意外發現初戀的女孩就是金錶主人的女兒，因爲家庭陷入困境，正打算賣掉錶鍊。震驚不已的彼帝加默默地將金錶還給少女，頭也不回地離開了……。

不知是幸運，還是可惜，我青少年生活沒有像「賊仔三」一樣的放蕩人生，沒有在警察局留下紀錄，也沒有像《金錶》發展一段「浪子回頭」的故事，自然也沒有福氣消受美人恩了。儘管金錶曾經是我夢寐以求的寶貝，隨著希望的落空，雖不致成爲恥辱的烙記，卻在成長中的過程中逐漸淡出，失去吸引力，沒有特殊感覺，也沒有浪漫情懷。我刻意不再想像手錶所代表的新階級（初中生）、新身分（準成年）的意象，也習慣沒有手錶、不戴手錶的生活。金錶也好，手錶也罷，在我的眼中，實實在在就是「時錶」——計算時間的器具而已。

有一段時間我爲了因應人必有錶的簡單道理，勉強戴起錶來，感覺上像在手腕上放塊鐵片一樣，有事沒事就會像戲台上的武生，提起手腕一看。幾個奧錶輪流戴來戴去，逐漸地，我發覺一旦戴錶，多少會吸引別人的注意。就像開車子一樣，開什麼車就代表身分地位與生活品味。戴錶的手一伸出去，立刻就跟人比手腕了。別人的目光注意到我的手錶，想說些什麼，卻欲言又止。我後來才知道手錶有價值百萬、數百萬，甚至上千萬的，還有國際名錶博覽會，以及各式各樣的名錶雜誌，我實在無以言「表」了。

4.

生命誠可貴，人的手腕短短小小，有這麼寶貴，值得戴百萬、千萬名錶？而且一天就二十四小時，百萬名錶能多出「美國時間」來嗎？我母親生前常用「有手骨」或「手骨大隻」形容一個人有辦法、有財富，她希望我有朝一日也能「有手骨」，光宗耀祖。我原不了解它的眞正意義，最近終於頓悟，原來是在講戴頂級手錶的人。「手骨」愈大隻的人，戴的手錶愈名貴。

我逐漸知道金錶的大學問了，算一算自己所有的錶，加起來竟然抵不過別人的一只錶帶，就連仿冒貨用眞錶價格計算，也不過區區兩百萬，談不上「有手骨」，既然「手骨」小隻，乾脆不再戴錶了。手腕沒有錶，別人對我的「手骨」就莫測高深了。

一個人可以不戴錶，但必須要有配套，才能跟得上時代的腳步，例如要保持眼觀四面，耳聽八方，從掛鐘、電視畫面、廣播節目隨時知道時間，也要知道如何把錶掛在別人手上和嘴巴上，請別人爲我們服務。問時間雖屬小事，其實也是跟周圍的人——識與不識互動打招呼的方法，人與人之間打招呼、互動方式千百種，身體語言五花八門，從「錶」入手，算是現實無情社會一種免費而有效的人際互動了。

我最常「垂詢」時間的對象自然是辦公室的同仁，只要稍微比個手勢，他們默契十足地揚起戴錶的手腕，像祭出照妖鏡般，朝著我揮動，再用另一隻手的食指敲敲錶面，連嘴巴都懶得張開。

沒有錶或不戴錶當然也有可能被視爲沒有品牌、面目模糊的人，尤其有些智慧型的仕女看男人是從他手上的錶看起，由此檢驗他的品味——不見得是財富，不能言「表」的人當然失去被正面評價的機會。這些還算小事，我這種不受手錶制約的人隨年齡增長，時間感逐漸遲鈍，對生活周遭事物的變化，只有粗枝大葉的感覺而已。

不過，久而久之，卻又發覺時間非常充裕，好像有好多用不完的「美國時間」，爲了愛惜光陰，把握時間，我必須更加努力想方法打發時間，或開發更多消磨時間的方法。

其實，戴不戴手錶也能保留極大的彈性空間，可能一直不戴錶，也可能在哪一天想戴只錶，戴Swatch、精工錶，或各種仿冒名錶，或者，哪一天心血來潮，也可能買只二十萬的名錶，好好展現我的「手骨」。

（原載《聯合報》，二〇〇六年九月二十九日，曾收錄於《跳舞男女》，九歌出版）

二十年豆漿店

巷口的豆漿店突然掛起一塊小木板，上面寫著「二十年老店，歡迎光顧」，底下則是豆漿、鹹豆漿、米漿、蘿蔔糕、小籠包、蛋餅、飯糰……等琳琅滿目的營業項目與價錢。作爲招牌的這塊木板有些陳舊，看起來像是從哪個工地撿來的，毫不亮眼，也缺乏氣派，說它是招牌或「看板」，言過其實，頂多只能算是廢物利用。

這家五坪大的豆漿店是從老舊公寓隔間，「店」門口擺了一台小吃攤常見的鋁製方形平台，中間放了兩個分別裝滿豆漿、米漿的大鍋，旁邊還有一個蒸籠與小灶，專門烹煮、煎炸食物。「店」裡面的瓷磚地板沾滿油漬，幾張供客人使用的長形木桌與塑膠圓板凳，隨意擺放著。整間「店」看起來髒兮兮的，與緊鄰洗衣店與美容院相比，既缺乏美容院的光彩亮麗，也沒有洗衣店門口掛滿衣物，一副生意鼎盛的模樣。

二十年不算短，如果以人生做比喻，從出生到二十年，可算成年了。照大甲顏家的結婚速度，也可能兒女成群了。但是就一家企業，一項產品來看，二十年算久嗎？隨意往大城小鎮的街道走，哪一家商店不是已經開了二、三十年以上？如果二十年的小豆漿店都要標榜歷史，那麼，日本時代就存在的店鋪、公司行號，豈不要做紀念碑了？

不過，這家「店」的老闆敢標榜「二十年老店」，多少也代表他有生意頭腦，知道自創品牌，強調老牌老字號。讓這家外形毫不起眼的小豆漿店一下子就跟街坊常出現的三十年紅豆冰老店、五十年阿婆乾麵等量齊觀，算是掌握了當前社區總體營造與文化創意產業的大趨勢。只是，我左思右想，實在想不出這家二十年豆漿「老」店的產業價值與「在地」特色在哪裡？

生意人人能做，是否賺錢得靠本事。許多冰店、麵攤掛滿老闆與名人的合照，以廣招徠，兼自抬身價。但也有些商店不想靠名人、媒體哄抬，像小豆漿店附近有幾家沒有招牌的小攤子，我也常光顧。包括一家賣米苔目兼黑白切，一家專賣粉絲大腸，另一家賣炒麵、油飯、魚丸湯。我曾問這幾位女攤販，爲何不掛個看板或標榜幾十年老店？她們毫不考慮地回答：「哎呀！有什麼好寫的！老主顧知道就好了。」

看來不是每個店鋪都想強調它的悠久歷史，不是每個行業都想標榜古老性，正如有錢人不見得會像唐日榮在家裡安裝黃金馬桶。

我有位朋友家裡開旅館，已經四代，在中南部也算老招牌。他想仿照當前一些老店的做法，在旅館外牆標榜百年歷史，卻被他的父親斥責一頓：「旅館愈新穎愈能吸引顧客，誰想住一百年歷史的老舊旅館，誰想知道裡面有多少人睡過？多少人死在裡面？」在老先生的觀念中，旅館就如同電影院，講究的是愈科技、愈舒適的新空間，百年的旅館、戲院、電影院除非不斷翻新，才能趕上時代。如果只靠老店招牌，大概僅能提供懷舊、憑弔之用了。

大稻埕安西街一家設備簡陋的三代老麵店也是一個例外。它是許多老台北人難忘的回憶，至今生意鼎盛。一位文化人從小光顧到大，印象特別深刻，在懷舊的心情下，寫了一篇文情並茂的介紹性文章，還得意地向老闆邀功：「你知道最近有人爲你們寫了一篇文章嗎？那個作者就是我……」老闆連頭都不抬，邊切他的麵邊嘀咕：「免啦！免啦！我生意都做不完了，還寫文章介紹，給我添麻煩。」

我以前到這家小豆漿店消費，通常坐在板凳上邊吃邊翻閱報紙。每次結帳下來，大約就是三十多塊、四十多塊不等，大小銅板叮叮噹噹，付完就走，未曾跟老闆寒暄，也不管他尊姓大名，家居何處，店開了多久？但是這個二十年招牌掛上之後，當天晚上幾乎讓我難以成眠，腦筋裡一直想著：這家店開這麼久了嗎？我開始計算我跟這家小店的關係。

印象中這一家店出現在巷口的時間並不太早，以我一個在這裡住了三十年的老居民來看，它在現址營業不超過五年。不過，我也相信老闆的說法，他眞的已經「賣」了二十年豆漿。否則，大可吹牛五十年、一百年老店，或者蔣經國總統曾經來過，是他的民間友人之一，「青菜公共」，反正沒有人會認眞追查。這家店的二十年也許包含其他地方的營業算計在內，不管它開了二十年，或者更多，或者更少，老闆的行銷策略至少已在我身上發生作用了。

我剛到「店」裡光顧時，這裡除了老闆夫妻之外，還有一位成天穿著牛仔褲，看起來像大學生的年輕小姐。繫著圍裙的男主人主內，低頭駝背，雙手不停地揉麵粉，全身經常沾滿粉屑。女主人主外，站在門口的鍋子邊，煎炸蛋餅、蘿蔔糕。年輕小姐則負責舀豆漿、傳豆漿，為客人打點包子、飯團，兼結帳找錢，手腳乾淨俐落，充滿青春氣息。我想她應該是老闆的女兒，清早幫忙家計，再到學校念書，算是難得的女孝子了。

年輕女孩找錢時很阿莎力，常自動地把一、二元的零角省掉，拿一個整數，例如顧客拿五十元付三十二元，她大大方方地找回二十元，兩塊錢算「經理招待」了。不愧是老闆的女兒，敢做明智的決定，省掉找小銅板的麻煩，顧客也有貪到小便宜的快感。老夫婦自己結帳時就不一樣了，動作很慢，分文不差。一元、二元照拿照找，務實的作風與年輕女子的瀟灑大不相同。其實豆漿店靠密集勞力賺點蠅頭小利，錙銖必較也是應該。後來這位小姐不見了，「店」務全由老闆夫妻掌理，我想她大概嫁人去了，女大當嫁，老夫妻可要辛苦了。

操「下港」口音的老闆人很忠厚，對顧客十分熱絡。有些客人吃過幾次，便成為熟客，跟老闆有說有笑，還常聊到政治話題。老闆的政治傾向其實從「店」裡訂了二份色彩鮮明的報紙，就可窺出端倪。店內角落還貼有當年某黨總統候選人的宣傳單，旁邊放一面競選小旗幟。他對於當前局勢分析頗為犀利，可算是街頭政治評論家。我旁聽他跟客人的對話，覺得很新鮮。可是我不想加入他們，一早就拚政治、談選舉，不識字兼無衛生，有些倒胃口。

有一回我坐在「店」裡面等了一陣，報紙翻來翻去，豆漿遲遲沒有端來。老闆發覺了，大聲對太太說「老師的豆漿還沒來喔！」原來他知道我在教書，令人吃驚。我突然覺得老闆像個深藏不露的人，很像電影、小說裡開家小店做情報、打游擊的，外表普通，消息靈通。

老闆把二十年老店的木牌掛出，對生意的影響似乎不大，很少人因爲這塊牌子專程來捧場，他的生意仍以熟客爲多。不過，我確確實實是在這塊「二十年老店」的看板掛出以後，才正式跟老闆有了互動。

我們的談話如此開始：

「喔！這間店二十年啦？」「時機歹歹，度三頓啦！」

慢慢地我知道老闆是雲林斗南人，原來在家鄉工廠上班，結婚生子後，家庭負擔加重，不得不北上謀生。他的「老店」原來在不遠處公園邊，後來當地蓋國中，小店被徵收，才搬過來現址。房東是一位菲律賓華人，一萬二的房租幾年來未曾漲過。以前幫忙顧店的女兒呢？老闆說，她不是我女兒，是請來幫忙的，後來嫁到汐止去了，太遠了，就不能繼續做了。老闆自己的女兒呢？的確曾經來幫過忙，只是「問導遊」，來一下下就走了。

那位做事明快的小姐是僱請的？讓我有些意外。她刪零錢方便自己、方便顧客，到底是擅作主張，還是老闆核准的？我沒有問，心想：就算她自做主張，仍是「豆漿店界」不可多得的行銷人材。

我暗自爲老闆計算一天能賺多少錢？屋租萬二、豆漿每碗八元、一天二十個客人……。同樣做小生意，賣豆花的利潤跟賣粉絲大腸、米苔目、油飯或蚵仔米線、燒酒螺相比，孰優孰劣？也許不好比較，因爲生意好壞涉及販賣地點、口味、衛生、價格……，但生意人必然點滴在心頭，其中多少也反映小市場經濟生態吧！

我經常光顧的那家賣米苔目的女老闆，就頗以自己的小攤子自豪：「別人賣油飯、炒麵，一碗二、三十塊，加碗魚丸湯，五十塊有找，粉絲大腸一碗六十元，再怎麼吃也是一碗。我這一攤就不一樣，叫碗米苔目再切一盤粉肝、鯊魚煙，一百塊跑不掉。如果一家三、四口來消費，隨便一點就要二、三百塊，他們來我這裡是享受，不是吃粗飽的！」女老闆睜著大眼微笑著。或許是這分自信，她才能以一己之力，栽培兩個小孩念私立大學。

跟這家小豆漿店老闆有了交談之後，彼此的距離拉進不少，連付錢的習慣都有了改變。有時我看老闆人手不夠，自動依照招牌上的價目表，算好總數，把錢放在門口的平台上，老闆也對我的「自助」，頻頻道謝。但並非每次身上都有零錢，經常得用大鈔找零。有一次我剛好沒有零頭，拿著百元紙鈔等著結帳，但客人太多，老闆正忙著，他說：「麻煩你自己找！」於是我把紙鈔放在裝錢的罐子裡，特別用幾個銅板壓著，以防被風吹走，再拿起該找回的零錢。整個過程老闆看也不看，口中一再「感恩！感恩！」

從此之後，我到豆漿店消費「交關」，不管老闆忙不忙，都是自己付錢，自己找錢，不假他人之手。後來我發覺有些人也採取相同的手法，不知道是老闆主動提議，還是受我的影響，有樣學樣。豆漿店的消費不大，沒有人會貪小便宜，由顧客自行放錢、找錢，確實省事不少。老闆與顧客之間產生信任感，彼此輕鬆愉快，也是難得的經驗。

有一次我吃完早餐結帳，該付四十多塊，但身上只有三十塊零錢，以及千元大鈔，這種情形以前也曾碰過，通常請老闆找開了事。這一天老闆忙得不可開交，我又急著要走。突然靈機一動，丟了三十塊錢，也未跟老闆說明，就逕自離開，我想隔天自動補足就好了。

第二天我消費時連前帳一併清算，還外加幾塊錢利息兼小費，心裡原先的愧疚感也解除了，過程平和順利，老闆也不知道這個小插曲。後來我食髓知味，玩心大發，開始偷偷跟老闆玩起遊戲。結帳時完全依照口袋裡的零錢情況，有錢就付，錢不夠魚目混珠。有時多給一點，有時少給一點，截長補短，多給或少給，心中自有一把尺，也算是平羅法的一種吧！慢慢地，我發覺這個無聊、有趣的遊戲，也是訓練腦力兼避免老年痴呆的方法呢！

我不清楚老闆是否知道我經常跟他玩數字遊戲，但相信老闆一定從小生意得到他的社會經驗與人生智慧。他整天都笑嘻嘻，賣豆漿是職業，也是生活，不論職業、生活，自有工作尊嚴與人情義理。我逐漸發覺他把豆漿店掛上二十年的招牌，不全然是為了生意，也是一種自我肯定，是一種記號，也是一種期許。二十年老店，與其說象徵一段歷史，倒不如說在傳達二十年辛苦傳家的歷程。幾個二十年之後，豆漿店就名副其實地算是「老店」。沒有第一個二十年的第一塊招牌，豆漿店千秋大業未必就能夠開始。子孫又如何知道祖先曾經做過小小的創意產業？

雖然他不知道我的想法，我也沒辦法知道他真正的想法，但歷史總有個開端，小豆漿店也不例外。

（原載《聯合報》，二〇〇六年四月二十五、二十六日；曾收錄於《跳舞男女》，九歌出版）

倉儲上的音樂廳

初春時節，因為工作的關係，到法國、德國與波蘭走了一趟，參觀若干文化機構與設施，也見到一些官員、議員、博物館學家與藝術家。法國我去的機會較多，沒有太大驚奇；波蘭則太過陌生，陌生到做夢都想不到會有一天踏上這塊蕭邦的故土。倒是德國可算此行較為期待，也是全新的經驗。

我以前雖會有多次造訪德國的機會，總是在最後關頭改變主意，不了了之。我並非對德國毫無興趣，幼年時期的「國際經驗」中，對德國還算是比較有印象的。我第一枝鋼筆是「俾斯麥」牌，大人說：「這是世界名牌喔！」而後從課本上了解俾斯麥是普魯士的「鐵血宰相」，頓時肅然起敬。有一次從學校連走帶跑地回家，躍過一個水溝時，竟把鋼筆掉落了，悲慟之下，動員了好多同伴緊急搶救，最後才在烏漆八黑的污垢中找回俾斯麥。

不過，青少年時期更多的德國印象，來自好萊塢電影經驗。以世界大戰為背景的電影，不論是戰爭片或文藝愛情片，德國都是「壞人」的代表。螢幕上的「蓋世太保」在火車上搜索旅客的恐怖畫面，以及猶太人遭受納粹迫害的殘酷場景，早已刻畫在記憶深處，成爲我所了解的德國。即使後來從資訊上看到德國人每年舉辦啤酒節的浪漫，以及爲迎接世界盃足球賽所展現的熱情，還是不容易讓人把「冷漠、精準、一板一眼」的德國人與浪漫、多情聯想在一起。德國，在我印象中，一直是片面、刻板的，有些熟悉，卻又有著距離，有些趣味，卻又提不太起勁。即使年過半百，依然如此。甚至人都已經踏上柏林的土地了，環顧四周，感覺上仍像進入電影的畫面。尤其在柏林火車站候車，準備前往漢堡之際，一行人個個穿著風衣或大衣，在人車喧吵的月台上，空氣中似乎仍瀰漫著一股肅殺氣氛。眼前不斷地浮現出戰爭電影畫面，好像馬上就有警察會來搜查、逮捕似的。

不過，在德國短短兩、三天參訪行程，仍然感到十分地愉悅，須感謝台灣駐德國代表的居中安排，讓我有機會體驗德國人的眞誠、務實。駐德代表並非外交官出身，卻以扎實的德國文學專業與風趣、機智的身體語言廣結善緣，活躍於德國政治與外交圈；他在國內時就以善於主持超大型集會與自創的Rap聞名，到德國之後，更另創品牌，以自編自演的德式Rap，把一向嚴肅的德國人逗得哈哈大笑。我們是舊識，此行全託他的福，從柏林到漢堡時，還有一位德國國會議員全程陪同呢！漢堡之行可謂開了眼界，我原本對這個海港毫無概念——唯一的聯想也許就是麥當勞的漢堡形狀。不過，根據以前念教科書的心得，大概知道漢堡是德國最重要的外貿城市，也是銀行、保險業中心，提供無數就業市場。漢堡每天有二十幾萬工人，從外圍城市進入漢堡工作，是全歐最繁榮的都會之一。

六〇年代末期，漢堡吹起一股保護運動風潮，全面修復毀於戰火的歷史建築，包括博物館、旅館和民宅，都市舊觀因而保存。今日的漢堡，充滿古色古香的韻味。絲毫沒有感受工業城的鏽鐵味或銅臭味，或金融、外貿城市的冷酷與霸氣，反而因爲靠海的關係，與外國接觸頻繁，孕育出豐富的人文氣息。坐在車上瀏覽市容，或在街道行走，迎面而來的，是陣陣舒暢的海風，以及美麗、莊重的建築與街景。

漢堡於二〇〇三年開始推動海港市（Hafencity）造鎮新計畫，第一期工程二〇〇九年秋天正式開放。計畫的基地是在漢堡舊港區，占地一百五十五公頃，將使市中心延伸到易北河（the River Elbe）邊，比原來的漢堡增加將近一半的面積。新市鎮除住宅、旅館、商場之外，還有一座新的音樂廳，未來將創造無數的文化與娛樂商機，增加四萬多個工作機會，預估有一萬兩千人住進住宅區，帶動城市繁榮。

這個頗具前瞻性的都市發展計畫，涉及閒置空間利用、劇院興建工程、都市造鎮與文化創意產業相關問題，正是吸引我來參訪的主要原因。這座未來的新市鎮，目前仍在整地階段，處處塵土飛揚，放眼望去，空空蕩蕩。唯一，也是最重要的一棟建築物，正在興建中，外觀四四方方，看來不怎麼起眼，卻隱藏玄機，因爲這裡正是音樂廳的所在地。

這座將成爲海港市新地標的易北愛樂廳（Elbphilharmonie），主廳有兩千兩百個座位，將以古典音樂爲主，現代音樂與爵士樂爲輔。另外還有一個約六百席次的小演奏廳，供室內樂及其他用途使用。光從易北愛樂廳的空間、功能來看，與一般音樂展演場所無甚差異，若進一步了解它的基地位置，就令人刮目相看了。

易北愛樂廳的基地是一棟舊的倉儲建築，足足一千多根柱子打在易北河裡，結構體十分牢實，承重功能極佳。倉儲原來專門存放可可豆，後來港區遷移，功能消失，成爲廢棄空間。漢堡市政府找來了瑞士兩位著名的建築師把具歷史意義的倉儲，與象徵藝術殿堂的音樂廳結合——新舊共構，成爲建築的一大特色。音樂廳外觀以不規則的大片玻璃，構築波浪起伏的形狀，與港區形象呼應，舊的倉儲空間也成爲停車場。

這座音樂廳不但將成爲漢堡的新地標，也爲業已廢棄的舊港區閒置空間注入一股藝術活力，軟化了漢堡工業城的冰冷形象。這樣一個具有指標性、前瞻性的新市鎮計劃，所需要的經費，十分龐大。預計第一期工程款爲一億三千萬歐元，也就是五十億台幣之譜。其中民眾與企業捐款六千萬歐元，政府補助七千萬歐元，充分顯示漢堡市民對新市鎮計劃的期待與認同。

對一個遠從台灣來的遊客而言，漢堡工業遺址再利用的構想令人欽佩，當地政府、企業界與市民對地方公共設施全力支持的熱情更讓人羨慕。回頭看台灣，有關古蹟活化或閒置空間再利用的概念雖已逐漸形成，許多文化人與社區人士也對歷史建築、地方文物的保存充滿熱情，一旦發現具有人文意義的閒置空間，就催促政府成立各種名堂的文化設施，但執行成效卻大異其趣。

改造一個閒置空間，讓其再生，是爲了讓這個空間有更新、更好的功能與效果，若只是改造外在，或整修「硬體」，沒有經營人才或展示內容等軟體的配套規劃，便無法長久營運。台灣各地方機構（包括文化局、社團、社區）在搶空間、飆活動的狂潮之下，若干地區已出現二度閒置空間的問題。

漢堡興建易北愛樂廳，有整體的實施計劃與步驟，其醞釀規劃期將近四年，目的在確保未來新市鎮帶動漢堡經濟繁榮的機能，也建立音樂廳及其相關藝術活動的營運機制與功能。以德國人的務實、豐富的古蹟再利用與新舊建築共構經驗，易北愛樂廳的出現指日可待，在音樂文化的貢獻也能預期。其成功關鍵在於德國人成熟的公民意識，與踴躍輸將的民間活力。

再回到現實的經費問題，易北愛樂廳及新市鎮計劃的五十億經費是一筆大數目，不過，錢未必是大問題，在台灣，政府做一個五十億的硬體建設並不困難，問題在於如何鼓舞民眾的參與感，如何維持未來的經營管理品質。易北愛樂廳讓人印象深刻的，是來自官方、民間、中央、地方的共同參與。

（原載《文訊》，二〇〇六年六月，曾收錄於《移動觀點》，九歌出版）

註：易北河愛樂廳原預定二〇一〇年三月完工啟用，但遲至今日仍在興建，而原預計的工程經費一億三千萬歐元（約五十億台幣），由民眾與企業捐款六千萬歐元，政府補助七千萬歐元，開工之後預算不斷追加，據媒體報導，漢堡市市長Olaf Scholz於二〇一三年四月公佈，工程總經費將達七億八千九百萬歐元（約新台幣三百億元），完工日期延遲至二〇一七年春天。

漂泊的腳步

1.

從我有記憶以來，生活周遭的戲院、廟口，甚至街道、巷弄，隨時隨地都有表演發生，不是戲劇、電影、歌舞，就是說唱、雜耍，或打拳頭賣膏藥。尤其是夏秋兩季的夜晚，歌舞雜藝，一攤接著一攤，一台接著一台。表演者有的穿著秀場禮服，站在高台上載歌載舞，有的穿著日常服，就地作場，演起歌仔戲，也有人只在地面鋪張小草蓆，用月琴、大筒絃彈唱起《十殿閻君》或《二十四孝》。

有人演，就有人看，不管表演形式、內容如何，街頭表演的共同點是每個節目演到小高潮，立刻停下來推銷藥品、生活品，歌唱聲、吆喝聲此起彼落。表演者有吃「鑼鼓飯」的職業藝人，有「風神」的業餘票友，也有臨時插花的「路人甲」，就是沒有政客與名嘴。五、六〇年代的戒嚴時期，台灣選舉不多，媒體也不發達，大小官員、民意代表高高在上，還不需要具備演技般的腳步手路，像現在的電視名嘴、主播，妝扮包青天與萬事通，在幾十個頻道上演政治劇場的情形也絕無僅有。

我老家的媽祖廟堪稱民眾的表演中心，它位於最熱鬧的地帶，是本地民眾的「公廟」，公路局候車亭就設在廟前廣場，掌握了對外交通的樞紐，動見觀瞻。外地人坐公路局班車來看親友、買漁貨，還沒下車就先看到媽祖廟。廟埕沒有固定的戲台建築，但一年到頭經常演戲，一演戲候車亭就變成戲棚的一部分。戲棚都是演出前一、二天就地取材，臨時搭建，漁船的油筒與遮蔽風雨的帆布都派上用場。沾滿污垢的圓形油筒，約莫一百公分高，往地面四個角落一放，邊緣豎幾根梁柱做支架，用鐵絲牢牢綁緊，再在油筒之間鋪上一片一片的長條木板，表演區的基本台就出現了。戲班的人爬上戲棚，架起布景，置放戲箱、樂器、完成簡單的裝台動作，就可以準備演出了。

相較之下，坐落偏僻的內埤山坡、規模不大的哪吒三太子廟反而有一個水泥砌成的戲台，演戲時只要掛起戲班的布幔，在兩根大柱上貼上「千里路途三兩步」、「百萬雄兵六七人」的紅色對聯，就可以動鑼動鼓、娛神娛人了。廟前外台戲的演出如同潮汐，有起有落。我小時候只要看到媽祖廟前放著油筒與大帆布、柱子、就知道要演戲、吃拜拜，而且住外地的三姑六婆可能回來「看戲」了，心裡有所期待，自然而然快活起來。等到演完戲後的隔日，工人開始拆台，親友也一一告別，廟前廣場頓時空蕩蕩，家裡也冷清了，竟然也有幾分「眼看他起戲棚，眼看他宴賓客，眼看他棚拆了」的失落感。

演戲的場合大部分是神明生日以及端午、中元、中秋、重陽等民俗節令，經費多半來自每戶人家的丁口錢，這是根據男丁女口數向信眾徵收人頭稅，作爲演戲與祭祀經費。通常由鄰長彙整之後，繳給里長，里長再送到廟裡，交由負責祭儀的頭家爐主統籌，聘請道士、戲班。除了全體民眾集體參與，演戲祈求平安之外，若干漁船、商號、信徒也因個別理由，例如許願、還願，獨自出錢請戲班加演一場，雖然花費不貲，但展現氣魄，酬神保平安，請大家看戲，風光極了。

我念國小、初中時，父親被里長委派爲鄰長，因爲工作忙碌，沒有太多時間處理「鄰」務，收丁口錢的重大使命都交由我代理。我依循名冊到左鄰右舍收錢，男丁五元，女口三元，每戶人家繳交錢都十分爽快，也不敢虛報，遠比繳稅自動多了。不管什麼原因演戲，繳丁口錢，代表地方演戲、做「鬧熱」有自己的一份。鬧台鑼鼓一動，觀眾各自就位，有人自備沙發椅、板凳，有人以自行車當觀眾席，也有人或站或蹲，自由移動，正是俗諺所謂「戲棚下是豎（站）久人的」。

2.

屬於平民百姓的大眾劇場年代，不是單指戲院「內台」或寺廟「外台」的演出，也不單指某一階層的戲劇活動。生活的空間就是一個大的表演場地，有各式各樣的舞台，職業的、業餘的、坐場的、出陣的、看電視、聽廣播劇，甚至連教會舉辦的宣教活動，都可視爲表演的一部分。不論是「內台」、「外台」、空中、平地，對演員、對觀眾，表演的魅力來自一步一腳印的身體力行，福佬話把表演的動作（身段）稱作「腳步」，可謂最自然而貼切了。

這樣的表演傳統可以上溯三、四百年前，漢人大規模在台灣開發的時期。「太平處處是戲場」的古老漢民族傳統，在一向不「太平」的台灣社會史扮演多元的功能。戲劇既是民眾的娛樂，與祭祀儀式的一部分，更是許多人際網絡，例如「唱戲拜把」、「演戲申禁」的重要場景。有這樣的傳統與共識，鄉里大小公共事務「無不先以戲者」，才會有平日節儉、慳吝，演戲則「一擲千金而不吝」的人。

處於物質匱乏、生活並不富裕的年代，民眾縮衣節食，「公共場所不談國家大事」，卻對到戲院買票看戲、出丁口錢，參與地方演戲的熱忱不減，也把「內台」、「外台」視爲生活中最重要的休閒娛樂。戲院「內台」跟寺廟前「外台」最大不同，在於寺廟演戲，請什麼戲班，演哪齣戲碼，都是地方頭人決定，一般人被動參與。到戲院看戲，看哪個劇團、哪部電影，則完全自己主動。

我至今仍記得某個下港歌仔戲班在家鄉的戲院裡演出《火燒紅蓮寺》，扮演金羅漢的演員乘著藤編的神鵰從舞台飛騰，在觀眾席上空橫衝直撞，忽高忽低，有如馬戲團的空中飛人，觀眾頭朝上空，看得目瞪口呆。另外，「日月園新劇團」出身的小豔秋主演的《海邊風》也讓我印象深刻，這部電影曾經在家鄉造成大轟動，男女老少連續三天把戲院擠得水洩不通，原因是它的場景就在本地拍攝。

廟會外台戲與戲院內台戲蓬勃發展的年代，表演不是只在地面進行，「空中」節目也是許多人的最佳生活消遣。雖然多數人家都有收音機，但獨樂樂不如眾樂樂，民眾還是喜歡與里鄰濟濟一堂，共同收聽正聲天馬歌劇團或陳一明廣播劇團。我家那台老舊的收音電唱機就經常提供這樣的功能，廣播戲劇節目的時間一到，鄰居歐吉桑、歐巴桑就自動往客廳的椅條一坐，圍著唱機，低頭聆聽「空中」戲劇，隨著劇情推展，還不時發出驚嘆聲。

這段時間台灣的電視事業開始萌芽，每天節目製播的時間不過幾個小時，收播的品質也不佳，買得起或捨得買電視機的人寥寥可數。對我們「做囝仔」的，電視顯然比廣播更具魔力，每天晚上常跑到里長伯家，跟另外一群大人、小孩擠在客廳看黑白電視。那時看電視的習慣流行關燈，黑漆漆一片只見螢幕上的光影閃爍，呼叫聲不絕。

3.

如果以電影作比喻，日治之前的大眾劇場可謂黑白片時代，二十世紀二〇年代以後，才進入五彩繽紛的「新藝綜合體」時代。隨著都市的興起與商業的繁榮，電影播放業與製片業逐漸普及，都會劇場也應運而生，不過數年，鄉鎮劇場到處可見。有些劇場專供劇團做商業性表演，有的專門放映電影，有的則戲劇、電影兼顧，市場流行什麼就映演什麼，民意如流水，西瓜偎大邊。

在戲院「內台」興起之際，台灣的新劇運動也隨著全球性文化思潮與殖民地民族運動而展開。民眾在劇場看電影、歌仔戲、京劇之外，開始接觸到新劇寫實或擬寫實的表演型式。台灣新劇運動以喚起民眾文化自覺，提升劇場藝術爲職志，曾經充滿理想與熱情，然而，僅僅曇花一現，三〇年代在日本軍國主義壓制之下，改走通俗的商業路線。所謂新劇，內容也五花八門，只要不以文武場（後場）伴奏，不運用戲曲聲腔與程式化身段、不穿戴傳統行頭的舞台表演，皆被稱爲新劇了。

台灣的大眾劇場在大東亞戰爭期間曾趨於消沉，僅有的劇團也因皇民化運動而變調，但各地仍在興建新戲院，我的家鄉之「南方常設館」就是在戰爭末期出現。戰後台灣的大眾劇場迅速恢復活力，畢竟，它的型式、內容早已成爲民眾生活的一部分了。戲院所扮演的角色，絕不只是表演場地或專供觀賞電影的黑匣子而已，它是劇團創作的空間，也經常扮演社區民眾聯誼的文化中心。與寺廟前的「外台」戲斷斷續續演出的情形不同，戲院裡的電影放映或劇團表演天天發生，觀眾憑票進場，如果有機會拿到一張「招待券」，就如同現在拿到「SOGO禮券」一樣神氣。

歌仔戲劇團、新劇團、布袋戲團、京劇團、歌舞劇團或其他任何團體，在各地戲院流動演出，每個戲院檔期十天，日夜戲碼不同，每齣戲都演三至五天，像演連續劇般。要讓戲院的觀眾席「滿台」，所有的劇團、編導、演員與舞台人員，都必須通過任何市井小民、婦孺老少的檢驗。如何創造舞台效果，吸引觀眾，正是劇團生存的要件。在每場演出結束前二、三十分鐘，戲院打開大門，讓任何人看一段「戲尾」。在高潮迭起的緊要關頭，大幕落下，「敬請明天光臨觀賞」，大吊觀眾胃口。

我年少時期「內台」、「外台」與廣播、電視戲劇節目都走娛樂路線，極少嚴肅戲劇演出，沒有英美、歐陸經典劇作，也看不到戰後初期簡國賢、宋非我的《壁》或陳大禹的《香蕉香》之類具現實意義的戲劇，外國表演團體的演出更是鳳毛麟角。從現在的劇場角度，那個年代大眾劇場的藝術水準並不整齊，也普遍缺乏內涵。

這是時代環境使然，而非大眾劇場的本質，或它必然的宿命。在那個威權統治年代，二二八事變與白色恐怖陰影猶存，一般劇團、演員盡量與「政治」、「思想」保持距離，以免惹禍上身。劇團們衝州撞府，飄浪過日子，絲毫得不到官方的支持。在戲院演出的每張票大約三分之一繳交娛樂稅，戲院或劇團所得不過三分之二。

爲了生活，爲了日以繼夜的演出需要，他們少有固定的文本，也沒有排練的習慣，大多由演員演出「活戲」，根據劇情大綱，即興發揮。演出的劇情多屬男女情愛、家庭倫理悲喜劇，或江湖恩怨情義劇。題材來源無所不包，傳統戲曲、章回、武俠小說，歐美電影本事、日本戲劇、社會新聞，皆可經由編導（說戲先生）的舌燦蓮花，以各種不同的面貌呈現在觀眾面前。

4.

台灣的大眾劇場曾經隨著社會的變遷發展，呈現多元、豐富的文化風貌，也伴隨民眾進入現代文明。詭譎的是，它在當代社會，卻又與教育、藝術思潮與傳播、娛樂的呈現方式背道而馳。當學校教育普及，升學管道愈暢通，年輕人有更多機會外出就學，或在機關行號上班，參與大眾劇場的機會反而減少。當娛樂與傳播形式愈多元，影像藝術愈發達，「內台」、「外台」的表演，愈顯得破舊與寒酸。

尤其六〇年代電視的普及，攝影棚與螢光幕成爲戲劇表演的另類平台，主宰民眾的生活休閒，戲院的票房大受影響，買票看戲的人潮不再，「內台」班不是解散，就是轉爲配合廟會演出的「外台」班。然而，面對日新月異的電視時代，「外台」同樣盛況不再，民眾寧可躲在家裡看電視，也不願再到廟前觀賞現場演出。雖然觀眾大幅減少，但廟前「外台」戲仍具基本的「酬神」功能，沒有觀眾的戲棚，依然鑼鼓鏗鏘，戲院「內台」就難逃市場的淘汰。隨後幾波的房地產漲潮，各地老戲院說拆就拆，紛紛改建成辦公大樓、商場或公寓，給予原本就搖搖欲墜的「內台」戲班致命一擊。一九二〇年代以降，曾經結合「內台」、「外台」、空中、地上，「處處是戲場」的台灣大眾劇場時代也宣告結束。

戲劇演出需要舞台，它的流傳與發展更需要以社會爲基礎的舞台，前者只是一個表演場地，後者卻是戲劇興衰起落的關鍵。戲院與劇團的經營，完全靠票房，沒有票房，就喪失競爭的條件，廟前、街頭的表演也需要人氣，沒有人氣，同樣沒有生存的權利。

自古以來，民眾用「生活」創造屬於他們的大眾劇場，寫下屬於他們的戲劇活動，迥異於文人、作家書寫的戲劇史。即使二十年來，社會多元、開放，戲劇思潮紛至沓來，當代劇場環境逐漸茁壯，然而，劇場依舊是菁英文化人的專利，與庶民大眾的娛樂消遣形成截然不同的兩個戲劇世界，台灣戲劇史這一頁屬於大眾劇場的歷史也始終隱晦模糊。相對目前仍活躍在表演藝術界的「本土」藝人，大多曾走過前述的大眾劇場年代，活躍於劇場界的中壯學者、編導、演員卻對它極少注意，甚至聞所未聞，更遑論年輕一輩的劇場藝術家與觀眾了。

我成長的年代剛好趕上大眾劇場的尾巴，年少時期的生活動線，是從家門到學校、戲院、廟口之間穿梭，假日更幾乎天天以戲院為家，戲院演電影就看電影，不管是台語片、國語片、日語片、西部片、歐洲片，演甚麼看甚麼。劇團也一樣，演歌仔戲看歌仔戲，演新劇看新劇，其他布袋戲、歌舞團、特技團，來甚麼看甚麼。雖然有些「被動」，卻也養成有「看」無類的習慣。最後，竟也親眼目睹它消失的過程。

我年少時期看戲、看電影、看路邊賣藥團表演，應是同年代許多人的共同記憶。它可能發生在基隆和平島、高雄旗後、鼓山、南寮、王功等大小漁村，也可能出現在大稻埕、艋舺、三重埔、台南、嘉義等都會老聚落，以及南北二路各鄉鎮「街仔」，連山村、礦區的廟會皆可能出現廣場競技、百戲雜陳的盛況，差別只在規模大小而已。按時間推算，有這種經驗與記憶的，多已年屆花甲，少說也有半百。事隔三十年，許多人記憶猶新，有些人則早已忘懷。

對於大眾劇場的記憶或遺忘，所反映的，往往是人世間的不同際遇。以我童年的玩伴來說，他們多半小學畢業之後就輟學，不是上船當船員，就是到鐵工場當學徒，從此爲生活奔波，不能像我一樣，作「閒人」，繼續在「外台」、「內台」游走。少數同窗以讀書爲重，努力用功，從初中、高中，念到大學，沒有時間、心情放蕩自己，不像我一樣，電影院像教室，劇場即生活，自動自發成爲《飄浪舞台——台灣大眾劇場年代》的見證人與觀察員。

台灣的大眾劇場年代曾經創造表演文化的奇蹟，在國民平均所得不高、表演「事業」沒有政府補助、企業贊助，「娛樂稅」奇重的年代，從繁華的都會到窮鄉僻壤的農村、漁村，幾百個劇團像遊牧民族般在幾百家戲院巡迴演出，數以千計的外台戲班、子弟團在全台大小寺廟外台粉墨登場，難以計算的江湖藝人利用各種空間，藉表演做「工商服務」。

這個年代的劇團如何經營、演員如何產生？他們的家族、婚姻、生活，戲院「內台」與廟會「外台」互動，戲劇與電影、電視之間的興衰起落與民眾生活，是大眾文化史值得探究的課題，而且，也有許多足供現代劇場思考的空間。它所涉及的，有學術、藝術的基礎，也有情感、生活的層面。尤其，這個大眾劇場年代的演員與觀眾，困乏的生活中猶有漂魄的身影與腳步。他們的生命體驗，清楚地顯現劇場與生活，藝術與娛樂，通俗性、嚴肅性的戲劇表演未必是兩條互不牽拖的平行線。

輯二

無信的年代

豬血湯的感動

最近有機會參加一項幼兒文學獎頒獎典禮，在群山環繞的郊區原野，看到一群眞情洋溢的人，有乳臭未乾的年輕小伙子，也有我輩中老年人，大夥在草坪上排排坐，笑呵呵，相互講述屬於幼兒世界的故事。每個人都年輕了好幾歲，彷彿回到童眞時代，心情隨之愉悅，天地也突然寬闊起來。

這是我第一次參加幼兒文學獎頒獎典禮，看到現場所散發出來的活力與熱情，很快就被感動。我第一個聯想是：每個人最好常有機會遠離都市、媒體與工作壓力，到處走走，接觸大自然景觀，看看在土地上埋首做事的人，想想下一代，聽聽他們的故事，感受小小的幸福，必然有所省思，進而對周遭事物懷抱感情，對人性恢復信心。

當天最令我印象最深刻的是獲得佳作獎的《豬血湯，好吃的豬血湯來了》。

豬血湯是一般家庭與台灣大街小巷、夜市都吃得到的傳統小吃，暗紅色QQ地像豆腐，也像愛玉，卻比豆腐、愛玉更充滿鄉土意象。以前農村家庭都會在住所內外隔個小空間，放個豬槽，養一、二條豬，豬食就是家庭每天的廚餘，算是「一兼二顧」的小小副業。豬隻長大賣錢時，新鮮的豬血就是最現成的附加產品，隨便加些蔥蒜，就能大快朵頤。以今日的飲食、養生習慣來看，豬血湯高蛋白、低熱量、低脂肪，又容易消化，算是最簡便的健康食品。

雖然很多台灣人都有吃豬血湯的經驗，但尋常食物，處處可得，反而顯現不出身分地位，就難以登上大雅之堂。因此，像《豬血湯，好吃的豬血湯來了》所描繪的生活場景，許多人或曾經歷過，但很少人會加以留意。

這件作品的作者是劉如桂小姐，畢業於台中技術學院商業設計系，目前專門從事插圖工作，為兒童繪畫是興趣，也是職業。她選擇這個鄉土題材，圖文並茂地講述小販推著手推車沿街叫賣豬血湯的情境，圖畫中出現瓦斯爐、豬血、豬腸、韭菜，舉凡豬血湯所需要的菜色和佐料，一應具全，還特別標明價格：沒加豬腸的二十五元，加豬腸三十五元，攤販四周圍著許多穿著樸素的小孩、大人，連豬血湯都有熱騰騰的感覺，顯示作者對於這個行業觀察入微，而且很有感情。作品裡手推車前方馬路往前延伸，路的盡頭呈現出光圈，似乎暗示豬血湯的小小世界裡，充滿人性的光輝。

我原以為這是作者生活經驗中曾出現的場景，回味兒時吃豬血湯的趣聞或懷念鄉居生活的情境。但這位年輕畫家在頒獎典禮說：「我畫的是我爸爸，他平常都在賣豬血湯賺錢養家，但是現在生病了，不能再賣豬血湯，今天也不能來……。」

原來她的父親長年推著流動攤子，每天上午出門賣到中午，下午三、四點再出去賣到黃昏，最常出現在台南市開元路、勝利路口一帶，大家都叫他「豬血伯」。作者從小就與姊妹一起整理屠宰場拿回來的豬腸、豬血，有時也隨著父親的手推車外出幫忙。

一般擺在夜市、菜市場的豬血湯都是與米粉炒、油飯一起賣，外加黑白切，很少只賣豬血湯的。像以豬血湯聞名的大龍峒豬灶口（蘭州市場）攤販所擺示的，從山產到海產、從雞鴨內臟到鯊魚腌，包山包海。敢把豬血湯當「單品」來賣的人，除了攤位空間所限之外，必然有他的品牌自信與行銷策略。豬血伯賣的豬血湯就是因為口味獨特，所以很多人每天都等著吃他的豬血湯。

劉如桂領獎時講「國語」，但強調「豬血湯，好吃的豬血湯來了」這個標題應該用福佬話講。她特別用帶台南腔的台語唸了一遍：「好吃的豬血湯來喔！」

她創作《豬血湯，好吃的豬血湯來了》動機緣起於國小二年級的親身體驗，某天下午她與一大群同學一起外出看學校安排的馬戲團表演，回家時正巧在巷口看到夕陽下父親推著攤子的背影，她一方面感念父母辛苦，一方面又羞於向同學介紹眼前這位阿伯就是她的父親，回家後痛哭一場。長大之後與朋友聊到這段往事，朋友鼓勵她把「心情」畫出來。

她曾連續三年以不同題材參加幼兒文學獎，卻都名落孫山。這一屆原本沒有繼續參賽的打算，後來還是好友不斷激勵，才鼓起勇氣，以豬血湯的親身經歷作題材，報名參賽，終於獲得佳作，贏得五萬元獎金。雖然拿到的不是二十萬獎金的首獎，但對如桂已是莫大的鼓勵。她由幾位好友陪同領獎，共享喜悅，她深以父親為榮，希望他的身體能儘快恢復健康。主持人特別請她的好友上台，幾個羞怯、素樸的年輕人相擁而泣，全場為之動容。

這個幼兒文學獎在當前大大小小的藝文競賽中，並未特別引人矚目，《豬血湯，好吃的豬血湯來了》榮獲幼兒文學獎佳作，亦非讓人驚豔的作品，甚至，作者的圖畫創作風格也不是我欣賞的類型，然而這個幼兒文學獎與如桂的故事卻給我極大的啓示。

我看到一群具童眞、愛心與創意的人，一點一滴、默默地爲日益腐化的社會與飽受瘡痍的大地在做修補、植根的工作。尤其這位平凡、健康的年輕人，不愛慕虛榮，選擇用最直接的方式感謝撫育她的父親，感謝供養她的土地，小小的感謝，讓我們看到年輕人的善良與自信，也看到台灣的希望，就如同她畫作裡街道盡頭處的那一道微光一樣。

（原載《文訊》第二六〇期，二〇〇七年六月）

地下道行者

我最近常在中山北路、南京西路一帶「活動」，進出得穿越地下人行道。地下道的動線縱橫交錯，有如九彎十八拐，粗心的行人很容易走上岔路。我就經常為了過一段短短的馬路，從地下道的一個出入口進入，另一個出入口出來，探頭張望，方才發覺搞錯方向。於是，縮回地下道調整路線，重新出發。

也許已過了職場衝刺的年紀，沒什麼「趕時間」的問題，在地下迷路就不致怪東怪西，怪罪公共工程設計不良，怨嘆為何命如此，而能以輕鬆悠閒的心情坦然面對。甚至，還有些感謝當初做這種工程規畫的人，設計如此這般的迷宮動線，給平日忙碌，缺乏運動的都市人活動筋骨的機會，尤其能幫助中老年人動動腦筋，防止退化呢。

跟台北車站底下的地下商場相比，南京東西路、中山北路口的地下通道狹窄，沒有迴旋的空間，而且通風不佳，無法規劃成地下商街，但因位居要津，人來人往，依然自成一個小世界。除了形形色色的行人之外，像章魚腳爪般的小通道擺著一攤一攤的飾品，以及衣服、皮包、洋傘等生活用品，還有花卉與書法作品出售，這些商品看起來很廉價，吸引許多年輕小姐駐足挑購，也算帶動迷宮裡的地下經濟，並讓原本密不通風的窄礙空間有些流動感。

有人的地方形成市集，也招徠行乞者。我發覺在這個地下人行道固定出現的行乞者有兩人，一個是衣服襤褸，神情哀淒的青年肢體殘障者，他整個人趴在地面，身體伸直成一條線，雙手捧著碗公，不停地向路人叩頭哀嚎。另一位則是外形健壯完好的中年男子，留著落腮鬍，穿著廉衫，一副「勁裝」打扮，有些類似在哪個佛寺服雜役而未剃髮，跑出來化緣的準出家人，也讓人聯想日本電影裡的浪人或章回小說中的俠客。

他的身體呈半跪姿狀，有時乾脆盤坐在地，一手挾著香菸，一手拿著鐵製的便當盒，頻頻對著路過的行人說：「拜託一下啦，拜託一下啦！」，語調平和，不亢不卑。他的身旁還放一個長條形的水壺，不時拿起來喝幾口，很像正在從事調查訪問的社會工作者。他與另一位肢體殘障的行乞者各據地下道出口的一方，看不出兩人之間，是否建立策略聯盟或處於競爭的態勢。如果肢體殘障的行乞者屬於傳統類，那麼這位很有造型的行者用流行術語來說，可謂「當代」乞丐或「創意」乞丐了。

他憑什麼行乞，有人會給他錢嗎？我對這位神態自若、好腳好手的行乞者不禁好奇起來。我很想觀察他的行乞生活，但他佇立的位置在地下道通往出口的階梯處，任何人在此稍微停留就阻塞動線，而且顯得突兀。因此，我經過他的面前時，都是藉故放慢腳步，假裝接聽手機或確認方向，趁機多看他幾眼。

行乞者的現實人生角色卑賤屈辱，正因爲卑賤，反而百無禁忌，在傳統社會規範中有時被賦予執行非常態，或具顚覆性的行爲角色。在世俗大眾眼中，他們有時可憐，有時可悲，有時又充滿神祕感。在許多人印象中，乞丐絕不僅僅是「要飯」的人而已，有乞丐命的人，也許就有皇帝嘴。戲曲舞台上乞丐皇帝、乞丐狀元的傳奇，或者是武俠小說中丐幫的故事，早已深入人心，成爲大眾文化的一部分。

以前乞丐有特殊組織，有乞丐寮、有祖師爺，也有乞丐頭，負責管理乞丐寮的乞丐頭常是身體康健的地方頭人，領有執照，負責規範乞丐行爲，等於乞丐公會理事長。不過，乞丐頭或乞丐腳，都算是傳統社會的行業之一，他們的言行舉止與行乞方式跟一般社會行爲與民眾生活皆有約定俗成的互動模式。地方齋醮大典或節令祭祀，常有「狀元府」的設置，邀集乞丐群共襄盛舉，以示儀禮圓滿。好面子的富戶人家辦喪事，還得仰賴一些丐戶，擺攤路祭，象徵往生者遺愛人間，巷哭野祭。

行乞者原來是傳統社會街頭一景，他們白天挨家挨戶乞討，夜晚則在夜市擺攤，一個小油燈，一張草席，就可以開張，行乞者的攤位，跟其他打拳賣藝、歌舞秀、落地掃歌仔戲藝人互別苗頭，等待夜晚逛街人的共鳴。有些民眾讓體弱多病，難以嗣養的兒女認乞丐爲契父，或取名「乞食」之類的賤名，藉乞丐堅硬的生命力與非尋常的命格，爲尋常弱質的生命消災解厄，趕鬼驅邪。

相對於傳統社會行乞者以肢體殘障者居多，扭動著不便的身軀，彈奏樂器，演唱歌謠，或以哀戚的音調博取「有量的頭家」同情，這位「當代」乞丐的確非常不傳統，以往也有好腳好手的人加入乞丐行列，但多屬老弱婦孺，無謀生能力者，很少像他這麼性格的乞丐。他顯然並未「師承」傳統乞丐文化，追根究底，也許六〇年代的嬉皮才是他的老祖宗。他身強力壯卻不事營生，是行腳乞食的高人，或者，單純只是好逸惡勞的社會邊緣人？以我「小人之心」的觀察，實在看不出有什麼深刻的社會意涵。

台灣這幾年出現在街頭的行乞者逐漸多元化，也愈來愈「全球化」了，有些流浪漢也客串行乞，打亂了乞丐市場。有些人自我放逐，流浪度一生，或乾脆行乞為生，看到人就靠過來大方地要錢。行事風格已符合國際現代乞丐「水準」，與歐美那些坐在街頭，面前放個帽子，用紙板寫著「我餓了」，或「請給我吃飯的錢，我和我的狗都很感謝您」，一邊等待善心人士慷慨解囊，一邊抽菸喝酒，言談自若的行乞者同步了。

我從小到大一直對路邊討生活的人很有感覺，也喜歡觀看街頭表演者。特別是一些盲眼的行乞者，撥弄著三弦、月琴，演唱民俗歌謠，用深沉的江湖調唱出生命的悽楚，格外動人，千百年來傳統謠曲得以源源不絕，行乞者的街頭傳唱，功不可沒。

最近幾年台灣街頭現代表演藝術興起，相對地，以技藝行乞的丐者消失。許多年輕藝術工作者在廣場、河岸、街道彈奏樂器，唱歌跳舞，演戲、雜耍、變魔術，還把簡歷掛在一旁，藉技藝表現自己，既傳統又現代，也充滿創意。他們的表演充滿自信，頗能拉近藝術與世俗大眾的距離，縮短人與人之間的界限，普遍獲得觀眾的讚賞，街頭表演也成為當代文化生態的一環。如果街頭藝人值得觀賞，支持，那麼，傳統社會命運多舛的行乞者以賣藝維生，亦應值得社會大眾同情與尊敬。

想到傳統行乞者悲慘的人生，不忍卒讀，再看看這位地下道的「當代」行者，無行無情，如何看待自己在地下道的每一天？路過的人顯然對他視若無睹，未曾有人施捨。

我想：台灣社會眞的變了……。

（原載《文訊》第二六三期，二〇〇七年九月）

出一張嘴

信義計畫區街道寬敞，方正如棋盤，高樓大廈此起彼落，百貨公司、電影院、遊樂場縱橫交錯，車水馬龍。與傳統街市相比，卻有幾分科幻電影場景般的不眞實。不過，這裡好歹已成爲台北市地價最高昂的新地標了，每天湧入眾多的年輕族群，人聲鼎沸，生機勃勃。對我輩中老年人而言，也許可以用一句話形容：不到信義計畫區不知道自己的年紀多老。

以往車子行經此地，常不知不覺掉入迷魂陣，在新開闢的大馬路與狹隘的老街道之間打轉，不是誤闖公車專用道，就是在幾條「松」字號大道如無頭蒼蠅般霧煞煞，總是要折騰半天，才能掙脫出來。

這一天午後因事進入莊敬路地界，回程爲避免誤入「松」字號大道，盡量往基隆路、光復南路方向摸索，期能盡快接上南京東路、復興北路。繞了幾圈，最後轉入吳興街舊社區，在狹窄巷弄的人車之間穿梭，依舊進來容易出去難。突然間「出一張嘴」幾個字吸引了我，顧不得與人約束的時間已經逼近，臨時路邊停車，回頭瞧個究竟。

這是一家位於狹巷三角窗的餐廳，規模不大，店門口的海報看板貼滿明信片大小的圖像，裡頭盡是年輕人聚會派對的鏡頭，男女、男男相互擁抱、嘴對嘴親熱，令人側目，顯然是一家洋玩意十足的另類餐廳。此時是星期一下午三點鐘的上班時間，裡面有不少喝下午茶的悠閒之人。年輕老闆瞧我對著照片入神，出來招呼，順便遞上名片，上面註明「出一張嘴」的營業時間與菜餚，還加了一行字：「幸福只需出一張嘴」，原來是一家專賣燒烤與火鍋的連鎖店。

我以往未曾聽聞過這家餐廳，它的菜色與經營風格如何，一無所知，也沒太大興趣。我不相信他們所標榜的，專門服務「喜歡吃很棒的燒肉，又不想花太多錢的美食家」。倒是餐廳招牌「出一張嘴」讓我感到親切。「出一張嘴」應該用普通話或客語發音，福佬語就要講「出一隻嘴」，「出一張嘴」也好、「出一隻嘴」也罷，都用來譏諷光出主意而不切實際的人。我不認為這家餐廳老闆眞正了解「出一張嘴」的語言趣味，畢竟他的年齡很輕，而且有濃厚的都會品味。不過，能夠借用「出一隻嘴」，表達「幸福只需出一張嘴巴」，至少掌握「闊嘴吃四方」的民間趣味，也算具有創意了。

我從小就經常聽大人碎碎唸「出一隻嘴」，這句話與「有耳無嘴」異曲同工，都是叫人不要亂講話，以免惹人厭煩、無事生非。說這句話的語意豐富，畫面也十分生動，通常帶著戲謔、輕蔑、卻又親暱的味道，指摘的對象則是生活周遭熟悉、可以開開玩笑的人。或因「本位」作祟，我覺得福佬話人用「隻」形容人的嘴巴，要比國語、客語用「張」計算嘴巴來得鮮活，嘲弄一個光說不練的人，「出一隻嘴」也比「出一張嘴」傳神多了。最近幾年，大眾語言傳播，把「一隻嘴」發揮得淋漓盡致的是電視上一系列的壯陽藥品廣告：一群男士大吹大擂，卻被一個女士用福佬話嗤之以鼻：查甫人（男人）不要春（剩）一隻嘴，說得到，做不到。春「一隻嘴」語意雙關，教人會心一笑。

民間用「出一隻嘴」作負面教材，並非反對「出一隻嘴」的人，而是看不起「春」一張嘴，沒有其他本事的人。換句話說，人能不能獲得尊敬，不在乎是否「出一隻嘴」，而在「出一隻嘴」之外，有無其他貢獻——例如「出錢出力」，能夠「出錢出力」，「出嘴」才名正言順。「出錢出力」乃台灣民間優良傳統，廟會慶典、宗族祭儀，或建廟修路、開鑿田圳之類公共工程，士農工商跨越地域、行業、階層界線，慷慨解囊，踴躍參與，並藉表演與祭祀活動，凝聚社群共識，整合地方文化與民間事務。所需要的經費來源絕少來自官方，多半仰賴家家戶戶的丁口錢或按田畝數量捐獻。

爲了避免人多嘴雜，與地方淵源深厚的寺廟頭人、宗親族長、鄉紳耆老等地方「頭人」通常「出一隻嘴」，擔負「決策」的責任，一言九鼎，用現代術語，是輿論領袖，也是「名嘴」。不管是飽學的讀書人、家財萬貫的地主，或是尋常積善人家，傳統「出嘴」的人對於公共事務出錢出力絕不落人後。有樂善好施的美名之後，才「出嘴」成爲眾人尊重的「頭人」，在寺廟祭典、婚葬喜慶場合坐享大位。如果只出一張嘴好發議論，卻無實質貢獻，就會落人口實，成爲眾人揶揄的「出一隻嘴」。

進入知識經濟時代的台灣社會，民眾的價值觀、生活方式皆與傳統社會大不相同。公共行政體系建立之後，原來具有社區自治意念的頭人、鄉約逐漸解體，願意出錢出力的人愈來愈少。民眾爲事業奔波，累積財富，追求生活品味，與周遭環境以及人際之間的互動減少，扮演所謂「第四權」的電視對民眾生活的影響加深。電視談話性節目因應而生，節目主持人、來賓針對特定主題，爲閱聽大眾傳道授業解惑，以及提供形形色色的資訊。

相對於戲劇、綜藝節目演出型態，談話性節目製作簡便，成本低俗，各家電視台紛紛推陳出新。每天打開電視，幾十個談話性節目吵吵嚷嚷，從政治鬥爭、國計民生，股市分析到娛樂八卦、風水靈異，神鬼傳奇，男女飲食，上上下下，七情六慾，各擁地盤，無所不談，並且在一天二十四小時內不斷重播，造就不少名利雙收的電視名嘴。

電視名嘴如同中國戰國時代的縱橫家、策士、食客，遊走各台之間，專業、敬業者有之，提供閱聽大眾社會資訊、生活休閒娛樂與流行文化掌故。不過，信口開河的人卻也不少，不是在非藍即綠的政論節目黨同伐異，互揭瘡疤，就是在風水靈異節目中，大談怪力亂神，言不及義，看一個影生一個囝、青菜公共。至於藝文、環保、文化資產這類議題因缺乏觀眾市場，乏人問津。不過，當它引發政治敏感時，「名嘴」也會披掛上陣，大談他們並不熟悉的文化議題。

每個階段的社會發展有不同的主題與訴求，現階段台灣最需要的是，鼓舞更多出錢出力，實事求是，而非春一隻嘴的人。在意識型態分歧的年代，電視談話性節目無所不在，影響深遠，如能妥善規畫題材，增加文化思維，客觀評論，毋寧也有洗滌人心、開啓民智，爲社會創造理性思考空間的正面意義。如果一味推波助瀾，依舊只「出一隻嘴」，就會像需吃鳥頭牌的人：春一隻嘴，說得到，做不到。

（原載《文訊》第二六六期，二〇〇七年十二月）

聖杯千秋記

1.

台灣到處看得到半月形的杯珓，也到處看得到有人博杯。最早的杯珓是兩片蚌殼，或用竹、木製成相同形狀。博杯者將杯珓投空擲於地，一俯一仰稱爲聖杯，表示神明對信眾疑問持肯定答案。一般祭典中多有博杯的儀式，信眾私下也可不經第三者（如法師、道士、乩童），逕自向神明請示疑難雜症，過程簡便，可專程至大廟宇問「威靈赫濯」的神明，也可路過小土地祠順便博他一博，或就近問家裡神龕供奉的神明，兩片杯珓，往地上一擲，像賭天九牌一樣，一翻兩瞪眼，立即、迅速，清楚明白。

博杯作爲信眾與神明的交流，也是人神之間親暱的約束，信眾博杯問事，有所求於神明，有時則爲爭取奉獻的機會。雖然神明威嚴神聖，博杯問神有時頗有向長輩撒嬌的意味，明明對所問之事已有定見，偏又要拉神明「掛」保證。即使神明以「笑」杯或「陰」杯不予同意，也可修正步驟，反覆推敲，直到神明「聖杯」答應爲止。

寺廟、社團以博杯方式產生頭家、爐主，神聖之中，則有自家人找到苦勞者的趣味性。被神明選出的頭家爐主緊接而來的，便是一連串爲神明，爲地方與其他信徒奉獻的過程。

2.

二〇〇九年的苗栗縣立委補選，選前選後皆受全國矚目，一連幾天媒體大篇幅報導，電視談話性節目更邀請名嘴熱烈討論。有人認爲執政黨提名的候選人陳鑾英敗給脫黨參選的康世儒，是對政績不佳、民調低迷的馬政府一大打擊，「全面執政」的執政黨也將面臨骨牌效應，未來的選戰難免辛苦，一下子賦予這場地方選舉極高的政治意涵。

其實苗栗這場中央民代選舉的實質意義，與縣議員、鄉鎮長、甚至里長選舉沒太大差別。因爲兩個候選人在前年底國民黨立法委員初選提名階段所演出的「博杯記」，已是十分的「地方政治」。從我在台北閱讀新聞的感覺，他們都是同一「國」的地方政治人物，看不出有何不同的政治理念，誰上誰下，無關政黨政治、民主理念。當時的主角是康世儒與陳鑾英之夫，兩人同屬福佬籍，票源皆以海線地區爲主。雙方僵持不下，經過協調，同赴竹南龍鳳宮，祈求神明聖裁。他們以博杯方式決定勝負，先得到十個聖杯者成爲黨提名人。結果陳鑾英之夫連連聖杯，不但代表國民黨出馬，也成爲神明欽點的人選了。

事後康世儒不認帳，推翻原先神前的誓言，取得萬人連署，執意參選。雙方在選戰中展開廝殺，康世儒失利，但贏得立委寶座的陳鑾英之夫卻因賄選，被宣告當選無效。依照規定，得辦理補選。於是，女將陳鑾英代夫出征，由國民黨正式提名，康世儒繼續挑戰，並獲得在野的地方勢力支持。陳康兩位候選人之戰，猶如宗親好友同時參與地方選舉，差別只在一女一男，一位代表國民黨，一位脫黨參選，結果一人落選，一人當選。不過，這場選舉倒也顯示強力輔選黨提名候選人的現任縣長聲勢小挫，連任之路坎坷，地方派系可能重新洗牌。

「博杯記」明顯反映台灣地方選舉生態，以及政治人物與寺廟、神明之間的關係。當抬棺死戰、斬雞頭發誓這類選舉花招跡近消失的年代，苗栗候選人相邀至廟裡博杯拚輸贏，也算保存台灣選舉史上的某些「民俗」與「傳統」了！當初康世儒出爾反爾，違背神意，注該慘遭敗績。陳鑾英之夫取得神明「授權」，卻又因行賄而當選無效，「證明」神明也反賄選。康世儒第二次披掛上陣，是否有向神明博杯請示，不得而知。但他選後特別回到廟裡答謝神恩，與其說媽祖給了什麼開示，不如說地方政客仍然需要寺廟與神明的支持。

3.

除了博杯決定候選人之外，博杯比賽也是近年許多寺廟常見的「創意」活動，把一般寺廟、家庭用來向神明問事的聖杯，當做綜藝娛樂的道具。參賽者以聖杯數決定勝負，優勝者可獲得獎品。為了製造新聞話題，主辦單位常以轎車、機車為餌，鼓勵民眾踴躍博杯。比賽中的博杯與一般祭儀中的博杯自然不同，省略了儀式過程（如潔淨、焚香、祭祀），屬於立即性的抽獎、對獎活動，等於強制神明當「名譽」莊家，把神聖的儀式與禁忌當遊戲。

最近博杯又有了新的功能。

彰化縣芬園鄉一位國小三年級女學童，因父親下獄，母親離家出走，孤零零與開神壇的外公、外婆相依為命。她平常放學回家，利用神桌讀書、做學校指定的功課。遇到不會做的習題，不識字的外公外婆無法指導，但家裡就是神壇，舉頭三尺有神明，在外公外婆鼓勵下，小女生以博杯的方式向神明問功課，據說還得到中等的成績。小女生問神誠心誠意、畢躬畢敬，或許心誠則靈，神明垂憐，給她一個「適當」的分數吧！

一般人博杯問神都鄭重行事，視為神聖的儀式，禁止玩弄聖杯，褻瀆神明。如果大剌剌走進廟內，就從籤筒抽枝籤，博杯、拿籤詩，就要神明指點，可謂毫無誠意，近廟欺神。現代人拿杯筊當道具，玩起博杯的遊戲，為地方選舉「喬」候選人、舉辦有獎比賽，聖杯因而政治化、庸俗化與綜藝化，或成為商品促銷的噱頭。

「淡淡青天不可欺」，神明慈悲為懷、「耳孔輕」，常經不起信眾說幾句好話，任何人博杯，都會「告知」答案。這種答案是否神明真正的指示，只有博杯人自己知道。相形之下，神明幫女童做功課，倒還有幾分北歐童話中聖誕老公公關照窮苦女孩的人性味。

（原載《文訊》第二八三期，二〇〇九年五月）

無信的年代

1.

現代人愈來愈習慣無「信」的生活了，相互之間通信，不是電話，就是e-mail，很少人用「手紙」，信箱已經變成垃圾筒。在網際網路與手機、電信全面發展之前，人類非常在乎書信往還，人際之間的交流主要靠「手紙」。書信的形式、稱謂、問候語都有基本的禮儀。接信、寫信仍然是許多人一天之中重要的事件，有等待的信，也期待會有「一位陌生女（男）子的來信」那般不可預期的書信。在那個罰單還不普及的年代，有一封掛號信，往往代表一份珍貴的禮物，可能是家裡寄來的「現金袋」，來自報社、雜誌社的稿費，或哪個熱心人士寄來他的新書。

有信的日子就會聯想郵差，在綠色成爲環保、和平與本土政黨的象徵之前，社會對它的印象，就是頭戴綠色硬殼式圓盤帽，身穿綠衣的郵差，及其所帶給許多人的熱情與希望。藉著書信，人世間的許多悲歡離合就像《海角七號》的電影情節般展開。郵差也像《海角七號》裡的「國寶」茂伯或阿嘉一樣，是一般人生活中的親善大使，是許多孩童心目中的偶像。

2.

我在還不會寫信的年少時代，就喜歡「陪同」郵差挨家挨戶把他手中的信件送到鄰居手中。雖然課本上曾讀到「魚雁往返」與「家書抵萬金」的描述，但對四、五十年以前的台灣少年來說，注意到郵差手中的信件，純然是看上信封或包裏上的郵票，希望在郵件送到左鄰右舍的第一時間，比其他小朋友捷足先登，「預約」貼在信件上的郵票。

那時鄉下小孩跟都市學童一樣流行蒐集郵票，但集郵的方式、品味，很有城鄉差距。鄉下小孩沒有本錢買新發行的郵票、首日封，也不知原圖卡爲何物，郵票知識貧乏，純以「密集勞力」搜刮自家與遠親近鄰家裡郵件。那時國內平信郵資只要幾毛錢，最常見的金門莒光樓圖案，到處可見，連小孩都棄之如敝屣。掛號信與小包上郵資較多，貼的郵票也花花綠綠，出現莒光樓之外的郵票機會較大，因而成爲孩童搜刮的重點。把信件上的郵票連信封或包裹紙剪下，放入水中浸泡，而後小心翼翼地把郵票剝下，就成了蒐藏品。每天以這種「無本」的土法蒐集郵件，如能湊齊整套的郵票，就很有成就感了。

我念小學時的書包裡除課本、作業簿、漫畫書之外，也常放一本廉價的集郵冊，裡面有我的蒐集成果，隨時準備與同學進行郵票「交流」。所謂「交流」並非以物易物，各補所需，而是下課時間幾個同學各出郵票數張，放在桌面，圖案朝上，「交流」者輪流用手掌心拍打，翻過面的郵票，便歸其所有。我的野狐禪式集郵就是靠搜刮親友、鄰居家的信件，以及與同學「交流」的方式進行。但這種集郵生涯在上初中之後，自然地結束，因爲同學之間集郵的型態變了。班上有些人平常不亂花錢，把零用錢省下，新郵票一出，就立即到郵局購買，談起郵票經頭頭是道，這種「正派」集郵方式對我難度太高，不得不宣告放棄。

3.

每個人都會成長，最快速的成長方式就是寫信。我青少年時期跟幾個在不同學校就讀的同學朋友通訊，也在父親監督下，學習用「尺牘」式的內容跟外地長輩寫信。不知道從什麼時候開始，特別期待有信的日子，看到郵差騎著自行車遠遠地從路的那一頭慢慢騎過來，渾身便不自覺地熾熱起來，等到郵差在家門前出現，卻若無其事地，裝出一點都不care的樣子，沒有急切盼望信件的焦急。有各種感覺應該是在高中二、三年級或大一的文藝青年時代，而且是在暑假。因爲那時才有等信的純情，也只有暑假才有那麼多美國時間，才能確實掌握郵差送信的時空動線。

記得郵差來的時間，一次近午時，一次近黃昏，上午那一次正值酷熱，又快吃午餐，焦點分散，郵差送信的時間抓不準，也沒有等信的氣氛。傍晚時分太陽下山，暑氣漸失，有時天邊還帶來晚霞，涼風襲來，看郵差騎自行車緩緩出現的情境不由得浪漫起來。夕陽雖美，心情也帶點澎湃，然而，已記不起是否曾從郵差手中接過期盼的信件，等什麼人的信也無絲毫印象。當時郵差多是男性，而且是固定兩個人輪流，還沒見過女郵差。每天看郵差，我開始想像「郵差每天總按兩次鈴」的生活。他們送信時間接觸少女、婦人頻率高而且固定，應該比一般人更有機會製造羅曼史吧！

不管郵差是否帶來期待中的信件，他的出現就是一股盎然的綠意，有一種期待感與穩定感，那種感覺正是青少年情懷最值得記述的往事之一。尤其服兵役期間的少男，每天在單調的軍營中，接受訓練、磨練，一天最美好的時光，也許是出操後、吃飯前，連隊尚未解散，由值星官一一唱名發信的時刻，如果收到盼望中的書信，比阿榮的鐵牛運功散還管用。

4.

人生的心境如同山河景色，總有變色時候。幾年之前，我還把「紅水黑大扮」的傳統阿婆美學掛在嘴巴，對熱鬧的紅色與莊重的黑色感到很溫馨，許多以綠色為顏色、符號的社會標記更視為希望的象徵，有特殊的親切感與舒暢感。然而，這二、三年對顏色的感覺已迴異於前，對強烈的色彩，反而有一種擔心與壓力，說不出個理由，卻像哈里遜・福特主演的電影片名《迫切的危機》，無法掌握譯名的具體含意，卻又領受到一種無以名狀的壓迫感。

追究原因，應該是出於老之將至的一種心境感應，與政治社會大環境沒有太大關係。但要說全無關係，好像也說不過去。藍綠黃紅黑幾年來各自代表一種符號，讓每個人不知不覺中沾染一些色彩。不過，若說對顏色的焦慮反映政治版圖的移動，以及兩岸關係的變化，好像又太泛政治化，也難以說明顏色中最素樸的文化符號了。

對綠色失去感情，主要原因是對代表綠色的郵件缺乏期待。信箱裡塞滿大小尺寸的廣告單，或無關緊要的郵件，不是電話費催繳通知與交通違規罰單，就是扣繳憑單、開會通知……。這些信件大部分可以用電話聯絡或平信送達，偏偏寄件人熱心兼細心，以隆重的方式，讓收件人蓋章簽收。但我家平常白天少有人在，掛號信無人簽收，郵差幾次投遞未果，就會留張信件招領的通知，還得帶著印章證件專程跑一趟指定的郵局。尤其掛號信件的內容，罰單比例愈來愈高，罰款都從一、二千元起跳。於是，看到擺在家裡信箱的掛號招領，就心驚膽跳，直覺不是什麼「好康」，未戰先敗，對於郵件已無浪漫的想像了。

看來人無「信」不立的年代，已經遠去了，現代的人平安是福，希望過著無信的日子，不是因為電子信件與手機發達，而是人的一動一靜，皆順著科技設定的行為模式按表操課，已少有「手紙」存在的空間，人類書信文明正面臨空前最大的危機。

（原載《文訊》第二八九期，二〇〇九年十一月）

玩四色牌的年輕女老師

1.

每天出現在媒體版面的許多狗皮倒灶事件讓人見怪不怪，卻又心生厭煩，水返腳這則破獲地下賭場的新聞，如果抓到的不是四色牌賭局，而且賭客有教英文的年輕女老師，我不會特別予以關注。尤其「消息」傳到女老師任教的學校，當天校方就對她涉足不正當場所，影響校譽，公開表示遺憾，並強調如果屬實，將給予嚴厲處分。「會不會解聘女老師？」學校發言人沒有正面回答，僅透露：「女老師家庭環境有些複雜，我們還要多作了解。」

教英文、受過高等教育的年輕女孩？接連幾天，我一直聯想女老師與四色牌的畫面。

玩四色牌的人習慣把這種賭戲稱作「十胡仔」，「四色牌」大概只是「官話」說法。三、四十年前的人逢年必賭，幾成全民運動，還傳出大年初五之前，有四、五天警察不抓的賭博假期，各種賭局從家裡延伸到街頭、公園。四色牌不像天九牌、拾捌拉這類以男性爲主、一翻（丟）兩瞪眼的「武賭」，而與麻將（雀）同屬「文賭」類。

一副四色牌有一一二支，黃紅綠白四色的將（帥）、士（仕）、象（相）、車（俥）、馬（傌）、包（炮）、卒（兵）各四支，基本牌型同象棋，遊戲規則與麻將類似。不過，玩四色牌通常不用桌子，而在通鋪上面放張草蓆，三、四個人盤腿而坐，或一腿收起、另一腿倒貼平面。拿在手上的牌支，感覺就像是一張折成兩半的台鐵車票，打起牌來無聲無息，與打麻將時四家在麻將桌各據一面，洗起牌來嘩啦嘩啦的壯盛場面，氣勢上迥然不同。

四色牌既稱「十胡仔」，顧名思義，需有十胡數才能「到」，而不同組合有不同胡數：同色系的「將士象」爲二胡、「車馬炮」爲一胡、不同色的兵卒組合爲三胡等等。雖然目前有人玩八胡，但仍慣稱爲「十胡仔」。它的基本功是依照規則，算好自己的胡數吃牌，並將手中「孤支」安全打出。這些「十胡仔」經，我是光說不練，以前過年雖曾與家人、鄰居玩撲克牌、「拾捌拉」，甚至「天九牌」，但沒碰過四色牌，大學畢業後學了一點麻將，依然沒機會學玩四色牌，印象中這是「老年組」的消遣，這種背面深藍色的紙牌於我有一種既熟悉又陌生的特殊感覺。

就是這個原因，我對年輕英文女老師玩「十胡仔」，甚至涉足四色牌賭場的新聞難以想像，也對這個素昧平生的可憐小姑娘產生莫名的憐憫之心。

2.

當初水返腳警察根據線民密報，出動幾個警網，下午兩點的大白天包圍轄區大同路巷內一處老舊公寓，隨即破門而入，賭客倉皇失措、四處竄逃，警方一舉破獲「十胡仔」地下賭場。女老師在這股逃亡潮中從後門循著防火巷遁走，驚慌加上巷道狹小又陰暗，一個不小心，一隻腳踩了空，半個人掉到水溝，滿臉沾滿污泥，還被守在小巷口的警察逮個正著，模樣十分狼狽。

警方逮捕賭場女性負責人與十三名賭客，查扣賭資和抽頭金三萬多元。賭客除了女老師，還有九位老太太、三位老先生，一併帶回警分局偵訊。我根據各家媒體的報導，與警局提供的一點訊息，大致勾勒出這樣的畫面：一干賭客魚貫進入警局，兩個中年刑警一個矮胖、一個高瘦，就像以前台語電影裡的王哥柳哥，在小辦公室裡逐一清查賭客身分。老先生、老太太呆坐在牆角，神情無奈，被一一叫進去問話。每個人都辯稱沒有賭博，是剛剛來找朋友，只在一旁看別人玩。老人家還特別拜託大人不要通知家裡，以免被兒孫知道，臉上無光，失了長輩的尊嚴。

原本忙著問話的王哥突然間眼睛一亮，略帶曖昧地通知柳哥：「有幼齒吔？」兩人看著手上的資料，再仔細瞧瞧正走進來的女老師，她留著俏麗的短髮，藍色牛仔褲配一件印有大字LONDON的白T恤，神色緊張，一進來就在王哥柳哥面前站著。王哥指著椅子，示意她坐下：「妳叫莊莉華？」女老師點點頭，「莊小姐，妳有賭博喔！」女老師支支吾吾地說：「我……沒有，我是來找媽媽的……。」，柳哥問「找媽媽做什麼？」「媽媽在這裡跟幾個老朋友……聊天，叫我來……。」女老師小聲地說。「妳媽叫妳來做什麼？」王哥問話，口氣比柳哥和氣，女老師還沒有回答，柳哥提高嗓門：「妳媽媽有賭博喔！」女老師低下頭來，片刻才發出細細的聲音：「我不知道，媽媽只是要我送錢過來。」

「送多少錢？」柳哥問話口氣仍咄咄逼人，女老師囁囁地說：「一萬塊。」，「才一萬塊？」柳哥正要追問，仔細檢查莊小姐資料的王哥語氣溫和地問女老師：「妳在高中教書，教什麼？」「英文！」「那妳的英文一定很厲害吧！」柳哥揶揄地說：「我問妳，『十胡仔』英文怎麼講？」女老師低頭不語。柳哥站起來，伸個懶腰，順口問道：「結婚了沒？」，女老師搖頭，柳哥繼續追問：「有沒有男朋友？」，女老師靜默，突然掩面飲泣。王哥說：「不要哭，我問妳，妳有沒有玩四色牌？」女老師邊哭邊搖頭，柳哥喝道：「敢說沒有？有人就看到妳在賭！」女老師幾乎是哭著說話：「那是一位阿桑急著上廁所，我先幫她拿牌。」

「妳媽呢？」王哥問，總算有人注意到女老師媽媽的下落。旁邊有人代答：「她媽媽在逃跑時腿軟，心臟有些不適，已經被送醫院治療。」女老師大聲哭叫：「我是不是可以走了，我要去醫院看我媽！」王哥示意正在倒水的柳哥也給女老師一杯水，柳哥把水遞過去，臉色突然變得慈祥，安慰她說：「再一下下就讓妳先走。」

3.

水返腳警方破獲的四色牌賭場有賭客十多人，代表有三、四桌同時競「技」，民宅女主人有抽頭，這樣的賭場、賭局被警方破獲，在治安會報上，聽起來就跟破獲「地下兵工廠」、「犯罪集團」一樣，戰功彪炳，成果輝煌。警方對外發布的新聞稿說這位女老師在製作筆錄時，曾坦承賭了兩把，輸了七百元。

女老師爲媽媽送賭本，代表母女感情很好，她也很聽媽媽的話，校方說女老師的家庭「有些複雜」，怎麼個複雜法，她母親或她「本身」經常進出「賭場」玩四色牌？女老師應該是在單親家庭成長，「要不然爲什麼爸爸不來？」單親家庭就一定背景複雜？其實，她在基隆一所私立高中教英文，代表她還滿會讀書的，應該畢業於某個國立大學外文系，至少不是從幾分就能上榜的大學出來的。念外文系，教英文的人整天接觸洋文化，也應比其他人有國際觀，光憑這幾點，我大概可猜測出這個女老師是個活潑、聰慧帶點時髦的年輕女孩。可是這樣的人怎麼會扯上四色牌這種「鄉土文化」呢？

四色牌的愛好者多屬「本省」老年工農與鄉村婦女，極少「外省」人或年輕賭友。許多的人平常少戴眼鏡，玩起「十胡仔」來，一個個加了副老花眼鏡，掀紙牌時還習慣先用手指沾一點口水。每副牌玩不了幾次，就汰舊換新，廢棄的牌支堆積成小山，有人用它編織成各種形狀的蓆墊供小孩遊戲，也算是廢物利用。有些不識字的人，靠四色牌的缺口符號辨認牌支，久而久之也逐漸看懂「將」、「士」、「象」、「車」、「馬」、「包」等漢字，但只限於在牌支上指認，單獨寫給她們看，又不認識了。

我回想年少時看姑婆姨婆玩「十胡仔」時一屁股坐在草蓆上，交叉雙腿，邊沾舌尖口水、邊算「胡數」的模樣，至今印象猶新。女老師玩四色牌是不是也有這招？現代知道「十胡仔」的人已經不多，會玩這種賭戲的年輕人更屬鳳毛麟角，莊小姐如能拿起二十張一．五乘六公分、厚度不到〇．一公分的長條形紙牌，攤到手掌中，擺出扇形，還讓這一支扇子收放自如，不啻是重要民族技藝人士了。

一般人在家庭小賭場被警察抓到，不算犯了滔天大罪，然而，被定位爲公教人員涉足「賭場」，還被新聞「賣」出來，事情就大條，也會成爲左鄰右舍三姑六婆的話題。女教師雖然喊冤，但人證、事證、物證俱在，很難把話說清楚。整個水返腳分局一個下午鬧哄哄的，這則新聞似乎讓辦案的刑警，以及在旁抽菸喝茶等消息的記者感到些許的新鮮感，隔天果眞成爲幾家報紙的重要新聞，有家報紙還下了這樣的大標題：「水返腳警方破四色牌賭場，逮二十七歲女老師」！

4.

這些年麻將在台灣社會有被全面推廣的趨勢，地不分南北，人不論男女老少，原住民、新住民，很少人不熱衷此道，電視上的麻將節目大行其道。一般家庭麻將也繼續流行，或有抽頭的

「家庭」型小賭場，經常在報紙分類廣告招「腳」，許多麻將達人都是從小在家裡看大人打牌，成就一身功夫。相對地，玩四色牌的人愈來愈少，不僅城市空間、大學校園幾已絕跡，農村也難得一見。倒是地方新聞三天兩頭就會報導一則警局破獲四色牌賭場的新聞，好像麻將已晉升「國粹」，四色牌仍然沉淪在罪惡的淵藪。

年輕、優秀、受過大學教育、懂英文的女孩陪母親、長輩打麻將，送錢給在別人家打麻將的母親，理所當然，送錢到玩四色牌的母親那裡，即使玩了幾把，怎麼就出現在社會新聞了？其實，看到這則新聞的人可以自我測驗：在家庭麻將場輸個精光，急忙叫兒子或女兒放下手邊的工作，帶一萬塊錢過來，孩子會不會爽快答應，即刻送到？會的話就恭喜你了。

女老師二十七歲，她的母親應當五、六十歲罷！這種年齡的女人玩四色牌，算是抓住傳統的尾巴，她也可能「麻雀」、「十胡仔」雙龍抱。女老師從小看母親玩牌，耳濡目染，學會了四色牌，稀鬆平常，媽媽這一天或許是陪只會玩「十胡仔」的鄰居長輩過來玩玩。錢帶得不夠，加上手氣不順，兩三下就把身上的現金賭輸了，急忙要女兒押糧草過來。女兒奉母命行事，孝順、單純，這樣的人當老師，必然教學認眞罷！女老師親臨四色牌「地下賭場」，無須稱頌她的德行比美二十四孝，讚美她爲維護四色牌的鄉土文化所做的努力。但她所任教的學校，如果因而認定女老師影響校譽，做出懲處，也太道理不明，氣死閒人了。

我對女老師的處境極爲同情，相信她的「清白」，擔心她以後回到學校，會受到教職員、同學的指指點點，尤其學生上課時也許會問：「老師，十胡仔的英文怎麼說？」

我的腦際突然閃起一個詭異的念頭：爲了進一步了解四色牌文化，應該好好做個專題研究，不過，計畫能不能落實，關鍵就在能否請到這位兼具現代知識與傳統「十胡仔」實戰經驗的女老師當共同主持人或研究助理了。

（原載《文訊》第三一一期，二〇一一年九月）

華麗島青春夢

1.

島嶼台灣的層巒聳翠、河汊交錯，海岸線與婆娑之洋相連，從陸地看大海，或從海洋看陸地，島嶼的自然景觀與人文風情，似乎比黃土高原或大沙漠，容易被人「觀看」。

今日的葡萄牙被看衰小，還名列「笨豬」之一，可是十六世紀的大航海時代，可不是省油的燈，葡艦縱橫四海，堪稱首屈一指的東西豪強，看到好看的島嶼也不吝給予「福爾摩沙」（Ilha Formosa）的呼叫。某年某月的某一天，位於國際海上航線的台灣也被葡艦上或其他國籍（如荷蘭）的葡萄牙人「福爾摩沙」了。很難判斷當初呼喊者的心情，想必有些像長年生活在軍營的士兵，或航行無盡大海的水手，看到女性就猛吹口哨。

不管如何，台灣的「福爾摩沙」被航行經過的西方船艦叫出名來了，散布各處的「福爾摩沙」之中，只有我們台灣能夠被國際「公認」，「福爾摩沙」下來，必然憑著某些本事，例如副熱帶慣有的豐饒物產，多族群上上下下、來來去去的人文氣息，終取得「福爾摩沙」的專利權，也算是一種「台灣之光」了。

日本時代日文作家把「福爾摩沙」美麗島寫作「華麗島」，聽來增加幾分俗豔與華貴，跟原本台灣山峰、河流、平野與海岸線的村姑型俏美，呈現不同的想像，姑且算是環肥燕瘦，各有所好吧！

現在的年輕人很難想像反共復國年代的台灣是什麼樣的容貌與氛圍，島上的人合唱：「啊……美麗的寶島……」與唱「反攻、反攻、反攻大陸去」一樣，都充滿了浪漫的想像。我長大以後憑著殘缺不全的歌謠記憶與大時代稍作連結，有一年，全校都在唱「金門雄峙海東，馬祖堅撼不動，共匪打台灣，全民總反攻……。」上中學之後才知道，原來當時八二三砲戰正打得火熱，這首歌被當做鼓舞人生的戰鬥歌曲；有一年，唱的是：「人民公社害人民，明明是要人作奴隸，要人作牛馬……」下去就只記得繞口令似地不知所云，也是後來才知道當時中共正在推動人民公社；有一首歌只記得「沙漠流浪的姑娘」一句，其他全忘了，但依稀記得姑娘是受共匪暴政迫害，不得不出來流浪……。

2.

上世紀五〇年代的台灣好不到哪裡去，多虧北韓的電視台三不五時就提供鏡子，讓我們回味無窮。

而後，台灣因政治的開放與社會的變遷，容顏有了改變，年久月深，由僵化、教條變得活潑大方。當代台灣最有氣質的人文行動，是可以百無禁忌的談天說地，罵老師罵皇帝，可因不滿意現任總統的表現，大剌剌地聲稱要徵求一位「智商不拘、低能兒可」的新總統……，所有這些「罄竹難書」的事，都已經與愛不愛台灣沒什麼關係了。

只不過，這個「青春的肉體」也出現烏斑雀斑而有些醜態了。那麼，台灣是什麼時候開始變醜？恐怕也不可能幾句話就找到標準答案。

大東亞戰火餘燼尚未平熄的年代，台灣就從日本「皇民化」迷夢似醒未醒中回歸中國，而且快速承擔一個無與倫比的重要角色：作爲反共復國基地，因緣際會，硬是在東西方冷戰體系，擠上一席。數十年生聚教訓、枕戈待旦，全國軍民等待反攻號角響起，號角始終沒有響起。卻在「備戰」的同時，因應東亞經濟發展所設立的加工出口區，逐步走上工業化，建設加速，經濟起飛，許多人在生產線占了一個小位置。台灣不再是「番薯仔」，而像一個被陀螺高手訓練得嗡嗡作響，旋轉架式十足，停也停不下來的「甘樂」。

有土斯有財，任何荒野、山坡、沼澤都可以蛻變成黃金建地，原本窮困一生，搖身變成「田僑」者大有人在。台灣錢淹腳目，許多人被啓發「行善」的念頭，鋪橋造路、興建廟宇……，這些「公益事業」在青山綠野之中闢建。更多的人加入金錢遊戲，奢靡成風，拉大了貧富差距，城鄉與地理上的南北、東西差距，也成了台灣的特殊景觀。

今天台灣的鄉鎮、農村、社區展現整齊、乾淨的一面，以及清新的人文風貌。大部分台灣人進步、熱誠、具國際觀，有基本生活品味。居住空間無論造型、質感，都是美麗的「個體」，但擺放在生活大空間，卻很難看到清朗開闊的天際線，不是浮雲蔽遮，而是不名物體礙眼。不論是古蹟、歷史空間或現代建築，周邊很少不被其他不對稱的建物干擾。像極一九六〇年代的台語片，因編導水準參差不齊，《大舜耕田》這類古裝片還會出現電線桿、電線場景，把觀眾拉回現實，感受一點荒謬性。

台灣也有一些人會緬懷曾施行高壓統治的獨裁者，半世紀前，他退守台灣，龐大的帝國事業，一夕瓦解，神州沉淪，讓他心灰意冷，怨嘆不已，但很快重燃鬥志，又開始思考如何反共復國、殺朱拔毛，領袖之所以爲領袖，他的人格特質就表現在這裡。他年紀愈大，愈懷念成長的浙江老家，看上了數處風景絕佳的山嶺、海濱或草原。領袖不需要作聲，底下立刻有人打點別莊、行館的建築工事，供領袖偕同夫人渡假、休養與沉思國家大事，閒雜人等不得毗鄰而居，別莊行館成爲與世隔絕的世外桃源。

數十年前領袖「借用」的土地，不論是霸占、徵收或民眾自動捐獻，價格應該都不會太高，然而，隨著台灣社會開放奔騰，資本主義高度發展，領袖的別莊行館，都成價格昂貴的高級休憩場所，感謝領袖的慾念，意外地爲保存景觀環境做出「貢獻」，這些寶地才不致於早早就被建商、富豪盯上。

3.

日本的行政區有一都一道兩府，下面是四十幾縣；小小台灣有二省、五都外加準「六都」，下面則是十幾個窮縣。

已成爲五都之一的新北市與「第六都」的桃園縣，近年的發展日新月異。它們是台灣的門戶，從桃園機場駕車開向台北，或一路南下，舉目所見的景觀彷彿顚倒看，盡是單調的公寓與建築物雜亂的背後。每棟大樓最高處都有屋頂上加蓋物，與蟑螂卵般的鋁製水塔。從機場迎接初抵國門的外國朋友，毫不藏拙的兩旁景物，有時還不知如何向客人解說都會的景觀。

台中一家外籍人士經營的品牌設計公司，很有生意頭腦，也很會抓住話題，曾以「台灣十大最醜」爲主題，對民眾作問卷調查，結果由選舉旗幟、檳榔攤、鐵皮屋名列前三名，其他依序爲民宅頂樓加蓋、民宅外露式鐵窗、流動公共廁所、水溝蓋和人孔蓋、塑膠碗與衛生筷、工地鐵皮圍籬，第十名則是地下道和天橋。

這項調查統計「得獎者」除了檳榔攤或與檳榔西施，涉及文化層面較廣，容易有爭議，其餘大部分是眾所周知的老問題。其結果能成爲報刊的重要新聞，可見這家設計公司媒體關係不錯，或者「台灣之醜」已是多數人的共識。不過，這些老問題說說容易，要找出具體解決辦法並不簡單，如果只凸顯社會生態環境問題，然後說政府責無旁貸，有講等於沒講。外籍人士旁觀者清，其實無須作問卷調查，就能根據「老外」自己的專業與經驗，直接提出「台灣之醜」，以及解決辦法，也許更有意義。

台灣如果變醜，與國民的日常行爲與生活態度極有關係，日本時代林獻堂在推動台灣自治與倡導「文化向上」時，便將「身體自治」視爲「社會自治」的前提。現代人解讀身體自治，已不是早前身體形象、體態、衛生問題，也不是請勿「隨地大小便、吐痰、亂倒垃圾」等基本公民道德。「身體自治」出狀況，不全係民眾文化素養不足，或欠缺生活美學概念，而是在「生活」的元素中，有太多輕率的舉措與隨意的組合。

4.

台灣大街小巷隨處可看到店家在門口懸掛布製廣告招牌，爲了避免布條下端隨風飄起，常在橫布條下角兩端繫著裝水的塑膠瓶，「利用」地心引力的原理，使這塊布招牌垂直懸掛，內容也能被看得清楚。布條加塑膠瓶看起來很「酷」，還帶點創意與智慧，視覺上卻極爲怪異，多虧台灣人想得出來！

以往餐廳因使用免洗塑膠碗盤、筷子而被詬病，但更粗鄙的，卻是在擺放菜餚的陶瓷器皿上，先鋪一層保鮮膜或塑膠紙，避免食物油膩了碗盤，事後塑膠紙一丟，碗盤清洗相對簡便，節省不少人工，但客人在塑膠上進食，還有多少享用美食的心情？

餐廳在客人進食時，隨時更換餐盤，展現專業與親切的一切，但在更換碗盤的同時，直接把裝廚餘的塑膠桶或臉盆端上桌面，要客人各自把眼前的殘渣一一丟進盤中，讓飲食畫面變得狼狽不堪，堪稱最倒胃口的「服務」，而許多客人見怪不怪，還會主動擺上塑膠臉盆，或「清」個盤子，把各家廚餘、垃圾盡往裡面倒。

三步一崗、五步一哨的檳榔攤，名聞台外。檳榔從種植到販售、食用，充滿「罪惡」，負面資訊天天見於報端，造型俗豔、穿著清涼的檳榔西施，也被認爲妨害風化、教壞囝仔大小。然而，視檳榔文化爲台灣社會活力象徵者，也大有人在；當代藝術創作展，以檳榔攤作題材的作品也不在少數，有些西方藝術家來台灣，對這種視覺效果強烈的五彩攤位，以及充滿南國風情的豔麗少女印象深刻。台灣這條檳榔路未來怎麼走，値得「夢想」一下。常惹爭議的電子琴花車歌舞秀也是相同問題，如果哪一天國際一流的藝術家，一齊站在電子琴花車上沿街表演，就會是華麗島的青春夢了。

台灣人一味追求現代文明，營造自己的生活空間，追尋個人的品味，卻不太注意周遭的公共環境。如今大小寺廟宮壇林立，舉頭三尺有神明，無所不在「迎鬧熱」的陣頭，原本都具傳統文化特色，卻因過度放肆，往往成爲正負價值難分。自掃門前雪，未必就能保證個人生活品質清靜，住在避暑別墅或高級豪宅也不保證就不受到「文化」污染，至多只求個形成主義的滿足。

話說回來，台灣生活場景的雜亂、難看，有時是一種引發社區人士、藝文青年投入社會運動與生活空間改造的動力，有些地方已在著手進行，有些地方則是蓄勢待發，大家都有「青春夢」，也許經過十年、三十年，台灣的景觀改造終會產生效果──一種「歹歹美」的台灣容顏。

（原載《文訊》第三二〇期，二〇一一年六月）

江舟泣血記

1.

前不久，無意間在中國網站看到《收藏天地》有一篇談《怒吼吧，中國！》在上海三次公演的文章，作者署名馮建忠。這篇網路文章的重點不在討論這齣戲於一九三三、一九四二、一九四九的上海演出情形，而是展示作者有關這三次公演的蒐藏——主要是節目特刊，其中《江舟泣血記》讓我眼睛爲之一亮。

馮先生的文章說一九九六年的某一天，他在文廟古舊書市看到某位藏友舉著一本書，高興地說，「買到一本好書了！」接過一看，是《江舟泣血記》，當時不以爲然。四年後他買到一九四九年《怒吼吧，中國！》公演特刊，才知道在「敵僞」時期這齣戲也被演過，想起《江舟泣血記》，立刻高價從藏友那裡買了下來。

《江舟泣血記》是於一九四二年十二月八、九日在上海大光明戲院演出兩天四場，那時是日本偷襲珍珠港週年紀念，上海的「中華民族反英美協會」呼應汪精衛政權對英美宣戰，而推出的宣傳戲劇。導演李萍倩，舞台監督屠光啓，音樂梁樂音、陳歌辛，參加演出的，有很多當紅的電影明星或舞台演員，如周曼華、嚴俊、呂玉堃、顧也魯。至於爲何把《怒吼吧，中國！》改爲《江舟泣血記》？大概因爲九年前上海戲劇協社公演這一齣戲時，整個社會氛圍不但反英也抗日，爲了避免聯想，改打悲情牌吧！

這兩年我著手撰寫《怒吼吧，中國！》的演出史，已大致就緒，內容除了論述部分與文獻資料彙編，還包括劇本選輯，蒐集了特列季亞科夫原創劇本與梅耶荷德劇院演出本，以及德、日、美、英等國譯本，中國部分有潘孑農本（上海戲劇協社一九三三演出本）、周雨人本（一九四三南京劇藝社演出本）、竹內好譯本楊逵演出本（一九四三台中藝能奉公會），唯獨少了蕭憐萍改編的《江舟泣血記》，因此特別留意它的訊息，卻一直找不到原始資料。

我原以爲戰後的中國與台灣政治環境丕變，在清算「敵僞」財產、處置「漢奸」罪行的氛圍中，應該沒什麼人蒐藏《江舟泣血記》，一來它不是什麼名著或海內外孤本，再則避免惹禍上身。因此，要找尋它，比一般的絕版書還困難，沒想到竟然還存活於民間，看到有人秀出它的封面圖像，心裡一陣澎湃，非得想辦法看到這本特刊不可。

2.

《怒吼吧，中國！》是俄國作家特列季亞科夫的戲劇創作，他是那個年代蘇俄的中國通，還取了一個中文名字：鐵捷克。他根據一九二四年六月十九日發生在四川萬縣長江沿岸的一個中英衝突事件改編成《怒吼吧，中國！》，於一九二六年一月二十三日起在莫斯科梅耶荷德劇院公演，引起國內外重視。

六一九萬縣事件的導因，追根究柢，與當時列強在中國擁有內河航行權與領事裁判權的不平等條約有關。外國船艦得以從河流深入中國內地，與民爭利。四川萬縣原是桐油集散地，以往由舢板工人從事搬運，英國船艦開入長江上游，剝奪了中國船工生存權，衝突不斷。

一九二四年六月十九日這一天，美國商人哈雷因桐油裝卸問題與中國船夫發生爭執，導致落水死亡。在失事現場的英國砲艦金虫號（Cockchafer）艦長懷特賀恩（Whitehorn）限萬縣地方官兩天內交出兩名船夫，由英方處死，否則，將砲轟縣城。萬縣地方官迫於無奈，如期交出兩名替死鬼。懷特賀恩猶不滿足，還要求萬縣地方官員在哈雷喪禮時，前來執拂送葬。哈雷真正的死因中英雙方各執一詞，北洋政府也透過外交文件表達抗議，弱國無外交，抗議毫無效果。

當時在四川的共產黨員蕭楚女在中共機關報《嚮導》週報七十四期（1924.7.16）寫了一篇〈萬縣事件與中國青年〉，抗議英國帝國主義的橫行霸道，也對中國青年的冷漠表示憤怒，接下來的《嚮導》週報（1924.7.23），報導北京各民眾團體聯名致函英美法日德等國公使，要求英艦退出長江……。然而，這件事在國際衝突不斷的中國，仍是小事件，未受到社會各界廣泛重視。反而是當時人在中國的特列季亞科夫注意到它。

《怒吼吧，中國！》於莫斯科公演兩個月後，在蘇聯境內幾個城市巡迴演出，一九二九年日本、德國開始演這齣戲，接著中、美、英、波蘭、奧、加、挪威、印度、阿根廷、瑞士也跟進。比較特別的是中日戰爭期間，日本與汪精衛政權控制的上海、南京、武漢、北京、大連亦出現《怒吼吧，中國！》，當時屬日本殖民地的台灣，也由楊逵搬上舞台。

單純從《怒吼吧，中國！》演出史觀點，《江舟泣血記》有其「特殊」意義，它的「特殊」不在將《怒吼吧，中國！》改名《江舟泣血記》，而是特列季亞科夫原著九環（幕）的戲劇結構被大量刪減成爲四幕劇本。稍後南京劇藝社演出的《怒吼吧，中國！》，由周雨人以這個四幕本爲基礎，增加序幕與尾聲，把時空環境分成兩部分，先有一個反英美帝國主義群眾大會作序幕，老縣長向現場群眾說明一段「往事」，接著演出六一九萬縣事件的情節，最後的尾聲又回到現實，群眾情緒高漲，齊呼打倒英美帝國主義……。周雨人的改編劇本隨後被日本作家竹內好譯成日文，在《時局雜誌》發表，楊逵演《怒吼吧，中國！》時，又根據竹內好譯本稍作更動。

3.

我根據網址給馮先生寫信，希望購買這本書或以付費影印、掃瞄的方式，看到內容。電子郵件寄出一個月，石沉大海，毫無音訊。我開始透過各種關係探尋馮先生的聯絡方法，也從網路知道他是小有名氣的蒐藏家，還擔任上海浦東新區蒐藏協會理事長。蒐藏協會的電話號碼雖然查出，卻沒有人接聽。眼看《怒吼吧，中國！》演出史付梓迫在眉睫，卻又無法聯絡上馮先生，心裡十分焦急。

有位出版界大老推薦作家傅月庵，他目前兼作舊書店，也算「藏友」，藏友對藏友應該較有門路，果然沒多久，他就傳來馮先生的手機號碼，即刻撥去，很幸運地一打就通。我先自我介紹，說明找他的原因，一時之間，我像在爭取什麼國際大案似地，竟然有些緊張。馮先生的普通話帶有上海口音，他第一句話是：「這是僞政權的書啊！……」我不懂他的意思，是在警告這本書的毒素成分，還是強調奇貨可居？接著，他很客氣地說：「這本書是不會賣的……，也不能讓你影印，它已經幾十年了，影印會損毀紙張。」

我怕他一口拒絕，連忙說：「有什麼辦法可以看到這本書？」馮先生說：「再看看吧！」「需不需要我去一趟上海？」他說：「這倒不必！」「可以請上海的朋友直接跟你聯絡？」馮先生答應了，口氣不慍不火，有點商人談生意的乾脆。

於是，我馬上打電話給在上海的素惠，她當過畫廊經理，也曾在上海某大集團擔任要職，目前淡出職場，有一半時間在做志工。我託她與馮先生接洽，「他說多少錢就多少錢！」，心想他總不會開價一萬美金吧！我對舊書並無收藏癖，純粹是不想讓即將出版的新書少了一小塊資訊，造成遺憾。

素惠沒多久回電說人已聯絡上，馮先生願意提供拍照，問一張能付多少錢？素惠說：「不必一張一張算，整本書多少錢，你說個數吧！」頗有江湖氣口！馮先生開了價：「兩千人民幣。」素惠在電話裡報告「戰」況，我重申立場：「多少錢都沒關係，妳全權作主……。」我擔心的是素惠轉述馮先生的一句話：「這本書太久沒碰過，還得找一找！」

不久素惠回報：「馮先生書找到了，還說：乾脆六千人民幣賣給你們，要不要？」聽她的口氣價錢開得太高了，我忍不住加一句說：「其實他要十萬（台幣）我也不得不買！」，也許馮先生早已看到我的猴急，知道開多少錢，我都會買。

4.

接下來的問題是，如何拿書？素惠隔天就要來台兩個星期，她原打算等從台灣回去，再找馮先生，可是我等不及了。素惠很有經驗，即刻再與馮先生聯繫，請他當天就把《江舟泣血記》送到約定地點，而且在沒告知我的情況下，「擅自」殺價：「就五千塊人民幣吧！」馮先生爽快答應，銀貨兩訖，錢還是素惠代墊的。

素惠書拿到手，家裡卻臨時有事，來台時間延了一星期，爲了不讓我望穿秋水，她先照相傳電子檔案，供我比對資料，並作先期編輯作業。幾天之後，素惠回台灣，我終於看到地址設在上海福州路漢彌登大樓的中華民族反英美協會發行的公演特刊。馮先生的網路文章標記這本特刊三十二開七十頁，「印刷精美，封面套色」。放在手裡翻閱把玩，說不上精美，特刊的版權頁還貼著書後袋，顯然是從哪座圖書館流出來的。兩萬五千元買一本戲劇公演特刊，朋友都嫌太貴，有人還說：「你這樣簡直是破壞行情！」

從這本書的分量來看，的確太貴，馮先生說他買這本書是高價收購，至多也只幾百塊吧！雖然不是好書，卻是我目前極需要的寶書，而且「只此一家」，書到用時豈能嫌醜、嫌貴？出書前夕，買到《江舟泣血記》，及時補充一部分資料，就算所費不貲，也是一種機緣與幸運。馮先生這本特刊能賣出好價錢，同樣也是運氣，因爲注意《怒吼吧，中國！》議題者不多，特刊的質量又單薄，願花高價買進的人少之又少，我們算有「緣」了。

翻閱《江舟泣血記》劇組名單，的確壯觀。他們後來都平安無事，屠光啓在香港當導演，周曼華、嚴俊也走紅港台兩地，《秋海棠》的呂玉堃「解放」後，仍活躍影視界，當過中國戲劇家協會常務理事，江西劇協主席……。《江舟泣血記》中扮演翻譯的顧也魯在後來的回憶文章，提到他在群眾齊喊「東亞人聯合起來，打倒英美！」的口號中，把「打倒英美帝國主義」不經意地喊成「打倒日本帝國主義！」類似例子很多，例如戲劇家陳大悲因於汪「僞」時期參與南京劇藝社《怒吼吧，中國！》的演出，被冠上漢奸的帽子，他的家人則以他在劇中演魔術師變戲法時，從口中拉出一小面中華民國國旗……。

我讀完劇本，將書闔上之際，突然瞥見書後袋的「讀者注意事項」是用簡體字打字，代表這本從頭到尾充滿「日本必定勝利，英美必定失敗」「敵僞」言論的公演特刊，確曾在「解放」後的公家圖書館「待」過一陣子。從這個節目手冊我意外發覺戲劇與政治之間，存在著一種黑色的喜劇性關連，正僞之辯的春秋大義竟然如此詭譎與有趣！

（原載《文訊》第三二六期，二〇一二年十二月）

小偷手記

1.

無意中看到蔡先生的偷竊新聞，立刻被這個人吸引住。大千世界，奇人妙事眞是不少啊！

看到這則新聞的人理應不少，多數人的反應，當下面露憎惡，或許也有人對這個「笨」賊莞爾一笑，不管如何，大概都是過目即忘。小偷太多了，偷法五花八門，防不勝防，讓人厭惡，沒有人有興趣爲宵小多花一分心思，而我卻不以「人」廢「言」，對這個人產生好奇。

蔡先生的筆跡工整，談不上漂亮、娟秀，文辭也不通順，不過方方正正、一筆一劃毫不苟且，整體看起來很有味道。從報紙上「認識」蔡先生的那一刻開始，我一直在猜想，他大概是出生在寒微之家，沒有受過太多學校教育，但不見得沒念過很多書，要不然怎麼能做出「大」事。

他或許念完小學就出來打拚，而後淪爲賊仔，應該也是環境所逼吧！

我想起念小學的遙遠年代，一班四、五十人，有不少人只念到三、四年級就輟學，原因很多，有的家裡窮得無立錐之地，連吃飯都成問題；有的則因天生不喜歡上學，視畢業證書如敝屣。這些失學少年，離開學校後，不是到附近農村受僱放牛，就是當盲人相命師的導盲犬，沿街找尋算命人家。放牛或牽青瞑，收入都極微薄，他們後來的人生杳無音訊，想必辛苦備嘗，現在十二年國民義務教育正準備上路，社會很難找到「職業」牧童，相命師一手敲著竹板，一手搭在孩童肩上行進的街頭景象更已絕跡，現代人很難想像台灣曾出現牽青瞑的行業。

我的同窗們讀完六年小學，能考初中者不過六、七人，其餘的一畢業就開始準備做「大人」了。女的到漁寮當女工，再找時間到鎮上的洋裁補習班學點衣服剪裁、車縫的功夫，然後就準備嫁人了。男的有人到鐵工廠學作車床，準備當黑手師傅，但「下海」到漁船當童工的人更多，渡過一段時間的暈船嘔吐期，就等於通過討海人的第一個關卡了，不過因爲未成年，無法申請船員證，進出港口檢查哨時都得潛藏在船艙或漁貨堆裡，讓睜一隻眼、閉一隻眼的海防老士官看不到、找不到，又因年幼體弱，沒有捕魚經驗，在船上只能從「煮飯仔」作起，負責全船漁夫的伙食。

這些失學的同窗，其實很多人書都念得很好，而且生活的十八般武藝樣樣拿手，例如能從漁船標頭高處跳水秀泳技，也可潛入滿布礁石的海裡抓龍蝦，或上山伐木做陀螺，文武全才。相形之下，我五穀不分，無一技之長，只能順應時勢，隨波逐流地念中學、大學了，套用最近才廣泛使用的一個字——Bumbler得很，我這裡說的英文字並非大詩人說文解字的「大巧若拙」，而是原汁原味的「笨」。

2.

我在南方澳成長的歲月，正值漁港近海漁業鼎盛的年代，千艘漁船進進出出，有的從日本引進「巾著網」，兩艘爲一組，牽網圍捕魚類，有的單槍匹馬直闖彭佳嶼（大嶼）、釣魚台（無人島），或在沿海抓「現流」。海冬大致上都不差，幾種不同的作業型態，不同的魚類目標，交叉運用，船東固然「馬達一響，黃金萬兩」，受僱於人的小船員也足以讓一家人溫飽，但「討海」豈是人人想幹，就幹得了？一來海上風險大，等於虎口下討生活，很多人沒有這個勇氣，再則需要身體健全、而且吃苦耐勞，才能成爲討海人。

當年「拚無人島」——到釣魚台附近海域釣青花（鯖魚），是春夏之交討海人的壯舉，一趟海路來回要二十多小時，作業時間延續幾天；沿海抓「現流」則是一天之內來回，出海時間不一，常視當天氣候而定。冬天海面風浪大，一般漁船難得出海，許多巾著網漁船南下到高雄外海，圍捕迴游到溫暖海域的烏魚群。此時留在港內的漁船要屬鏢旗魚的漁船最活躍了，趁東北季風吹起，海浪達五、六級時出海作業，此時動輒數百斤重的旗魚在海浪中露出尾鰭，像浪裡白條般優游大海，鏢船上的頭手鏢、二手鏢在鏢頭上昂然站立，其他船員則密切注意海上動靜，一發現旗魚蹤影立即通知船長與鏢手，乘風破浪加速追逐。鏢旗魚講究速度，船首加置尖長形鏢頭的漁船，就如同體型瘦長、結實的花豹，以敏捷的身手追逐獵物。旗魚價格高，只要鏢到一、二條的旗魚，船東與船員都會發一筆小財。

那個年代漁港路燈光影微弱、慘澹，但一天二十四小時都有大大小小的漁船進進出出，即使是深夜，剛從海面回家的討海人或在漁寮殺魚取卵的女工下工，陸陸續續行走在大街小巷，再怎麼偏僻的小巷也有人的蹤影。那時的漁港雖談不上「路不拾遺」，但說「夜不閉戶」並不誇張。我家靠近山邊，多半時間門戶洞開，鄰居自由出入，深夜時把門栓拉上，旁邊的窗戶沒有鎖住，我遲歸時也不必叫家人開門，只要打開窗戶，手伸進去摸著門栓就能不費吹灰之力地開門。不過，我家門前有片空地，入夜漆黑一片，雨天的冬夜更是淒涼，常成爲我的隱憂，尤其夜晚獨自潛入戲院看戲、看電影，如果碰上鬼戲，散場前就開始擔心等會兒如何通過家門前那片杯弓蛇影之地。

以前漁港很少聽說有哪戶人家遭竊，原因就是漁港終日人聲流動，宵小很難下手，偶爾聽說哪個人家抓到小偷，立刻轟動整個漁港，奔相走告，許多人還專程跑去湊熱鬧，看看「賊仔」長得怎麼樣。我小時候一群玩伴對「賊」充滿好奇與想像，聽說哪戶人家抓到小偷，立刻跑去，像趕康樂隊、戲班一樣，但只有一次確實「看」到小偷，其他都是捕風捉影。當時的場景是：遭竊人家門口擠滿看戲的觀眾，賊仔是身材矮小的中年人，低著頭，任憑主人數落，主人口口聲聲要帶他到派出所或叫警察來，後來好像不了了之，主人心軟，放走可憐人。

賊仔在漁港是稀有動物，若干年後到外地讀書，慢慢體驗人間到處有小偷。七〇年代有位內政部長誇下海口：三個月內要讓鐵窗業蕭條，說得大義凜然，結果呢？每家每戶的鐵窗數量不減反增，一個比一個堅固，盜竊事件層出不窮，頗有聖人不死、大盜不止的反諷。

3.

蔡先生把外出行竊視爲「上班」，工作地點多在街頭巷尾，包括菜市場、車站，換句話說，蔡先生是很平民化、生活化的「篤實」小偷。他特立獨行的事蹟，是某一天被警察逮個正著，身上搜到幾本筆記本，內有「上班」成績，案情才曝光。

「一家賣茶葉行，賺二千元，一張一千元及十張一百元，共二千元整」蔡先生手記裡說他在某家茶行「賺」到二千元，而這二千元是一張千元大鈔以及十張百元鈔。除了「賺」，他也用「拿」、「借」的方式取得財物，筆記本密密麻麻，記錄著輝煌戰果：

學校附近的一家住家隔壁的住址是一七〇號，而我在一七〇號的旁邊住家向一位先生借一千元，本來我要向他借五元，他就進去裡面拿一千元，借我修理機車……。

有這麼好心的人？他遇到貴人了，所以先記下，哪天生活變好過，要把錢還給失主？

蔡先生的機車是從竹南「牽」的，而且給他帶來好運，「這天下午賺取外快現金五千二百元整。另外，在路上有一位先生騎三陽機車，賺三千元，總計在四月四日星期三，賺取現金五千五百元整」。

蔡先生「二〇〇一年十月十二日星期五」這一天的上班紀錄很經典，他在苗栗向一位婦人買菜，順手偷了她的皮包，內有五千二百八十六元，如果沒有他鉅細靡遺的紀錄，恐怕連這位遭竊的太太都不能確知被偷走的金額。他手記中連說三次賺得五千二百八十六元：「下班到苗栗市得到一位騎腳踏車的太太賣菜所得現金，皮包共有五千二百八十六元。這袋子裡有五千二百八十六元整、五千二百八十六元正。」似乎對於這次的戰績十分得意，蔡先生「上班」不見得每次都有收穫，也常空手而歸，有時感覺不對，就不出門，像九十年四月五日星期四，掃墓節這天，他就沒有「上班」，也沒有「賺」到現金。

蔡先生手記裡的賺、撿、借、牽，依警察的標準都是「偷」，他就是「賊仔」！報紙刊出他的照片以及偷竊手記的內容，等於為台灣留下「寶貴」的社會史料。蔡先生寫這些「小偷界」沒有人想到、做到的「作品」，我不由得相信他是一個很有想法的人，如果套用現代流行語，他是個有創意的人。蔡先生心思細膩，如果金盆洗手不再做小偷，適合當審計人員，或記錄長官言行的史料編纂人員、社會調查員或文創產業企畫。

4.

古今中外，現實社會的小偷猶如過街老鼠，人人喊打，可是小說、傳奇裡的賊，往往被賦予神祕、俠義的色彩，所以才會出現俠盜、義賊、神偷、樑上君子……等等「美稱」。戲曲舞台上，就有一些以「盜」字開頭的劇目，例如《盜御馬》、《盜宗卷》、《盜仙草》……，幾乎每個當小偷的不是英雄，就是俠女。

如果溯本追源，上古的盜跖應是小偷的老祖宗，相傳他係坐懷不亂的柳下惠之弟，身長八尺二寸，面目有光，「盜跖吟（噤）口名聲若日月，與舜禹俱傳而不息」，諸子百家，盜跖獨樹一幟，還開班授徒，而且跟孔門弟子一樣，喜歡師生對話，一位門徒問跖：「盜亦有道乎？」跖曰：「何適而無有道邪？妄意室中之藏，聖也；入先，勇也；出後，義也；知可否，知也；分均，仁也。五者不備而能成大盜者，天下未之有也。」講得頭頭是道，傳說中的盜跖，與孔子不同世代，也未必眞有其人其事，但古代的道家常以孔子與盜跖對比的寓言，表達其絕聖棄智的諷世哲學。

日本時代的牛罵頭（清水）人廖添丁，是台灣近代賊仔轉型成功的案例，他能飛簷走壁，以武藝高強聞名，專門打擊豪強，劫富濟貧，神出鬼沒，日本警察全面緝捕經常撲空，而且窘態百出，廖添丁最後在八里山區被損友害死，年僅二十七。不過，他的事蹟已廣被流傳，從一個小偷演變成家喻戶曉的「抗日」義賊，他的傳奇故事，經常出現在舞台、廣播劇、電視劇與電影銀幕，還帶出「紅龜仔」這號人物，至今仍有專門供奉他的寺廟（如八里廖添丁廟）。

蔡先生年近半百，從新聞報導看他的長相，矮小平庸，沒有圖像中廖添丁的英挺矯健，也沒有西方廖添丁——十三世紀英國綠林俠盜羅賓漢的豪邁瀟灑（看電影的），倒是有點像三十年前殺警奪槍、搶劫銀行的李師科。蔡先生應無李先生的膽識，更沒有盜跖、羅賓漢、廖添丁的本事，不過，他有「作品」傳世，足以印證他走的是「文」的路線，與廖添丁、李師科「武將」的性格不同。

（原載《文訊》第三二九期，二〇一三年三月）

來亂的才能

1.

日前心血來潮，打了電話給兩年多不見的才能仔，問他是否仍常在馬祖？他氣定神閒地說：已經一年多不在那裡了，現在他承包到一位老政治家資料蒐集、整理的文化工程，同時協助老長官爭取縣長黨內提名，我詫異他怎麼捨得放棄經營許多年的「基業」，他說：「沒有辦法，我也要生活啊！」從他口中吐出的生活二字似乎與以往的才能生活變了調，他有些得意地說：「哈！最少一年半內生活費沒問題了！」

最初對才能仔有印象是二〇〇九年五月的某一天，地點在馬祖南竿牛角伊嬤的店。我們一行人才坐下來，同行的女詩人就對著正前方點頭致意，我坐在她旁邊，順著視線，看到隔著幾張桌椅有位個子短壯，頭大臉方，戴著一幅黑框眼鏡的仁兄對著我們微笑。詩人說此人是其雲林同鄉，不過，也只是兩年前一次行程中碰到，認了鄉親，知道他的名字，如此而已。

伊嬤的店是當地著名的餐館，沒來伊嬤，不能算來過馬祖。許多旅客在馬祖周圍幾個小島繞來繞去，參觀八八隧道與戰時防禦工事，或到芹壁欣賞當地沿山而立，帶點地中海風味的建築群，總會有一、兩餐被介紹來這裡，像我這趟應邀跟幾位台灣朋友一起來爲馬祖文學獎當評審，正經事都還沒開始，就被官員帶進伊嬤的店。

餐館的空間不大，大概只有十五坪上下，店裡賣的是以海鮮爲主的馬祖風味小吃，只擺了二張圓形大桌子，外加幾張長方形小桌子，裝潢並不豪華。店裡四周塗滿了顧客留下的簽名與題詞，連最接近天篷的牆上新裝的白色冷氣機上頭也沒有留白，顯然有人爬到桌子上仰首簽下大名，以示「到此一遊」，問在店頭穿梭的年輕老闆是否認識留在冷氣機上的名字，忙著點菜送菜的老闆順口回答：「也不認識，是兩個喝醉了酒的客人爬上去簽名。」

文化局的曹局長這一天代表縣政府招待我們這些「貴賓」吃馬祖風味餐，沒多久楊縣長也匆匆趕來。滿桌盡是各種煮法的淡菜、魚丸燕餃湯、清蒸黃魚，以及紅糟伴煮的菜餚，我們邊吃邊聽局長介紹伊嬤的店如何從牛角廢棄的豬圈轉成具特色的餐館。縣長有公務在身，吃不到兩口，問個導遊（醬油），舉杯致歉先行告退，局長亦步亦趨恭送縣長，回來時帶著原先單獨坐在靠近門口座位的才能仔，連同他點的快餐與魚丸湯也順手端過來。才能仔補上縣長原先坐的「寶座」，局長語帶揶揄又不失關懷地介紹才能仔曾經參加二〇〇九年縣長選舉，不過敗給楊縣長，局長看著才能仔說：「縣長方才還特別交代，要幫你買單。」才能仔既不推辭也不道謝，彷彿這本來就是縣長應該做的事，他面露微笑，不疾不徐地說：「楊縣長的寶座是我讓給他的！」

2.

我們在馬祖的兩天行腳，除了文化局接待人員陪同，初認識的才能仔也熱心跟隨，他話匣子一打開，就滔滔不絕地談選戰經驗與馬祖人的民族性，同來的台灣朋友對他略顯不耐煩。才能仔似乎早已習慣旁人的冷漠，仍隨時找人哈拉，冷不防背後一位文化局年輕女官員說：「這個人是馬祖的外人，他是來亂的！」語帶不屑。

才能仔應該也聽到美女官員對他的批評，回頭笑了一下，美女繼續數落：「馬祖有一些台灣人，有的是嫁過來的，也有許多原住民在這裡工作，大家都有正經事，只有這個人是一位政客，整天無所事事，幌來幌去，製造問題，不是來亂的，是什麼？」我第一次聽人用「來亂的」形容才能仔，感覺很新鮮，我逐漸感覺周遭馬祖人對才能仔很戒備，好像他的額頭上寫著「來亂的」三個字。但才能仔在馬祖眞的亂得起來嗎？

來亂的這幾年在台灣—馬祖之間來來去去，妻子、兩個小孩都住在北投，妻子沒有工作，他也沒什麼收入，那一家四口靠什麼生活？來亂的解釋：「我還是有幫人做顧問，規劃一些專案啦！」接到的案子多不多？「還好啦！」他有點不想談，話題轉到選戰，立刻雄赳赳氣昂昂，充滿鬥志。

來亂的與馬祖發生關係始於二〇〇四年立委選舉，當時的民進黨延續上世紀九〇年代以來的策略，在金馬澎湖、花東這些艱困選區推出候選人，並派員督導，提供選戰策略、協調與人力物力支援。來亂的當時在黨部政策會任職，被分配擔任馬祖督導員，聽起來頭銜很大，像個欽差大臣或掛印監軍，其實沒有人願意幹這個苦差事，因爲馬祖族群、語言、地理位置與軍事戰略因素，長期以來就是黨國一家，每次的選舉都是內部派系，宗親勢力的競逐，不是國民黨提名，便是以無黨籍名義參選，絕不與民進黨或台灣本土勢力掛勾，即使後來國民黨分出新黨、親民黨兩個支流，仍然沒有台灣本土政黨存在的空間。有一位本業牙醫師，曾擔任立委的台灣南部人十幾年前空降來馬祖競選立委，花了五百萬，結果只獲得五十票，平均一張票十萬元。

民進黨在馬祖徵召的候選人是當地人，原來也效忠國民黨，後來被民進黨策反，出面挑戰國民黨候選人。民進黨介入馬祖選舉，說好聽是關注民主政治與離島前線人民的福祉，說穿了只是虛幌一招，撼不動馬祖的銅牆鐵壁。最後民進黨候選人獲一千多票，是當選人票數的三分之一。來亂的任務失敗，但也利用這次的選戰經驗，印證他的政治觀察，繼續往前衝。

來亂的很有文學細胞，曾以一篇描寫馬祖友人的散文入選上屆馬祖文學獎「佳作」，展現了他的文字功夫與對當地的觀察能力。他一邊介入馬祖地方事務，一邊蒐集田野資料，好像在做什麼大實驗似的，還寫了一篇碩士論文，題目就叫「馬祖人的國族認同」，堪稱田野研究「參與觀察」的典範。

3.

來亂的親自披掛上陣競選縣長，雖然仍是孤家寡人，卻頗能掌握選戰節奏，創造話題。早在選前幾個月，有關「民進黨中央有意徵召陳才能參選馬祖縣長」的耳語就一直在馬祖資訊網流傳，還引起討論，誰是幕後主導者？用膝蓋想也知道就是才能仔！他公開宣稱「對於是否參選連江（馬祖）縣長一事，本人會於最近的記者會中，向馬祖鄉親及關心本人的朋友說明最後決定。」

來亂的要求馬祖人「讓沒有家族保護及在地人情包袱的陳才能當選縣長，搞不好拖延六十年的問題全都解決。」他特別強調，如果他沒有履行政見，「不到兩年馬祖人一定有辦法讓我下台的！」

網路上有人把才能仔比喻爲日本幕末推動近代海軍體系的勝海舟（勝麟太郎），勝海舟在幕府面臨瓦解之際，一心思想的是日本的將來，而不是維護德川幕府；來亂的思考也是馬祖的未來，而不是回首國民黨的過去，拿兩人相提並論，雖然有點卵葩比雞腿，卻也爲來亂的塑造一點傳奇性，而能夠做此連結的，也非他本人莫屬。

來亂的原來寄望民進黨徵召，並給予經費援助，讓他在馬祖開疆闢土。然而，他的黨內人緣太差，爭取「徵召」的期待落空。最後，來亂的以無黨籍身分出馬，募集了五十萬元競選經費，沒有助選員、文宣品與宣傳車，一個人單槍匹馬走遍馬祖四島五鄉，逢人就哈腰請託，表面上來亂的單兵作戰，進一步觀察，頗有進行空氣戰與網路戰的意味。參選縣長的，國民黨候選人與來亂的之外，還有一位同屬無黨籍的馬祖人，名義上三人參選，實際是兩位馬祖人的戰爭，來亂的還是被邊緣化了，結果現任縣長獲三千多票，來亂的只有七十八票，他卻仍自信滿滿地說：「以前民進黨候選人花五百萬得五十票，我花五十萬，得七十八票，成績好多了。」

雖然縣長選戰失利，來亂的毫不氣餒，仍然勤學馬祖話，不放棄任何與當地人互動搏感情的機會，離立委選舉日期愈近，來亂的腳步與氣勢愈猛，尋找各種可以製造話題的機會。

4.

縣長選後已過兩年，二〇一一年立委選舉腳步又近了，有人問來亂的是否再度參選，他半開玩笑似地答話：「你支持我，贊助我，我就出來！」通常對方立刻回以：「我哪能支持你，有辦法我就自己出來選了。」馬祖人明明看到一個來亂的外地人，嘴裡不說，仍然客客氣氣地打招呼，在來亂的眼中，說閩南語系的金門人語言相通，表面上容易親近，意識形態卻相距甚遠，反而比操福州語系，原本就有些「非我族類」的馬祖人落差更大。

那一天發生了機場事件，讓來亂的展現了他的霸氣與魄力。六十歲出頭的交通部長翩翩降臨馬祖北竿，他戴著一副金邊眼鏡，體型中等，斯文的臉龐，有一對蠟筆小新的濃眉，兩邊嘴角向下微彎，像極童年時代漫畫諸葛四郎大鬥雙假面裡的哭鐵面。部長政壇打滾多年，在台灣各地行程，常被群眾嗆聲，他打不還手，罵不還口，早已練就一身軟硬功夫，雖然如此，來馬祖還是感覺溫暖舒暢多了，到處都是忠黨愛國人士，對於中央來的大官員禮敬有加。走出北竿機場，馬祖選出的立委、縣長立即趨前笑迎，一路陪同，並在縣政府舉行北竿機場擴建說明會，馬祖有頭有臉的人物都出席了。

部長在立委介紹下，眼睛掃過ㄇ形座位的每個出席者，正準備開口，突然一位不速之客竄入，這個人就是來亂的，像個黑面祖師公，無人請自己來，大剌剌地抓住一張椅子坐下，部長雖然不悅，礙於風度，繼續說明政府如何重視馬祖的建設，「北竿除了現有的3C機場之外，還要興建4C機場，讓大型客機也能降落！」部長講得起勁，來亂的不等他說完，就高聲嚷叫：「這些都是謊言！」他當場質問部長，何不直接就蓋4C機場，一次到位？來亂的話鋒一轉，毫不客氣地批評馬祖人長期被國民黨綁架，卻一直服服貼貼，比斯德哥爾摩症候群還嚴重。部長鐵青著臉，高聲叫來亂的要理性，不要做人身攻擊。

來亂的擾亂交通部長這一役算是選戰開打儀式，他接著散布「野菊宣言」傳單，標題是：「野菊能動，舉世震動！馬祖人提名，無黨籍陳才能參選馬祖立委！」來亂的強調接受馬祖人民提名，參選第八屆馬祖立委選舉，像奉天承運般，他要超越黨派、跨越藍綠惡鬥，要以七百二十天立委任期，把早前被軍、政徵用的土地全歸還給馬祖人。來亂的同時提出許多很有創意的政見，包括馬祖就是媽祖，把媽祖林默娘元靈石棺陵寢定爲國家一級古蹟，讓馬祖成爲台灣媽祖信徒的聖地。來亂的也想到馬祖人口外移的問題，特別喊出夫妻之中有一人設籍馬祖，且爲常住人口，孕婦每胎補助五萬元，不限次數、胎數、年齡。

選戰期間，來亂的發揮文采，創作「愛上馬祖」，把東引、東莒、西莒、南竿、北竿風光嵌入歌詞中。他口口聲聲以人格保證，解決過去二十年老問題的任務完成後，立即辭職，絕不戀棧、賴皮！立委職權奉還馬祖人，從此成爲馬祖人永遠的義工！

5.

現代選戰多屬金錢遊戲，兵馬未動，糧草先行，來亂的看來兩袖清風，不像地主型政治人物可以賣棟房子，割塊土地打選戰，也不像專業人士（如醫生、律師）收入豐厚，可以拿鈔票當子彈，他即使想要募款，也沒有這個能耐。我很好奇來亂的在馬祖如何打選戰？我打他的手機，說要去馬祖看看，他大表歡迎。這天中午我一出北竿機場，就看到掛著「陳才能」以及「野菊能動，舉世震動」斗大字體的宣傳車等候著，我坐在前座，跟著這輛選舉車在馬祖招搖過市。來亂的在車上喜形於色地說，這次的選舉很不尋常，其他候選人都把他當作主要競爭對手，而且從宣布競選開始，就有人提供空間供他做競選總部，有人出錢贊助，我們現在坐的這部宣傳車也是有心人提供，並客串司機，帶著來亂的四處跑攤。還有一位年輕的義工，負責用影像記錄他的「起居注」與選戰實況，一副戰備齊全、兵強馬壯的氣勢。

來亂的隨著宣傳車到處走動，到一個定點，親自挨家挨戶發傳單，有時站在車邊發表他的政見。我左顧右盼，他講演時通常只見候選人、司機義工、攝影師，看不到半個人影，但他仍講得起勁，彷彿四周飄著無數的群眾在聆聽他的高論。這天下午他送我到機場時，還特別邀請我參加選前最後一個週六晚的「搶救陳才能之夜」，我婉謝了。立委選舉開票結果，來亂的締造新紀錄，得到一百六十八票，比縣長選舉的七十八票，成長好幾倍，自己覺得雖敗猶榮。

來亂的從大學時代就參加學運，爲當時的在野勢力助選，畢業後擔任在野黨立委助理十四年，其中十年還擔任立委辦公室主任，也曾在黨部任職，那一年在野黨主席親征花蓮競選立委，他全年待在後山，一大清早上山下海，直至深夜。民進黨執政後，來亂的也曾在行政部門待過，不過，他天生反骨，從當立委助理開始，就好發議論，喜歡放炮，就連黨內大老也敢批鬥，因而成爲民進黨一隻沒人理會的孤鳥，最後退出政黨變成無黨籍，但都站在國民黨的對立面，全身金鐘罩、鐵布衫，臉皮厚、百毒不侵，屢敗屢戰，凡事盡往好處看。

然而，二〇一一年立委選戰之後，來亂的回台灣長住，似乎反映他也感覺到無力感，「憑一個人的力量要改變馬祖不太容易，家庭還是得照顧。」他淡淡地說。

對人煙稀少，擁有迷人海島景觀與豐厚漁業資源的馬祖，像才能仔這樣來亂的，有些唐吉訶德，但能從台灣專程來亂，同時襯托出馬祖人的傳統性格，與當下改變中的社群生態。來亂的確有一個理念在支持他做他認爲該做的事，才敢在馬祖挑戰政治體制與宗親結構。許多馬祖人囿於政治圖騰與族群意識視他爲來亂的政客，是非曲直很難評析，但如果才能仔眞是來亂的政客，大概是全世界最窮、最沒有地位的政客了。

（原載《文訊》第三三五期，二〇一三年九月）

溫泉鄉的送行者

1.

念高中的遙遠年代，每天搭乘公路局巴士，一路從漁港經蘇澳、冬山、羅東，越過蘭陽溪，到溪北的宜蘭市上學。中間公路停靠站大大小小不下三十個，走走停停，一趟車程需要七、八十分鐘，比現在從台北到宜蘭還要遠。同班同學來自溪南溪北各鄉鎮，家住礁溪的蕭宗義座位剛好就在我旁邊，印象中，這是第一次跟礁溪人面對面講話。在此之前，對礁溪僅有的印象是小學時代有一年遠足，在老師帶領下跟著一群小朋友，走大段的蘇南山路，再從蘇澳坐火車到礁溪，出火車站，又走一段山路到五峰旗瀑布，吃完便當就回家，一天的遠足好像就是為了出外吃便當。

認識宗義之後，礁溪的點點滴滴透過他的嘴巴，逐漸進入我的生活。他有一副短壯身材，臉上不時掛著幾顆青春痘，兩排牙齒略為外突。我原以為他家務農，交談之後才知是開醫生館的，醫師兒子我不是沒看過，不是白淨碰皮，就是斯文膽小，難得像他長得如此草根。當時的我從未想過宗義有一天會成爲禮儀師，其實也無從想像，因爲那時跟這個行業有關的，不是師公，就是土公，絕不會想到有禮儀師這個專門行業。

2.

宗義的家在礁溪街上，是獨棟的白色洋房建築，走進圍牆還有小花園，在小山村很有氣派，也相當搶眼。他在學校的功課並不出色，與我半斤八兩。他好像也有自知之明，從未表達要考醫學院，繼承父親衣缽的雄心壯志。不過言談之間，總是把孫中山那句「做大事」掛在嘴巴。那個年代到處都是國旗、黨徽、銅像與政治標語，無論什麼集會都要向「國旗暨國父遺像行三鞠躬禮」，中學生行不踰矩，卻又調皮，敬禮動作快而潦草，比劃比劃而已；只有宗義立正站好，畢恭畢敬，彎腰鞠躬，他頭還在下垂中，我們早已鞠躬完畢，繼續聊天、嬉鬧。

宗義說他崇拜的人是孫中山，言必稱三民主義，然而，他卻又喜歡向同學「開講」風花雪月，礁溪溫泉的情色故事在他嘴巴中，感覺像三民主義的「育樂兩篇補述」。當年礁溪的情色行業欣欣向榮，蕭家有一片田地鄰近溫泉旅館區，經常散落著疑似使用過的衛生紙，從旅館的水道流出的污水，發出怪異，卻又不明所以的氣味。少年宗義常到田裡走走，看看書，順便收拾衛生紙，清除污穢，偶爾會撞見僅著一縷薄紗的妙齡女郎遠遠地與他招手。每次聊到這裡，他總會噍一嘸口水，彷彿在心內念了一句：「阿彌陀佛」。

宗義的大學時代是在淡水念三專工商管理科，退伍之後，南北奔波，不停地找工作，也不停地換工作，覺得沒啥前途。還在猶疑之際，在礁溪的父親不幸車禍往生，他決定帶著新婚的太太回到家鄉照顧母親，兼管理家裡的產業。可是精明能幹的母親像大觀園裡的賈母，親自當家，讓他的「工商管理」專業無從發揮。

母親把白石腳的一塊山坡地與建商合蓋「販厝」，分了幾間，自己留一間，其餘變賣。保留的這間販厝送給回鄉的宗義，解決他住的問題。不過仍面臨養家活口的壓力，還好太太出生礁溪奇立丹農村，耐勞耐操，為了營生，夫妻做起海產攤生意，太太掌廚，宗義做外場兼洗碗，攤販區臨時蓋的廁所也不請清潔工，由自己動手清掃。

3.

海產攤做了四、五年，三個小孩陸續出生，太太照顧不來，宗義收攤改種溫泉空心菜，當起農夫。而後幾十年之間，身上每天沾滿油漬與塵土，居家陳設、衣著、飲食都十分簡單，牙齒也一直保持原型，質樸得像個莊稼漢。常來礁溪泡溫泉的人也許見過這位古道熱腸的阿伯，成天忙於地方公共事務。鄉里家有喪事，他也不辭辛勞，主動幫忙，並成為抬棺木的基本班底，不避諱生死，也不畏粗重，很難想像這位經常在喪葬場合「逗腳手」的田庄阿伯出身富裕的醫生兼地主家庭呢！

九〇年代礁溪配合經濟部推動形象商圈、街景改造，逐漸卸下「粉味」的「酒番」文化。雖然QK的色情服務並未完全根絕，大體上，礁溪溫泉已轉型成泡湯旅遊景點。宗義看到鄉里在變化，也看到自己的一點心血發生作用，爲了加速地方發展，決定站在第一線「問政」。他推出太太競選鄉民代表，高票當選，後來又連任兩屆。爲了提升服務品質，宗義鑽研代書法律專業，成立綜合文書事務所，並擔任鄉調解委員，經常穿梭大街小巷，爲民眾調解糾紛，大事化小、小事化無。

二〇〇二年，當了三任鄉代的夫人放棄連任，宗義代妻出征，競選村長並順利當選。他上任之後，第一件德政就是自掏腰包，在村裡設置監視系統，保障村民生命財產安全。他在白石腳的住家也像二十四小時的7-11，不眠不休地爲村民服務。每天深夜夫妻躺在床上「三省吾身」，相互勉勵：辛苦總會有收穫。然而，村長任滿之後競選連任的神聖戰役，竟然慘遭滑鐵盧。失敗之夜，夫妻回想當代表、村長這幾年，竭盡所能，無私無我，卻被無知的村民眞心換絕情，不禁抱頭痛哭，怨嘆人情澆薄。

4.

經過一段時間的沉潛與思考，宗義覺得教化人心、匡正禮儀的責任未了，開始研讀起十三經，幫人寫訃文、弔詞兼做司儀，還當上禮儀師公會理事。他出現在婚喪喜慶場合的機會更多，每個月總有五、六次。事畢，主人送個紅包致謝，雖說紅包大小「在人」，但還是有行情，他偷偷告訴我：八千塊上下。

有了收紅包、做「老人工」的生活經驗，宗義性格愈來愈圓融。當鄉代或村長時，他服務對象皆以玉石村爲主，所關心的也是鄉里的婚喪喜慶。現在的他作爲禮儀師，觀照全礁溪鄉的風土人情與地方文化資源。更重要的，他深深了解順得主人意，才是好功夫。禮俗固需追本溯源，糾正誤謬，但通權達便，也是人情之常；他有一套民俗禮儀標準規格，若主人有特殊考量，也予以尊重。每個認識他的人都發覺他的眼光愈來愈寬廣，談起礁溪的一點一滴頭頭是道，充滿感情。

走在礁溪的大街小巷，昔日的「政治」人物，今日的禮儀師頻頻點首，不時地跟鄉人打招呼。他好學不倦、精益求精，到處參加民俗禮儀講習會，甚至報考大學的生死學研究所，連考兩年都沒被錄取，他半開玩笑地如此自我解嘲：「可能是那些教授也不知道要如何教我吧！」

日本電影《送行者》中，那位從東京返鄉的大提琴手，因生活所逼，爲往生者擦拭遺體、換裝、化妝。慢慢地，他把妝扮的過程當作向往生者致最後敬意的神聖儀式。宗義的人格特質與音樂家不同，工作性質也與專業的「送行者」有異，但地方事務再怎麼污穢、煩瑣，他都視爲神聖的使命。這位從醫生館少爺，歷經農夫、海產攤販、村長「蛻變」而成的禮儀師，頗有幾分傳統土公仔與東洋「送行者」的綜合體。

（原載《文訊》第二九二期，二〇一〇年二月）

救國補習班

1.

車子行經南京東路，一路顛簸，在公車、貨車、小自客車與機車的陣仗中橫衝直撞、迂迴交錯，擁擠、倉促之間，瞥見一棟高樓建築物，橫掛著「中國青年救國團短期補習班」的巨大招牌。它在大小、橫豎不一、顏色互異的各種「看板」中，廣告型式老舊，橫排的中文淺白，了無設計感。如果是在三、四十年前，光看「中國青年救國團」這幾個字就感覺不怒而威，可是現在這股磅礡正氣之後，接著「短期補習班」，顯得有些怪異。十幾個漢字自動分成「短期補習班」與「中國青年救國團」兩組文字似的，字體之間有著高低大小的落差，還呈現躍動的姿態，以至於瞬間對它的語意還有些難以捉摸。

我隨即注意到這塊綠底招牌裡頭，紅色的小長方形圖案被三條白線整齊分割，上面放置黨國常見的十二道光芒，這不就是「救國團」的標幟？但救國團的全名是「中國青年反共救國團」，少了最重要的「反共」二字，此「救國團」與彼「救國團」是同一「團」嗎？

「救國團」於上世紀的五〇年代前風雨飄搖的年代，蔣介石總統華誕那一天創立。他頒發的書面致詞中，強調團結愛國青年、完成中興大業，救國團組織特性就在教育性、群眾性與戰鬥性。擔任創團主任的，是他的兒子，另一位「蔣總統」——經國先生，父子一系，血統純正，政治更正確，而後三、四十年，救國團在黨政軍之外，自成一系，於台灣每個角落無所不在。每所學校都是團體會員，校門兩側一邊掛著學校全名，另一邊則是在校名上下加「中國青年反共救國團指導委員會」，學校是團體團員，每個學生也都是當然團員。

我突然發覺，生活中已經好久好久沒有「救國團」了。算算時間，差不多一生下來沒多久就有這個「團」，成長過程中也如影隨形，常相左右，「時代考驗青年、青年創造時代」，成天掛在嘴邊，也是寫作文常用的關鍵字。雖然學生年代已經久遠，但稍微動了點念頭，卻如自動打開記憶體般，「救國團」以有形與無形的聲音、圖像，排山倒海地湧上心頭。

我之所以還對南京東路這家短期補習班有些狐疑，是因為「中國青年反共救國團」的標記夙有國旗、國徽般的神聖性，通常只出現在「救國團」大旗或長條形木製匾額上，而且「中國青年反共救國團」這幾個字，也應該出自哪位黨國大老的墨寶，哪像南京東路高樓上這塊招牌，如同一般皮件行、小吃店的看板，隨隨便便，輕鬆自在。

2.

救國團這個時代產物，在當年的黨國體制下，短短四十年間，「溪雲初起日沉閣」，須臾之間狂風暴雨，而後又雲淡風輕。

現在的年輕人對「中國青年反共救國團」的印象可能很模糊，至多只是念小學時交點錢，救國團的大哥哥、大姊姊帶大家開心地唱唱跳跳，露營、郊遊，也不知這個「團」全名叫什麼，從哪裡冒出來的？如果問一下家裡上過中學、大學的阿公阿嬤或爸爸媽媽，那個年代的「時代青年」很少不參加救國團各式各樣的「自強活動」，莊嚴感絲毫不遜朝聖團，了解黨國艱難處境與任務，還帶點時髦與浪漫。

五〇、六〇到七〇年代的救國團無所不在，各縣市都有青年活動中心，所屬單位有學苑、張老師、中國青年服務社、幼獅文化公司，相關的業務包山包海，文武山海不擋。既具黨政、情治色彩，也像企業公司、旅行社與補習學校，許多孤行獨市的活動，只有救國團有此能耐舉辦，學生要去金門、馬祖「戰地」，或學跳傘技術非得參加救國團活動不可。在那個純眞、戒嚴的年代，參加戰鬥營、健行隊、文藝營或服務隊，走上大自然、體驗人生，關懷弱勢，增加社會經驗，還可結識來自各地的青年同好、異性朋友。尤其女孩要在外頭過夜趴趴走，取得「救國團」掛保證，就讓家長放心，名正言順取得「外宿」資格，就跟古代閨女非得假借進香、賞燈之名，才能接觸花花世界，演一段愛情故事。

年輕人參加救國團，融入黨國體制與團隊生活，大概也像古代讀書人參加科舉一樣！寒窗苦讀，致力功名，一級一級接受國家考試，通過考題、測驗與面試，進入國家官僚體系推行的政治、道德與倫理概念，滿腔熱血報效聖君，也變相壓制個人差異性。

我念書時，每年的寒暑假還沒到，同學就已熱烈計畫參加「救國團」的活動項目，但我只參加過一次橫貫公路健行，其他原先預定參加的活動，都在報名截止時刻，把準備繳交的費用，吃喝玩樂掉了。雖然如此，「救國團」在我的成長過程中，仍然充滿回憶，遑論成千上萬的救國團活動常客，以及它所訓練出來的團康活動專家了，如果有人編寫「那一年，我們一起參加的救國團」或「那一年在救國團活動中追的女（男）孩」，必然很多人有說不完的救國團故事，與洋洋灑灑，琳琅滿目、寫不完的題材。

3.

一九七〇年代後期的救國團，外表看起來仍然光鮮亮麗，但隨著反對運動的崛起，社會各界批判救國團角色定位不清、搞特權的聲音不斷，經辦的業務也常被諷刺為開旅行社與休閒中心，鼓舞年輕人享樂主義。美麗島事件前夕，救國團已因應政治社會情勢的變化，把原屬國家安全系統的組織架構改為社團法人，若干原來向公家單位「借」來的館所、土地陸續被索回，財產明顯縮水，角色功能也不斷調整。解嚴後，國際內外局勢與兩岸關係開始有微妙變化時，「救國團」

更名爲「中國青年救國團」，時間是一九九〇年十月，從此，因「反共」而生的救國團不再標榜「反共」，與一般民間社團已無甚差異。

台灣在改變，救國團也在改變。它沒有沿用社會流行的官式術語：「完成階段性任務」，功成身退，留下「漂亮」的身影，而是走上「轉型」成「短期補習班」的道路。我印象中的「短期補習班」很有在地性與親切感，小學時代就有很多女同學，畢業後不升學，到裁縫班學幾個月洋裁，幾年後就帶「藝」嫁作人婦，可以爲新家庭剪剪縫縫。裁縫班的正式名稱都叫短期補習班，前面還會加上「政府立案」，以昭公信。坊間的補習班因應社會環境的變遷，自然不只教裁縫，各種升學或公務員、中醫、郵政考試與珠算、心算、烹飪、語言、駕駛……無所不「補」，上網查詢，「補」也「補」不完。

當年的「中國青年反共救國團」團歌每個人朗朗上口，其中「驅俄寇、殺朱毛、誓復國仇救同胞」，在改成「中國青年救國團」後，變成「不怕苦、不怕難，共同建設好家邦」。救國團的去反共化，可以理解，但無轉折的過程，沒有理由，沒有論述，以前反共過度，突然反共乏力，就難以讓人信服。尤其白色恐怖時期不少人因親共或莫須有的「知匪不報」、「爲匪宣傳」罪名，失去了生命與財產。刺青還不普遍的年代，在身體刺字畫圖的人不是老兵就是𨑨迌人，𨑨迌人畫龍畫鳳，老兵刺「反攻大陸、殺豬拔毛」或「效忠領袖、打倒共匪」，爲反共大業宣誓效忠，充滿儀式意義，現在反共無門，身上的烙記成爲諷刺。有些人從民族主義立場轉移情緒，另尋憎恨的對象與努力的方向，有人則盡量消除腦袋、身體髮膚的反共標記，午夜夢迴，備感荒謬，今夕何夕啊！

4.

某個有著晴朗天氣的午後，我刻意在南京東路上，悠閒地找尋「中國青年救國團短期補習班」，它就在光復北路與寧安街之間，附近有好幾家不同教學內容的短期補習班。救國團所在的大樓有多家公司行號，門口還掛著「中國青年救國團附設短期補習班」的小匾額，原來「短期補習班」只是「中國青年救國團」附設的「單位」。救國團就在二樓，從一樓走上二樓的空間，感覺即將要進入文具行或書店，這裡也有點像小型貿易公司，門面看起來簡單。一進去就看到櫃台，三位年輕人正在處理資料，桌面放置一些「救國團」活動簡介與招生簡章。看資料才知道這裡是救國團台北市社會教育中心的南京教室，其他同性質的教室，分散在敦化、景美、內湖各地。招生項目包括有氧舞蹈、拉丁舞、肚皮舞、養生保健、英日語與其他外語會話、電腦繪圖。

「救國團」近年積極推出的是「熱門團隊」與「精選文創營隊」，「熱門團隊」的內容包括娜魯灣野外活動隊、報告班長—嚕啦啦戰鬥營，與魚共舞—夜宿海生館海洋生態營，「精選文創營隊」則有探索賽德克—南投清流部落、川中島文化之旅，魅力台東—巴萊探險營，活動中有關旅遊、住宿、交通要由中國青年旅行社與嚕啦啦旅行社主辦，看來都是關係企業。

我比較好奇的，「中國青年救國團」如果要辦「短期補習班」，為何不偏重「國際領袖人才培訓班」、「國際共產社會研究會」或「商場與戰場」之類的課程？雄壯威武的中國青年救國團與短期補習班，合在一塊，感覺有些頭重腳輕，不合比例，難以與充滿社會民族大義，有著鋼鐵般意志的「救國」社團相呼應。「救國」從動名詞變成普通名詞，「中國青年救國團短期補習班」似乎也可簡稱「救國補習班」，意義上就如同店名叫「文化城」的理容院了，而它致力舉辦一些生活中基本的技能訓練與休閒娛樂，也許比較符合「庶民經濟」罷！

以前「救國團」舉辦任何活動多屬獨占生意，現在則有社區大學、老人大學等民間社團競爭，沒有以前的好光景。然而，畢竟曾在國家體制具象徵意義，且擁有龐大資產，再怎麼改組，再怎麼平民化，至少還像個沒落的王孫公子，瘦死的「駱駝」永遠比坊間同性質店家、社團的「馬」大，而現代年輕人看待救國團，不會去管它成立的宗旨與時代任務，也不計較它曾經壟斷社會資源，畢竟一切俱往矣！年輕人往前看，或許發覺「救國團」這個連鎖補習班，及其所兼營的旅行社、旅館業務正派經營，信用可靠，外出旅遊、學習生活技能，「救國團」都是不錯的選擇，尤其所屬的活動中心常具有幽雅、舒適的花園飯店性質，而且價格也不貴，更容易吸引年輕男女，誰管它出身如何？

（原載《文訊》第三一七期，二〇一二年三月）

賣冰作醫生

醫生是救人的志業，近代一些來台行醫宣教，能講台語、悉心照顧弱勢族群的洋醫師，以及許多本國醫師視病如親的事蹟，都讓人十分敬佩。然而，大部分人想到的是，作醫生可以賺大錢。

小學時代的作文題目經常出「我的志願」，一位從南部漁村轉學來的新同學，寫的志願是當廟公，老師又好氣又好笑地說：「你太沒出息了！」我比較「聰明」，志願寫「作醫生」。從老師、父母的神情，好像上看下看、左看右看，都瞧不出眼前這個孩子是作醫生的料。雖被看衰小，而後作文課再出這個題目，我依然信誓旦旦地說將來要當醫生，理由無它，這個題目最容易「發揮」，也不會被老師罵沒出息。

幾十年前的學童以廟公爲志願，成爲笑柄，現代的小朋友個個都是萬事通，而且勇於表達，也許覺得當廟公很酷，輕輕鬆鬆，可爲人消災解厄，偶爾偷閒打打盹，還有機會上電視介紹宮廟業務，算是不錯的工作了。我以前不敢在課堂上「宣布」未來志願是開雜貨店兼賣冰，換做現在的年輕人志願開柑仔店、賣冰，一定有不同於傳統的創意。

以前常聽鄰居歐巴桑說「第一賣冰，第二醫生」，也有人說「第一醫生，第二賣冰」，不管冰、醫如何排名，皆表示這是兩個能賺大錢的行業。

我雖不是學醫的料，對作醫生也無興趣，童年時代最欣羡的行業不是當醫生，而是開雜貨店以及冰淇淋車小販。這種手推車上有圓形時鐘式的機器，上面刻畫成寬窄不一的格子，寫著「天霸王」、「特大」、「大」、「中」、「小」等字，孩童投下銅幣，「鈴」聲一響，圓形機器上的指示針繞好幾圈，最後看它停留在哪一格兌獎，「小」的獎是舌頭稍微一動就消失，「中」稍大一些，不過，也是舔一口就沒了，在小孩賭客眼中，中、小都算虧錢，「大」的算是戰績平平，不輸不贏，「特大」是一大球的冰淇淋，「天霸王」有一碗公的冰淇淋，但它們的空格太小，指示針跑到「天霸王」的機率，跟被雷打到一樣稀罕。當時若能「鈴」到天霸王，雖然無法跟現在中樂透相比，也是地方「大事」一樁。

在那段投幣拚天霸王、希望未來能有一部手推車的年代，我與玩伴們也由此「研發」出一套天霸王遊戲，將裝香菸的紙板，剪成十張小紙片，分成兩副，各有「天霸王」、「特大」、「大」、「中」、「小」等不同「階級」，天霸王地位最高，只有「小」的能抓他，「中」的位置雖不高，但負責搶對方軍旗，作戰展開後，雙方一照面，就得亮出底牌，階級低者就被俘虜。我們最常玩天霸王的地方，是在我家附近小診所，這家「醫生館」，只有一位李姓醫師，中型身材，帶著金絲邊眼鏡，有點像後來日本漫畫《蠟筆小新》的爸爸，他的一家大小也住在診所裡。

診所門前的馬路是附近孩童嬉戲的場所，冰淇淋車也常停駐在此。我們最怕碰到看起來斯文、少有表情的李醫師。他不喜歡診所前吵雜，常酷酷地站在門口，不需罵人，一夥人立刻一鬨而散，手推冰淇淋車的小販也自動地移動一下車子。

李醫師原來是在漁民之家附設的醫療室看診，後來自行開業，成爲我這邊港唯一的醫師，聽曾到診所看病的鄰居說，這位醫師極少對人噓寒問暖，病人進入診所，好像來到法庭，醫生就像一名法官。以前鄉下人看病尚有賒帳的「餘風」，李醫師「革除」這個陋俗，堅持銀貨兩訖。許多人到他的診所輕鬆不起來，便會轉到神壇找乩童，他們有共同生活經驗與語言邏輯，不管什麼疑難雜症，乩童總能說到有一個「八」字，例如陽宅、陰宅風水不好，或夭折的女孩要求冥婚……。

李醫師行事低調，診所外觀並不特別豪華，但全漁村的人都打聽出他腰纏萬貫，而且很有眼光，老早就在台北廣置田產。他還在診所後面的空地蓋了一排平房，隔成許多小間，出租給外地來討食的漁民家庭，醫師兼做貧困漁民的房東，有點像中央銀行總裁在家裡開了彩券行。

我的鄰居、親友不少人曾經受僱到診所當護士、女傭，她們的共同心得：「先生」待人十分苛刻，不僅薪水微薄，家裡的冰箱平常上鎖，以防被傭人、護士偷吃或擅自帶走。有一位在他家幫傭四十幾年的老婦人，前年罹患肺癌，李醫師包個小紅包慰問，同時辭退這位可憐老人家。

李醫師平時最大的興趣是帶著他的高級相機，在漁村四處拍照，拍風景、漁船與魚類，也爲他的子女留下那個年代孩童未曾有的幸福紀錄，拍照這種稀鬆平常的小事，在當時可是最時髦、最讓人稱羨的大事呢！

我開雜貨店、當手推冰淇淋車小販的願望並未實現，也忘了類似官兵抓強盜的天霸王遊戲是如何失傳的。現在的大街小巷老早就看不到手推天霸王冰淇淋車，但鄉里父老仍相信第一賣冰、第二作醫生，此由全台各處都有著名冰店，可以得到證明！而我也有一個心得：賣冰有時好過作醫生。尤其，最近一、二十年，經過《白色巨塔》影集的流傳、SARS肆虐、「邱小妹人球事件」，集體冒領健保……諸多事件，醫生聲勢大不如昔，受到尊重者固然有之，被人幹譙者也不少。

我從小看到老的李醫師，兩年前已結束診所業務，我敘述他那麼多故事，不是跟他有老鼠冤，也不是近廟欺神，而是在我成長過程中，李醫師跟他的診所是我唯一的「醫界」樣本。從他身上，我明白不是一般醫生都有慈悲心，不過，也必須說句話：李醫師所賺的，確實也是辛苦錢。

（原載《風傳媒》，二〇一四年二月十二日）

一切有情

老友正毅年輕時是文藝青年，經常有作品發表，還出過小說集。後來投身新聞工作，擔任過報社總經理、有線電視公司發言人，是如假包換的「資深媒體人」。五十歲之前的他意氣風發，終日笑臉迎人，個頭不高，圓滾滾的體型像個常樂的小醉彌勒。然而，世事難料，近年命運多舛，先是遭酒駕機車撞傷頭部，動了大手術，雖然保住生命，卻留下後遺症，不但手腳不靈敏，神經也時常抽痛，還因此失去了工作。

正如俗諺所謂禍不單行，福無雙至，一年多前，他驗出四期大腸癌，癌細胞已轉移至肺臟，在腦部復健的同時，還得進行多次腫瘤切除及化療。病魔纏身，心情備受折磨，連搭個公車，都被扒竊集團看上，藉著擠車夾攻，扒走這個行動不便「半百老翁」的皮夾，還來電訛騙。一向樂觀的正毅為此萬念俱灰，對人性失去信心，多虧有夫人做其精神支柱，悉心照料，讓他的心志不致消沉悲苦。

老天似乎仍要考驗正毅所能忍受的人體極限，繼續「勞其筋骨，苦其心志」，最近他的精神支柱竟也罹患大腸癌，且因醫生誤診，導致病情惡化，到大醫院複檢，證實已是第四期。檢查報告出來，夫人紅了眼眶，已看開生死的正毅也忍不住握著老妻的手，落淚不止……。

一群老友聽到正毅夫婦罹癌的消息，都十分關心、難過，卻不知道用什麼話語勸慰。日前讀到正毅在某報發表的〈四期夫妻迎新春〉，心有戚戚焉。他在文章中談及兩夫婦同病相憐，患難中相互扶持，還以四期夫妻自嘲，對這幾年所遭遇的逆境，沒有怨天尤人，反而認為一切苦難皆歸因過去背離謙卑所致，因此反躬自省，藉著身心的困頓，修補前過。

造成正毅心境轉念的機緣，是不久前右肺出現腫瘤陰影，擔心又得開刀，忐忑不安，到醫院複診途中發現未攜帶證件，匆匆折返，突然間靈光一現：老天要我回頭，必有深意。回到新店的山居，「果然」發現家裡的桂花數日未曾澆水，奄奄一息，及時「救活」，仰頭一看，因連日寒流籠罩而陰灰的天空已是蔚藍一片，陽光普照，四周大地芳草遍野，萬物獻媚。

正毅拿著證件趕到公車站牌，六十分鐘才一班的巴士剛好進站，乘客絡繹不絕，坐在車上的他發覺每個人笑容滿面，司機播報站名的聲音也親切悅耳。境由心生，路隨人轉，心牢打開，感受到生活的喜樂，不禁熱淚盈眶。回家後「野人獻曝」般向夫人報告樂觀想、寬闊看的心得，還特別保證，今後不會再與她抬槓，請夫人隨時給予訓示，有事需要效勞也盡量吩咐。夫人一聽，這一陣子來的陰霾頓時一掃而空，笑著說：「你這個剛愎自負又鐵齒的人，也會學彎腰，可不要五分鐘熱度喲！」

我與正毅相交三十多年，時相過從，看到他不為接踵而來的劫難所苦，能豁達自在，世間事一切有情，顯現大定大智，我這個老朋友在爲他疼惜之外，有更多的感動與欽佩。

（原載《聯合報》名人堂，二〇一一年三月九日）

正毅的臉書

某報頭版頭出現斗大的標題：「台灣瘋臉書，全球第一」，這則報導指出台灣每天至少一千萬人上臉書。兩千多萬人口的小國，竟然能「擊敗」中、印度、俄、美、日、印尼等人口上億甚至十數億的大國，吾人的確不可妄自菲薄，不過，我也好奇，這個「全球第一」是如外匯存底領先國際那般值得驕傲，或如台灣人口密度全球數一數二，只是一種統計，用不著大肆宣揚？

臉書訊息流通快速，百家爭鳴，如入山陰道上應接不暇，有人掏心掏肺，宣揚理念，一呼百諾，捲起千堆雪。有人推銷產品，隨時PO上自己的美好經驗，獨樂樂不如眾樂樂。這兩年我聽從友人的勸告，也註冊了臉書，但疏於經營，每個月只在網誌放上一、二篇小文，無「臉」見人，偶爾上場，像個雙手倒插背後，出去巡視田園的「阿舍」，或查看學生有無按表操課的教官。有時也感覺蓋了一座香火黯淡的小廟，只有兩百多「朋友」來點光明燈，有路人經過，按個「讚」，添了油香，感恩啊！

我對臉書的「讚」字設計極感興趣，它讓我聯想中元普渡時插在供品上，寫著「慶讚中元」

四個字的三角形小紙旗。祭儀結束後，許多孩童將小紙旗插在背後，讓自己看起來像戲台上紮靠旗的武將，也算是爲好兄弟按了「讚」吧！

這一年來因爲友人正毅的緣故，我每隔一、兩天就會自動上網「巡視」。正毅三年前罹患大腸癌末期，一年後夫人也同遭劫難，苦命鴛鴦相互扶持。作家出身的正毅面臨危境，依然寫作不輟，前年初曾在報刊上發表〈四期夫妻迎新春〉自侃，也頻頻上臉書抒發心情。去年四月，夫人不幸病逝，正毅孤軍奮戰，與癌魔並存卻絕不屈服，持續在臉書發表〈抗癌手記〉，而支撐他奮鬥下去的泉源，除了孝順的子女以及活潑可愛的「金孫」，來自臉書朋友的慰藉是最神祕的力量。識與不識者紛紛給正毅加油打氣，增強他的勇氣與鬥志，他的手記也給社會其他苦命人更多信心與鼓勵，從正毅的臉書，我了解他的病況與心境，也從他身上，看到臉書的社會功能與文化價值，不禁對它連按兩個「讚」。

今年五月二十一日正毅在臉書上的〈抗癌手記〉說：

今回診，坐等三小時，醫師宣布驗血結果，腫瘤指數飆升，癌細胞失控，推估餘命三個月，借助特別藥物，或可多延兩個月，我決定順其自然。

三個月來正毅依然朝聞道夕死可矣的樂天知命，還於日前出版《用生命書寫——一個新聞人的四十年心路》一書，〈抗癌手記〉也蒐入其中。斯人也而有斯疾，令人感慨，但他的參透生死更令人欽佩。

許多親朋好友，隨時隨地在臉書PO上發人深省的心裡話，頻率之高可進入排行榜，按讚之餘，也好奇他們是否成天抱著電腦或手機？不過，我倒巴不得正毅天天二十四小時抱著電腦、手機PO文，展現他的「打斷手骨顛倒勇」，人世間也因他而更加美好。

（原載《聯合報》名人堂，二〇一三年九月八日）

輯三

散步行街路

像泥土一樣死去

台灣的天災常造成人民生命財產的巨大損失，其中人為因素占了相當比重，歷史悲劇也不斷重演。幾年前莫拉克颱風幾乎就是讓全台灣人無法磨滅的噩夢。這個颱風引發豪雨成災，重創半個台灣，幾乎一夕之間，難以計數的無辜生命被埋沒污泥底下，或被沖落溪流，再漂入海洋。高雄縣六龜鄉新發村新開部落三十多人被活埋，甲仙鄉小林村更形同滅門滅村，家屬連讓親人入土為安的卑微心願都不可得。這些無辜生命悲慘的終結，讓人聯想莎翁悲劇《李爾王》中，李爾那句沉痛的哀嚎：他已經像泥土一樣死去！

事後檢討這場災難的因素，很容易發現悲劇其實也充滿荒謬。當莫拉克颱風在二〇〇九年八月七日、八日來襲，台灣的新聞焦點多偏重屏東林邊、佳冬與台東太麻里等鄉鎮淹水。雖然也披露高雄縣六龜、甲仙、那瑪夏山區部落失聯，有不少村民失蹤，但光從媒體報導，行政官員與坐在電視前的多數觀眾，不易體會災禍的真實性。突然間「新開三十二人死亡ＳＯＳ」的驚悚警告牌像災難影片情節，撼動了全國人心。照往例山區部落風雨中「暫時」失聯，民眾「暫時」失蹤，容易被視同民眾離家「失蹤」，或登山客電訊中斷的案例，以爲至多虛驚一場，人很快就會聯絡上。

只有在農漁山村討生活的人才能體驗這個時候的「失蹤」比「死亡」更可怕。因爲被土石流淹埋猶如海難失蹤，不能在第一時間尋獲，不但生命喪失，魂魄也無所依歸。更甚者，罹難者無論埋在土石之下，或浸泡冰冷海底，依「法」屬於「失蹤」人口，得在一年以後，經過層層關卡，才能確認死亡，申請保險理賠與補助金。對「未亡人」而言，親人在災難中「失蹤」，遠比現場慘遭橫禍更讓人煎熬與牽掛。

以往土石流沖斷民宅，義消與附近民眾立即搶救，遺體很快被找到，不致永遠「失蹤」。莫拉克颱風來臨的年度父親節當天南部山區土石流沖毀村落，倖存的親人或因目睹，或因手機斷訊，知道慘劇已經發生，卻哭訴無門，國家救災系統遲遲未能啓動，還振振有詞說天候不佳，無法救援。任何一條生命的犧牲都是一個家族最大的哀痛，也引起社會大眾的同情。然而，莫拉克颱風帶來的八八水災，使數百條亡魂陷入泥漿之中，無法掙脫，當罹難人數一再增加，最終的死亡人數無奈地成爲統計數字，甚至是難以掌握的數字。

雖然事隔數年，台灣社會至今仍然心有餘悸，中南部幾個受災程度較深的鄉鎮，至今難以恢復平靜，幾年來復原的工作持續進行，人謀不臧的部分仍在究責，林地濫墾、越域引水與國土復育、原住民遷村等問題，都曾引發討論，政治的爭鬥也或明或暗無止盡地展開。許多災區「遺民」仍在尋找親人，「生要見人，死要見屍」，最後卻不得不選擇讓亡魂在大地長眠，不再受到外人與開挖的機具驚擾。

民俗喪禮認爲人亡之初尚不自知，而有「勸亡魂」的科儀，讓靈魂安息。尊重生命、死者爲大，本來就是人類文明的核心價値。然而，天災也好，人禍也罷，八八水災所釀成的死亡與失蹤人數，雖難「創」人類災難史紀錄，但清平世界整個村落被活埋，幾百個人集體死亡，不啻是台灣史上最殘酷的煉獄。他們的生命如何被剝奪，成爲悲傷的泥土，造成家屬難以承受之苦，是台灣社會最堪悲憫，也最應檢討的歷史之慟。

（原載《聯合報》名人堂，二〇〇九年八月二十八日）

公車一條線

年輕時服完兵役，開始工作，收入不豐，乞丐身皇帝命，一副事業忙碌，不得不坐計程車的氣派。後來自己開車，走到哪裡開到哪裡，飽受停車之苦，也常接到違規罰單，卻仍義無反顧，不坐公車就是不坐公車。直到年前某一天從住家的南京東路五段到二段找朋友，對方叮嚀坐公車晃兩下就到，我依照指示，在南京三民路口上車，幾站就到達目的地，比開車、搭計程車方便許多。而後從南京東路往南京西路方向，只要無須轉車，我就知道應搭乘公車。

慢慢地我把南京東路延伸到鄰近的長安東路、市民大道與八德路、長春路、民生東路。人站在南京東路，有車子靠站，管它9、46、306、307……一躍而上，輕鬆可到茂園吃台菜、小巷吃阿財肉圓、嵐山喝咖啡。從公車看天下，以前常去的地點，居然都是南京東路一路車可到，連皇冠小劇場、吳三連史料圖書館、伊通公園，也在這一條線上，過去感覺遙遠的大稻埕旗魚米粉，同樣可坐到圓環，再散步過去。

從前光想到走路等公車便意興闌珊，如今豁然開朗，在南京東路享受「縱貫線」老大的悠遊自在。雖然得多走一些路，但心情不同，就不覺得辛苦，反而視為符合人體生理需求的特殊設計。估計從住家到南京東路公車站約走七、八百公尺，下車到達目的地，也有幾百公尺，等於不知不覺中「運動」了幾千步。即使常分不清楚上下車該走前門或後門，也不知道先投幣，還是下車付錢，手忙腳亂地像個剛從鄉下進城的歐吉桑，仍能把它當作預防老年癡呆的最佳訓練，自我感覺十分良好。

公車上常用跑馬燈或語音播報即將到站或下一站的站名，有些司機還會「親口」再報一次，外加「上下車請小心」，以及「謝謝光臨、再見」的致語，讓人倍感窩心。當然不是每位都這麼細心，有人早就把麥克風朝上拉成一條直線，或往窗邊一推，行車途中一味挖挖耳朵、揉揉眼睛，不發一語，乘客有事相問，也漫不經心，回答得有氣無力。

觀察司機因而也成了搭乘公車的樂趣，還可順便印證公車單位的行車績優考核是否公平公正。我發覺愈有禮貌、愈關心乘客的司機，貼在公車擋風玻璃上的梅花形狀貼紙愈多；一枚不貼的雖未必就是不良駕駛，但懶散的司機，必然連一枚績優貼紙也貼不上去。

這陣子一上公車就看到警示燈標明「上車投幣」或「下車投幣」，顯然公車單位也在力求進步。站在南京東路公車站牌，環視往來的車輛，上車之後，再看看四周的人事物，每次都有不同的發現。我對這條長期處於「施工中」，掩掩遮遮，加上實施公車分隔線，搭車得等候兩次紅綠燈的南京東路，也愈來愈予以寬容。畢竟在這條公車線所感受的，不只是省下開車的油錢、停車費或計程車錢，更是活絡筋骨、享受閒適的快樂。在我眼裡，笨重的公車，行駛在凌亂的南京東路上，不啻是爲我精心打造的禮車了。

（原載《聯合報》名人堂，二〇一一年七月十日）

烏鴉與城市

大多數台灣人未曾見過烏鴉，卻普遍對烏鴉有著莫名的恐懼與憎惡。早前「不幸」目睹烏鴉的地點多在日本，聽到烏啼便忐忑不安，直以為家有禍事。龍瑛宗一九三七年的〈東京的烏鴉〉，提及剛抵東京，聽到烏鴉「惡魔式」的叫聲，立刻陷入哀愁，「家裡會不會發生不幸？村子裡會不會有人死亡？」他後來才知道，來日本的台灣人都曾有過這樣的驚惶。

台灣人的烏鴉禁忌來自古代漢人對烏鴉的印象，不管戲曲小說、大戲小戲，烏鴉一啼，主人翁就大禍臨頭，典型的劇目是《太平橋》：五代梁王朱溫邀晉王李克用過河議事，暗中設下埋伏，晉王的「十一太保」史敬思保駕赴約，臨出家門，聽到烏鴉啼叫，上馬又落馬，心生不祥，與夫人再三拜別，離情依依，隨後果中埋伏，敬思為保護晉王，不幸身亡。

類似史敬思別妻的情節在傳統戲台一演再演，深入民心。數十年來，學校教科書收錄白居易〈慈烏夜啼〉與馬致遠〈天淨沙〉，學童從「慈烏失其母，啞啞吐哀音」感受烏鴉偉大的一面；夕陽西下的昏鴉與枯藤、老樹，襯托天涯斷腸人的悲涼，亦讓人心有戚戚焉。不過，絕大部分台灣人對烏鴉的成見已根深蒂固，不易改變。

不同的國家、民族對烏鴉有不同印象，有的確如華人社會，把烏鴉看做死神，亦有視烏鴉爲發現人類的吉神。近鄰日本人對烏鴉的態度毋寧最吸引台灣人注意。傳說烏鴉曾幫助日本開國的神武天皇，受到禮讚，人烏和平共處數千年。烏鴉受到寬容，紛紛從山野到都市「謀生」，現代的東京更是烏滿爲患，到處聽到烏鴉的聒噪聲。看在台灣人眼裡，這也是日本人另類的「有禮無體」罷！

我幾年前在日本作短期停留，曾聘請一位滿肚子烏鴉經的年輕女孩當研究助理，她視烏鴉爲自由的象徵，從小把日本童歌：「烏鴉啊，你爲什麼啼？烏鴉回家去……」唱成「烏鴉啊，你爲什麼啼？是烏鴉的自由……。」這位助理高中念東京澀谷的實踐女校，穿著黑色校服，被叫做「澀谷的烏鴉」，她發覺自己的個性像烏鴉：聰明、叛逆、追求自由。烏鴉把繁華的東京市區視同森林，她也把這個國際都會看做都市叢林。

烏鴉生性聰明，啼叫聲能傳達情報，讓同類知道何處覓食，何方有危險。牠們並非害鳥，可是數量一多，就惹人嫌惡。東京在十年前烏鴉已達三萬六千五百隻，每天清早用尖嘴撕破街頭的垃圾袋，大方享用裡面的殘餘食物，把馬路弄得又髒又臭，有時還會攻擊人類，成爲都市衛生、環保與市民安全的隱憂。東京都政府視控制烏鴉數量爲市政重要環節，曾發動多次捕鳥行動。

台灣天空不容易看到烏鴉，台灣人卻感覺到處有烏鴉，這也代表社會多元與自由的現象與想像罷！台灣人看烏鴉多聒噪，烏鴉看台灣人亦應如是，台灣社會三色人講五色話，不也是另類的

烏鴉嘴與聒噪聲？

（原載《聯合報》名人堂，二〇一一年八月十九日）

名城印象

日前赴日本參加一項國際研討會，有機會再到名古屋一遊。這個日本中部大都市，以前也曾幾度造訪，都只是短暫停留，這次趁著開會之便，浮生偷閒，依然不脫走馬看花。儘管如此，我仍然珍惜機會，並且提醒自己，在名古屋盡量步行，遠距離才搭乘地鐵，非不得已不搭乘計程車。

夏天的名古屋猶如火爐，曾有超過攝氏四十度的高溫紀錄。偏偏從名古屋城上懸掛的金鯱，到一般商家的裝飾，舉目所見，大紅大紫，金光閃閃，陽光一照，不但刺眼，更讓人渾身發熱。

我對這座城市最早的印象，不是來自歷史課本，也不是新聞報導，而是童年觀賞江湖賣藝的經驗。當年的夏日夜晚，有一個外地來的康樂隊在廟前作場，表演一小段的歌唱、舞蹈之後，主持人上台，先講一個小故事：一位成績優異的小學生，初中聯考當天，因不小心鋼筆掉到地上，筆尖受損，無法順利作答，因而落榜，足足哭了一個月。

主持人講完這個「悲慘」故事，對著現場男女老少，大聲疾呼：「朋友啊！你們看鋼筆有多重要！」隨即拿起一枝鋼筆，對著木板猛刺幾下之後，在一張白紙上，邊寫邊說，「看！完全沒有影響，順、順、順，非常好寫……。」他指著鋼筆高聲說：「這就是BK999，日本名古屋出品的世界名筆，一點也不輸給派克，派克一枝要二百元，BK999免二百、免一百五、免一百，廣告期間，一枝開五十塊就好！」現場立刻陷入騷動，「這裡一枝」、「那裡一枝」，吆喝聲不絕於耳。十元綠色紙鈔還是最大面值的年代，五十塊錢是小學生兩個月的補習費。這天晚上，擁有一枝BK999成爲當下奮鬥的目標，「名古屋」也在我心中烙下印記。

二十年後光臨名古屋，年齡與心境已完全不同，也無人知曉這種名牌鋼筆。此刻的我早已從BK999時代經過SKB、派克時代，又墜入只用原子筆的無鋼筆時代，對這種堅固耐用的鋼筆已無特別感情。名古屋較能吸引我興趣的，毋寧是織田信長、豐田秀吉及德川家康與這座城市的歷史因緣吧！

從地圖上來看，名古屋位於本州中部的交通要衝，自古即爲兵家必爭的四戰之地。也許是歷史的偶然，日本戰國三英傑竟然都出生於此。德川家康在統一天下，建立江戶幕府之後，於十七世紀初期興建名古屋城，前後動員二十萬人，花了五年時間才完成這座大型城郭。在一八六七年幕府倒臺之前，名古屋城一直由「御三家」之一的尾張德川家族鎭守。大東亞戰爭後期，這座以工業與科技業聞名，且爲豐田汽車發祥地的城市，曾爲同盟國飛機轟炸的目標，大半市區被夷爲平地，古城也幾乎全毀。戰後重建的名古屋市區格局方正，街道整齊，城市性格模糊，景觀略顯單調與呆板，看不出古戰場的歷史滄桑感。

今日的名古屋是日本第四大城，不東不西，關東人覺得名古屋人像大阪人一樣聒噪、粗俗，關西人又覺得他們像東京人一樣冷漠不吭聲。因爲戰爭的洗禮，名古屋市區已無傲人的名勝古蹟，但前往飛驒山脈，下呂溫泉、新穗高溫泉、黑部立山旅遊的人，名古屋仍是必經之地，城市因而繼續維持人文薈萃的印象。在此間台灣朋友眼中，名古屋人財大氣粗，卻很小氣，從不輕易請客，然而，買起名牌毫不手軟，除了顯示身分地位之外，還藉此保值。因此，以工業聞名的名古屋，商業雖不發達，富麗堂皇的名牌商店卻到處可見。

我下榻的飯店，位於名古屋中區，交通方便，鬧中取靜，房間也算舒適。白天陽光普照，飯店附近的街道、商店以及過往的車輛、行人，跟其他城市相比，毫無吸引人之處。然而，日落黃昏，逐漸進入另一個世界，各式各樣的聲光舞影，紛紛綻放，陽光下毫無生氣的建築物，夜晚卻像被施以魔法般，突然鮮活起來，門口也出現許多穿著入時的妙齡女郎。一打聽才知道，飯店四周正是名古屋有名的風化區，難怪鶯燕聲此起彼落，愈晚愈激情。

有幾棟一、二十層高樓的廣告看板上，曖昧地展現每一樓層、每一家店的「溫馨」營業項目。與「站壁」女郎相互輝映的，是穿著白襯衫打領帶，配上黑長褲，看起來像會社職員的年輕人，殷勤地向路過的男士推銷如何解除疲勞。比起印象中，生毛帶角、刺龍繡鳳的風化區拉客黃牛，這裡的「三七仔」造型斯文多了。

聽說「站壁」女郎中有不少韓國人、中國人，但不知有無我們台灣同胞？她們沒有穿著民族服飾亮相，讓我這個外來客不易觀察。有些「站壁」女郎，風塵中猶有幾分「民家」羞澀的氣質，有一家夜店招牌還打出「人妻ヘルス（健康）、奧樣祕密俱樂部」的宣傳呢。我懷疑白天在繁華的「榮」、「錦」一帶咖啡店、簡餐店裡抽菸、翻閱時尚雜誌、漫畫的年輕男女，可能就是「暗」場的主角。

研討會結束之後，有一天的空檔，我獨自一人在名古屋市區閒逛，因爲是星期一，想去的幾個地點都沒有開放，參觀名古屋城以及附近的能樂堂，算是差強人意的選擇了。

在一般旅遊書或名古屋導覽圖中，戰後花了十幾年才重建完成的名古屋城，不論從圖片、從實際外觀，都美如圖畫，整座城也是一座巨大的文物模型。城內空間以展示尾張德川家族文物，以及名古屋城史料爲主，庭園則已成爲市民散步休閒、賞花的地點。管理單位常配合季節，推出春天的櫻花節、名古屋城夏日廟會、菊花人形展……之類活動，以招攬遊客。

我參觀名古屋城這一天氣溫高達攝氏三十八度，陽光毒辣，悶熱的程度絲毫不遜台北。我頭頂青天，從飯店走十分鐘的路程搭地鐵，擠了幾站，再走十分鐘路程進入名古屋城，早已被驕陽曬得頭昏腦脹，汗流浹背。以前參訪古蹟名勝，都有回到歷史現場的感覺，但當天的氣候實在很難發思古之幽情。

我環伺身旁的遊客，不是撐傘，就是頭戴草帽，像急於避暑般「走路」，一點都不悠閒。城牆下的田地，有幾個像工人的農人，烈日下蹲在地上插秧，我突然對名古屋城產生強烈的現實感。這種現實感，沒有「遙想公瑾當年」的浪漫，也無關織田信長、豐臣秀吉、德川家康三英傑之間恩恩怨怨、彼消我長的爭鬥。我想到「一將功成萬骨枯」、「羅馬不是一天造成的」這兩句老掉牙的名言，並且深深體會它背後的殘酷。

眼前的名古屋城如果變作長城，我所聯想的，大概也不是秦皇威武與曠世工程的雄偉，而是萬杞良新婚之夜被抓去築城，孟姜女尋夫，哭倒萬里長城的悲慘世界吧！

我頓時發覺，冒著酷暑外出，兩條腿走路，這種稀鬆平常，吃苦但也吃補的生活小事，竟然已經很久很久未曾體驗了。想到這裡，突然有陣清風迎面徐徐吹來，心涼脾肚開，暑氣剎那間消逝不少。

（原載《文訊》第二七五期，二〇〇八年九月）

散步行街路

1.

台灣人在地生活經驗中，散步有一種古典、含蓄的浪漫意涵，同時也是一種行動。男女之間邀約「散步」，想像的空間極大，與現代人MOTEL、HOTEL約會的直接、快速大不相同。五〇、六〇年代流行歌曲〈中山北路行七擺〉傳誦一時，歌詞內容描述癡心人因爲情人未能赴約，憂愁感傷、東想西想，在美麗、浪漫的中山北路失魂落魄地來回「散步」，悲怨的詞曲，正是那個年代戀愛中人的感情世界與生活步調。

印象中，「散步行街道」、「無行袂出名」是街坊鄰居男男女女、大人小孩經常掛在嘴邊的兩句俗話，沒什麼大學問，押韻、容易上口、有行動，如此而已，卻也反映幾十年前台灣人簡單的生活情趣。現在這幾句話不流行了，應該是民眾的生命態度與對散步的觀念有了改變的關係。

現代人談情說愛的空間無所不在，散步演變成較屬個人的運動休閒或養生的撇步，要有心情，也需一點體能。不一定談情才能散步，或者與人散步就要戀愛；也不是只有在郊外、鄉村生活，才能自由自在地散步，快速、忙碌的都市人更需要這種「慢活」。而且，可以隨時隨地隨興散步，不是像節慶活動或大拜拜時禁止車輛通行，只讓人用雙腳走路，也不是配合電影拍攝封街，或特設行人徒步區，那種散步法。

現代人散步是城市景觀與空間環境的一部分，但有些國家、城市氣候怡和，一年三百六十五天，天天適合散步，放眼所至，賞心悅目；有的地方氣候酷熱或嚴寒，景觀單調，加上民生困頓，字典中只有苦行、覓食，沒有散步這個名詞。散步的情境、品質天差地遠，天下事不均平，一至於此。

2.

法國巴黎的城市空間充滿古蹟與歷史建物，街道不論幾線道，兩旁都有茂密的路樹，穿越石板鋪成的大街小巷，悠閒自在，邊走邊看四周的看板與商家擺飾，很容易忘掉行路的勞累。尤其巴黎大眾運輸系統方便，公共汽車行遍市區，地下鐵網絡綿密，不到五百公尺就有一個地鐵站，讓人可以隨時走走停停，沒有後顧之憂。

巴黎如此，英國愛丁堡、法國亞維儂、義大利威尼斯更把歷史現場、空間景觀與藝術展演緊密結合，創造城市特殊的光榮感，吸引國際藝術家與表演團體，往往未演先轟動，一票難求。然而，不請自來的「他者」也常為城市街頭帶來驚奇，並成為藝術節的主體與特色之一。這些街頭表演活動，以及來自各國的遊客，往往比室內展演更加迷人。

以愛丁堡而言，每年八、九月藝術節期間，走在新舊城區的街道上，除了印證這個蘇格蘭首府的歷史場景與空間意象，也能隨時接觸形形色色的江湖藝人與他鄉之客。走累了，買一張三英鎊（約新台幣一百五十元）的日票，隨便搭上一部雙層巴士，居高臨下，隨著車身幌動，瀏覽愛丁堡街頭，漫無目的，卻別有一番風情。

走在擁擠的東京街頭又是另一種感覺，初來乍到，會被這個城市街頭的人群，以及車廂裡擠沙丁魚的經驗嚇到。從紛亂中欣賞東京，找尋適合自己的觀察角度，需要一點耐性與專注，才能看見從江戶到東京的時空風貌，淺草、上野、銀座、新宿、築地、池袋、六本木、青山、表參道……就像浮世繪的圖像一樣，引人追尋空間營造的痕跡，及其顯現的歸屬感與認同感。不久前還有人以主題分類，整理、介紹東京十六條散步街道：開心約會、邊逛邊聊、輕鬆或熱鬧前往的街道，以及適合單獨悠閒散步的街道，可作為「散步學」參考。

3.

國外城市適於散步得利於歷史傳統與天時地利，但重要的，在於經營管理與行人的配合「演出」。相形之下，亞熱帶氣候的台灣地狹人稠，終年潮濕多雨，夏秋又有颱風，適合散步的時間相對減少。半世紀前的台灣人敬畏天地，城鎮街道廣種路樹，許多住家蒔花植草，郊區與山巒、草原、河流充滿綠意。沒想到短短幾十年，追求經濟發展，城鄉高密度開發，公共空間概念不進反退，地面不斷被壓縮，建築物不斷往上競賽。舉目所見，擺滿機車的騎樓高高低低，或被商家據爲己用，行人難以悠閒地沿著騎樓行走。

現代生活日日新苟日新，政府爲民服務，講政策、談方法、效率，林林總總，不一而足。如何興利除弊，從民眾的立場觀察，其實可回歸簡約法則，以能否提供散步的環境，作爲具體而微的指標。行政資源最豐沛的台北市目前尚保有仁愛路、中山北路、敦化南北路、民生東路五段等適合散步的林蔭大道，漫步其間，累了就在林蔭下座椅稍作歇息，在車水馬龍喧囂聲中，聞聞屬於台北的味道，感受片刻的靜謐。近年台北歷史空間營造與文史資料整理有些成績，城市光彩度增強，可惜每天都在「施工中」，路面經常處於東挖西補、崎嶇不平的狀態，影響市容，也妨害行人交通與散步。

日本京都與台灣許多城市一樣，常受颱風威脅，暴雨瞬間發生，衝進排水管後，直接流入排水溝，容易造成積水現象。京都府因而注意道路鋪面的透水性及排水系統，馬路人行道的設計，由兩側緩緩向中央車道傾斜，讓雨水不會因雨聚積。另外，補助住戶購買水桶，收集住宅屋簷的雨水，留作植物灌溉之用，減輕排水溝負擔，避免造成水災。因此，在地人與外來客在充滿歷史空間感的古都散步，既不會遇到水災，也看不到人行道上的積水，這是市政專家的智慧及住民共同維護環境的結果。

4.

散步皇帝大，需要主客觀條件，包括有與汽、機車車道區隔的人行步道，不必擔心飛來橫禍。同時需要場景，否則枯燥乏味，最好路面兩側綠樹成蔭，不僅美化景觀，淨化空氣，在炎熱的天氣還有遮陽避暑的效果。散步空間作爲都市治理的象徵，另一層意義在以「人」爲中心，人的身體、生活空間、動線，皆爲城鄉環保與交通建設的基礎。發展適合民眾散步的空間，乍看只是與道路交通有關的市政議題，雖屬小道，卻大有可觀，反映深層的空間環境與行政結構，正是市政管理最基本的問題。有些官員熟知行政問題，努力爭取建設，包括到處發展自行車道，卻忘了從住民與行人的角度思考，以至忽略「人」的行動空間。

生活中的散步，除了天時地利，還需「心情」。如果三餐不繼，日夜爲生活奔波，或者失業在家、上街「算電火炷」，哪有閒情逸致散步？再方面，也需要人長久，腳手勇健，才能享受散步的樂趣，否則飽受病痛折磨，心情惡劣，就少了散步的動力與興致。

民眾能不能自由自在地散步，固然是個人的修養與生活態度，但爲民眾營造可以散步的良好工作、生活環境，卻是政府責無旁貸的「經國大業」。

（原載《文訊》第三〇一期，二〇一〇年十一月）

小店令人驚喜的信任哲學

友人邀約到市鎮近郊的海產店用餐，與其說爲了盡地主之誼，倒不如說展現他們新近「發現」的一家物美價廉的海產店。其實我的老家就在離這裡不遠的漁港，每逢假日，走雪山隧道的台北客一路殺來，大大小小海產店人滿爲患。然而，沒多久就在媒體、網路或朋友的言談中，聽到不少漁港負面的評價。除了髒、亂，最被詬病的是價格不實在，店家有敲詐之嫌，許多遊客因而轉到附近的市鎮用餐。於是，連我這個漁港人也被招待來這家海產店了。

那天晚餐一行五個人點了清蒸魚、鮮蝦，炸蚵等六、七道菜，吃得很愉快，堪稱賓主盡歡，朋友對自己的選擇也愈講愈得意。我仔細思想，它到底好在哪裡？論店面與普通餐廳沒大差別，店家招呼顧客也是一般生理人禮數，並沒有噓寒問暖或指導顧客如何吃魚；論價錢，五個人吃了一千兩百元，在小鎮算價錢公道實在，還沒到不惜血本的地步；論口味，也算不錯，但海產只要新鮮，即使白煮亦鮮美無比……。

最後我想通了，關鍵就在餐後那盤秀色的水果。

一般餐廳附送水果多是一盤「單品」，顧客如果人少，則只在小盤子上放幾片意思意思。這家海產店餐後水果卻十分「澎湃」，那天有西瓜、鳳梨、哈密瓜、荔枝、櫻桃五款，估計成本約需六十至八十元，每個顧客等於「沙必思」十幾塊錢。其實，多數海產店不見得在乎這些成本，我光顧過的餐廳就常送碗甜點，或買單時尾數不收。然而，相較之下，這家海產店的水果拼盤，最能讓客人留下深刻印象，且有「具體」稱頌的口碑。

對「活海鮮」作號召的海產店而言，顧客口碑尤其重要。因爲海鮮種類繁多，身價各有不同，紅喉、黑喉、大目鰱、馬頭這類高價值的鮮魚，豈是炸彈魚、青花、下雜魚類所能同日而語。同一種魚蝦亦因漁獲方式、季節、天候而有極大差異，遠洋冷凍魚蝦單價絕不可能與手釣、現撈的新鮮貨相比。顧客在海產店門口的大水箱點魚蝦螃蟹，現作現吃，美味可口，但出現在MENU上的價格，通常是「時價」兩字。價格是否公道，並不了解，老闆又沒多做解釋，等看到帳單，自然容易造成誤解。花錢事小，惹來一肚子氣，讓用餐的興致全失，更不值得。

從顧客心理來看，海鮮的「時價」必須有信任的基礎，才可安心大快朵頤。因此，進入陌生的海產店，容易產生疑慮，也缺乏安全感。爲了避免受騙，許多人到海產店吃海鮮，有如到醫院看病、動手術，想盡辦法拉關係找熟人，否則放不下心。

《老子》有句名言：「治大國若烹小鮮」，古往今來多少居上位者從吃海鮮悟出「治國」的道理，不得而知；倒是眼前這家海產店在餐後水果上特別用心，讓顧客看到誠意，並舉一隅以三隅反，相信這裡「烹小鮮」材料實在、價格低廉，反映市井的生理之道，也讓人有世間事如「烹小鮮」的啓示。

（原載《聯合報》名人堂，二〇〇九年七月十七日）

梅雨時節在東京觀劇

六月底的東京正值梅雨季節，時晴時雨，擾人遊興，不過，氣候變得涼爽，沒有夏季東京慣有的悶熱。整整七天的滯留，中間適逢日本國家象徵的富士山被登錄爲世界文化遺產，許多日本人雀躍不已。媒體上有許多富士山專題報導，勢必進一步帶動當地旅遊產業。

每次來東京，友人都會安排看表演，這次也不例外，前後看了松濱町四季劇場的《獅子王》、日比谷寶塚劇場的《凡爾賽玫瑰》以及一場歌舞伎。四季與寶塚可謂東京最著名的商業劇場，他們以企業贊助與票房收入維持營運，極少接受政府補助，四季創辦人淺利慶太導演曾自豪地說他從未領過政府一文錢。這次推出的音樂劇完全從百老匯原版拷貝，但演員都是日本人，講日語，場場滿座。觀眾有許多中小學生，神情興奮，但也規規矩矩，謹守秩序。

寶塚劇場由雪組演出的《凡爾賽玫瑰》，是以法國大革命爲戲劇題材，後段則爲與劇情無關的歌舞表演，整場演出花團錦簇，演員穿著華麗的服飾，動作一致，連長相都不易細分。觀眾十九是女士、女大學生，以及陪她們來的極少數男性，散場後，大批粉絲各擁其「主」，耐心等候偶像卸妝後來與他們相會。

此次東京行最想看的，其實是重新開幕的歌舞伎座，東銀座的歌舞伎座年前大整修，今年四月才重新開幕，一八〇八個座位一票難求，不過，也趁機參觀了歌舞伎座的展覽館以及附近的松竹大谷圖書館。松竹與日本歌舞伎、歌舞劇、新劇、笑劇以及電影、電視的發展關係密切，大谷圖書館的典藏從世界演劇到日本不同時期的新派劇、新劇、新國劇與輕喜劇，資料十分豐富。

買不到歌舞伎座的票，只好退而求其次，到半藏門的國立劇場（一六一〇席）欣賞「歌舞伎觀賞教室」，時間從上午十一點至一點，這是專門爲中學生舉辦的演出場，票價低廉，而且多由地方政府代付，「社會人士」或外國人的票劵也不貴。跟我們一起看戲的東京中學生像遠足般，由老師帶隊，魚貫進入劇場。「觀賞教室」由快節奏的現代音樂開場，接著由十幾歲的歌舞伎演員主持前後場與劇情解說，拉近了古老技藝與青少年的距離，然後才正式演一齣時間不長的歌舞伎，這次演的是情節取材鬼女傳說的《紅葉狩》。這個教室一年兩次，已經八十三回了，類似的講座在東京並不少見，歌舞伎之外，內容還包括能樂、淨琉璃與其他藝能。

坐在國立劇場觀察，周邊的學生都安靜地作觀賞狀，打瞌睡者不到十分之一。我不禁想起一九八〇年代台灣的教育部與縣市政府，爲了讓中小學生了解戲曲，常舉辦京劇、歌仔戲之類的示範表演，由老師帶領中小學生觀賞，我也看過幾次，常發覺現場鬧烘烘，表演中還有學生四處遊走嬉鬧，或許因成效不彰，現在已經少舉辦戲曲講座了。其實無須因噎廢食，他山之石可以攻玉，做好活動規則，成效自然出來。

（原載《聯合報》名人堂，二〇一三年七月十三日）

散步在夏日的莫斯科

七月短短十天的莫斯科停留，白天酷熱，早晚涼爽，還幾度碰上大雷雨，離開時氣溫驟降有如深秋，氣候變化多端。

即使人都已經站在列寧墓前或克里姆林宮裡，仍然如夢似幻。這種情境年輕人難以體會，比我更「老」的前輩也未必有此感覺，因爲他們年少時或曾迷戀過俄國文學，或崇拜過十月革命，對「蘇俄在中國」的恩恩怨怨，也一言難盡，不像一九五、六〇年代成長的我輩，幾乎是在高喊「打倒俄寇反共產」的口號中生活。今日仍然聳立紅場的東正教教堂，洋蔥頭蓋頂的大紅色塔樓宛如童話裡的城堡或糖果屋，曾經殺氣騰騰的史達林時代尖塔式建築，也無復昔日「魔都」象徵，令人難以想像的，十萬八千里外的台灣所曾籠罩北極熊標誌的寒流。

蘇聯解體後，台灣人可以自由進出「鐵幕」，我的興致始終不大，一來刻版印象早已形成，再則路途遙遠，沒有到歐美的划算。最近卻因爲一項研究計畫，涉及二十世紀初期俄國未來派與「左翼藝術戰線」的謝爾蓋．特列季亞可夫（Sergei Tretiakov），他曾創作與中國有關的劇本、詩歌與小說，還取了個中文名字——「鐵捷克」，算是一名中國通，梅蘭芳一九三五年到莫斯科訪問演出，就是由他一手安排。

特列季亞可夫和他的同志梅耶荷德，皆死於一九三〇年代後期的史達林大整肅，一九五六年才獲得平反，相較梅耶荷德名滿天下，作品流傳極廣，特列季亞可夫事蹟至今隱晦不彰，因此，才有非來莫斯科看看檔案不可的動力。

從莫斯科機場開往市中心的旅館，沿途景觀與國際間一般城市無甚差異。不過，放眼望去，所有的街道名稱、建築物標記、飯店、餐廳、廣告看板，幾乎清一色是俄文。行前有親友再三告誡他們來俄國的恐怖經驗，甚至人都到莫斯科了，一位日本朋友還特別在電子郵件中，提醒那裡很危險，行李常消失，賓館也不安全，要我把「貴重」的東西隨身攜帶……。

就一個國際城市而言，莫斯科並不繁華，也沒有壓迫感，夏季白天氣溫不低，但地鐵車廂、超市、公務單位很少用冷氣。街頭的餐廳，顯露不出特別氣派，標榜俄國或義大利、烏克蘭、烏茲別克、日本的菜餚，略做品嘗，感覺都很普通，或許高檔的餐廳對我這種尋常客「門都沒有」，也有人說高貴的俄國人喜歡在家用餐！

街道上的俄國人看起來憨厚、懶散，曾在這裡生活多年的朋友說，以前莫斯科人人面無表情，現在柔和多了，知道如何釋放個性。蘇聯解體二十年，公共服務的觀念總算進入這個國家，不過，這裡的小博物館或名人文物館，很少行銷宣傳，參觀者不多，依台灣標準，早該冠上「蚊子館」的帽子了。

在地鐵裡遇到一對年輕男女，看起來像是東歐遊客，男子左手腕以赭綠色刺著中文「窮極危險」四個楷體大字，工整、漂亮。他用那隻「窮極危險」的手摟著少女，狀極親密。一般應用中文「窮極」之後就是「無聊」，也許他在刺青時正想像有一個騷動不安的城市，非「窮極危險」不足以形容吧！

始建於一九三〇年代的地鐵是莫斯科最常被稱讚的公共設施，底層打得很深，乘客彷彿進入高聳壯闊的地下殿堂，每個地鐵站空間與造型不同，很像是地下工程的展覽競賽。地鐵以環狀線爲核心設計，加上縱橫交錯的線路，十分便捷，等車的時間很少超過三分鐘。車廂與停靠站兩側沒有廣告，大理石的壁面經常保持晶瑩潔淨。

莫斯科地鐵站常以俄國聞人爲名，有一站就叫謝爾蓋．特列季雅可夫——與我研究對象完全相同的名字，但這位「特」先生是十九世紀著名的藝術贊助者與蒐藏家，除了「擁」有地鐵站名之外，還有以他爲名的美術館，新少女修道院的名人墓裡，也有其一「席」之地。與我找尋的「特」先生比較起來，似乎顯現有錢人願意做善事，比好發議論的文人墨客容易獲得各界肯定，難道是因爲「慷慨犧牲易，爲富行仁難」？

（原載《聯合報》名人堂，二〇一二年八月一日）

阿姆斯特丹過客

第一次來阿姆斯特丹的印象，跟初抵其他國際城市的感覺一樣，陌生而又眼熟。陌生是因從未來過，眼熟則是世界都會皆有幾分相似。這個幅員不大的荷蘭首都，外來人口比例更高，也更國際化，到處都是拿著地圖找路的觀光客。

五、六百年前葡萄牙船艦經過台灣海域，有人看到一個美麗島嶼，「福爾摩沙」脫口而出。當時的葡萄牙人似乎喜歡到處喊「福爾摩沙」，它如何成爲台灣專屬代名詞？或許因爲船上有荷蘭人，而後台灣的荷蘭統治集團又有歐洲各國傭兵，台灣才能「福爾摩沙」下來，並且愈喊愈響亮？

那時的荷蘭靠一家總部設在巴達維亞（雅加達）的聯合東印度公司，逐漸超越起步較早的葡、西，吃遍東半球，還擁有印尼、台灣兩個殖民地，西半球的光彩雖不及東方，但荷蘭西印度公司也曾在美國起造新阿姆斯特丹——紐約。

荷蘭在台灣的三十八年統治猶如過客，不像日本的五十年統治，恩怨情仇至今數落不完。我念小學的遙遠年代，課文中有一篇「救了全村人性命」，一個荷蘭小孩黃昏時獨自發現堤防出現裂縫，海水由此滲入，四周無人，他只能整夜用手指堵住洞口，直到天亮才被村人發現……，沒聽說哪位同學因這篇文章受到感動，後來據說這篇「鹿特丹的堤防小孩」傳奇還是虛構的。

今天的台灣人對荷據歷史沒有感覺，一來年代久遠，再則當年的荷蘭目的在追逐商業利益，行政長官像一個企業公司經理，台灣人（漢人、原住民）不易領受「老闆」與自身的倫常關係。後來的漢人教育把鄭成功驅逐荷蘭人列入民族精神教育，台灣人更加不屑紅毛番了，如今也只留下一些愈來愈沒人知道的紅毛港、紅毛厝等名詞。如果硬要台灣人聯想荷蘭，也許只有近人創作的《安平追想曲》，那位「放捨」台灣母女的「荷蘭船醫」了。

同樣地，現在的荷蘭人對台灣也沒有太多的印象，遑論歷史情感了。阿姆斯特丹早已回歸平靜，市區的河流與道路、人行步道縱橫交錯，自行車與汽車、電車並行，看不到幾部摩托車，更別說卡車、砂石車了。除了賺外國觀光客的錢，國際間的縱橫俾闔似乎已與荷蘭無涉了。我人在阿姆斯特丹，絲毫嗅不到這個「低地國」曾經與我的國家有過一段淵源。

倒是他們的自然風光與人文產業，這些年讓人印象深刻，風車、木鞋、鬱金香與梵谷、林布蘭，在台灣都代表荷蘭驕傲。我在荷京的短暫停留，逛了聞名的紅燈區與幾家美術館。去荷蘭國家博物館和梵谷美術館時皆非假日，但參觀者很多，看梵谷時還下著大雨，分不清楚國籍的男女老少很有耐性地撐著傘大排長龍，買票、依序入館參觀。

我搭乘出租車到機場時，熱心的荷蘭司機沿途哈啦，他說全市計程車不到兩千部。車子行經女單車騎士旁，他轉頭注目，得意地說：「騎自行車的人身材特別好！」

（原載《聯合報》名人堂，二〇一一年十一月八日）

有竹籤的焢肉飯

年輕時代在彰化高中有過短暫的教書生活，人就住在八卦山下，課餘到處閒晃，很喜歡這個市區街道狹窄、人情味濃厚、四城門到處有曲館的地方。

那段時間，我經常光顧彰化市民族路菜市場的小攤子，坐在長條椅上，與老闆面對面。有一次在專賣焢肉飯的攤子用餐，小白瓷碗裡澆著滷汁的米飯，上放一塊用竹籤穿過的焢肉，配丸子湯，也許那天特別餓，感覺眞是美味。以往在家裡或外邊吃飯，也常吃滷肉，但在這個小攤上，我首次注意到有竹籤的焢肉飯。

而後我常在民族路吃焢肉飯，有時中午吃過，晚餐依舊續「攤」。當時市場有二、三家焢肉飯，有一位老闆還是瘖啞人，每家我都吃過，味道沒明顯不同，符合我的焢肉飯標記：碗不能太大，焢肉必須插根小竹籤。後來才聽說插竹籤是爲了將肥肉和瘦肉串起，並防止肉塊散掉，卻已成爲我對焢肉飯的印象，無籤就不吃。

若干年後再到彰化民族路市場，遍尋不著焢肉飯，後來又去了幾趟，仍然沒吃到。我以爲焢肉飯沒落了，但當地朋友說全彰化少說也有二、三十攤，有的是從早上就賣，過午收攤，有的賣午晚餐。只不過現在都改店面，而且很多都在晚上才營業，以往的小攤少見了。

最近幾年全國發展文創、拚觀光，焢肉飯成爲彰化有名的風味小吃，隨著媒體、網路的推介，名家輩出，其中有一家還被網友評價爲「一生必吃一次的美食」。這些「名店」多半沒有正式店名，只以老闆的外號如阿章、阿泉稱呼，也有依所在位置，如火車頭、縣府旁、魚市場命名。我曾隨著彰化友人吃過幾家名店，味道不錯。不過，我還是懷念民族路市場消失的焢肉飯。

二〇一一年十二月二十一日，從媒體上知道彰化縣政府在縣立體育館舉行首屆「彰化焢肉飯節」，邀請焢肉飯業者，以分組競賽方式讓民眾評選，心想：這項活動至少會延續幾天，正在思考何時去，當晚請人撥打預約專線，無人接聽，而後再打去彰化體育館詢問，才知道這個「焢肉飯節」從當天下午三點開始，大約五點就結束了。

原來這個活動委由台北某國際整合行銷公司辦理，採預約制，僅開放預約團體報名共九百位，個人現場排隊入場則限三百位參加，透過網路宣傳「焢肉飯二十四小時不打烊」，讓人以爲是舉辦二十四小時的焢肉飯節，很有得吃，沒想到時間如此短暫，稍縱即逝。今年如果續辦焢肉飯節，我還得提醒自己不要再錯過了。

不過，在體育館舉行的焢肉飯節，會是什麼光景，我很好奇，眾聲喧嘩地大口吃「肉」？地方風味小吃迷人之處，不單純是東西好吃，空間與情境絕對是不可缺的一「味」。顧客與攤位空間、老闆、以及小吃之間，自然產生屬於自己的故事。數十年前在彰化民族路吃到的焢肉飯，「肉」味已經淡忘，但當時坐在小攤長椅條的情景，以及嗅到的空氣，至今仍有感覺。

（原載《聯合報》名人堂，二〇一二年十一月十二日）

阿布拉的咖啡公園

台北的天空很少日麗風和，不是陰雨綿綿，就是烈日當空。地面上坑坑洞洞，到處圍著遮板，車行方向也經常更改，好像每天都有偉大的工程永不停歇地在進行。當然，台北也有一些博物館、美術館、音樂廳與大劇場，建築空間多半雄偉壯觀，展演的內容也專業、高尚，爲都市人提供藝術與文化休閒生活，但就外觀來看，往往與周遭環境顯得唐突。相對地，一些座落在社區或大街小巷的小書店、餐廳、咖啡館、茶藝館……，卻能與周圍景觀相互融入，一樣吵雜，或一樣簡陋。原因在於先有建築物與外在環境，而後才有經營空間，選擇在這個地方工作、生活的人，原本就具有與環境協調的特質。

這些私人經營的小店，規模不大，與政府主導或「非營利事業團體」的場所不同，也與企業化經營或標榜設計、講究品味，甚至擁有戶外庭園的大書城或五星級咖啡館迥異。小店的擺設隨意、自由，甚至凌亂，沒有太多的文化標語與道德責任，卻往往成爲鮮活、有趣的生活空間。

我念大學的年代，蜜蜂、優西西這類日式小咖啡店流行一時，成爲許多人聚會、談天的場所，我也經常光顧，吃飯喝咖啡兼打電動玩具。而後隨著工作環境的轉移，流連的咖啡空間不斷更替。

第一次走進南京東路龍江路口這家咖啡店，座位一邊靠吧台，另一邊是廁所入口，舉頭是嵌在牆壁上的福德正神神龕，感覺好像坐在工作席。還好他們使用虹吸式煮法，符合我喝咖啡習慣。第二次坐在入口靠窗的位子，看到咖啡店ㄇ形的內部空間，也看到店外的咖啡樹與斜對面小公園，周圍景觀有些零亂，但裡裡外外卻有一種浮世繪的質感。多來幾次之後，熟悉這裡的環境，也認識了咖啡店的游姓老闆，跟所有姓游的人一樣，他也被叫做「阿布拉」。阿布拉老闆現年六十多歲，從年輕時代就做咖啡進出口生意，對於咖啡品種，種植與烘焙、沖泡技術，以及台北市咖啡店變遷史瞭若指掌，也經常接受各界邀請，講解煮咖啡、喝咖啡的撇步。他說健康的人每天可喝五杯咖啡，我有些懷疑，他稍微想了一想：「兩杯一定沒問題！」

在這家咖啡店進出的顧客多半中老年人，有不少人每天按時報到，看報紙聊八卦、罵政治人物，或把這裡當行動辦公室，約人來談生意、作買賣。也常有一群看起來有錢有閒的女士約在這裡談天說地兼做媒人。每逢週二、四，則有幾位運將朋友把計程車擺在一旁，點杯咖啡，就埋頭算明牌，還不時低聲討論。年輕一點的，多是旅行社業務員，聊起大陸客趣事，笑得特別大聲。

這些咖啡店常客與三位辣妹型的服務員有說有笑，互動很好，有些看起來比游先生還像這家咖啡店的老闆。我坐在咖啡店裡，品嘗咖啡，閱讀書報、寫寫東西，對這些常客並不了解，也不去打聽，然而，從他們身上，我有許多想像空間。

我後來知道，咖啡館外的小公園是由阿布拉認養，負責公園環境清潔以及澆水、雜草拔除、草皮植栽修剪等「園務」，還在原有的榕樹、龍柏、三角楓、月橘之外，種了一些咖啡樹，每年居然有將近一公斤的「收成」。

除非出國觀察市場，阿布拉每天待在他的咖啡小王國「候教」。經常在這裡進出的多是老顧客，也有不少附近的上班族，卻很少看到青少年，也許他們只在星巴克、西雅圖喝咖啡。

阿布拉曾在小公園規劃咖啡生態體驗活動，邀請社區民眾與喜歡喝咖啡的朋友在公園相逢。現場有咖啡圖像展，以及咖啡苗種植、咖啡豆烘焙、泡煮技巧教學與ＤＩＹ等，阿布拉說喜歡喝咖啡的人，應該了解咖啡生長的過程。其實，阿布拉認養公園，種咖啡樹、辦活動更大的意義，在闡揚作爲公共場所的公園呈現多元景觀的可能性。

日本時代的公園（如台北新公園、台中公園）都是旅遊點與青年男女約會場景，也是外地人到繁華都市的必遊之地。最近三十年大多數公園走社區化，雖大小有別，公園基本功能與形貌卻相似：花草樹木、石座、木椅、運動器材與供小朋友遊玩的溜滑梯，以及在這裡進進出出，做運動、遛狗、聚會的社區民眾，尤其常見女外勞推著輪椅，帶行動不便的雇主出來走走。社區以外的陌生人在公園座椅默默坐著，看在當地住民眼裡，大概像個流浪漢或感情受挫的落寞人。

公園在現代人生活中扮演的角色愈來愈重要，單靠公部門維護，力有未逮，許多縣市推動公園及行道樹認養計畫，就是希望各界共同參與。然而，公園的認養除了清潔與景觀維護，提供一般休憩功能，如能發揮創意，予以活化，讓每座公園也能稍稍呈現不同的人文特色，就更具意義了。

阿布拉認養的公園只有五百坪，在台北市千座公園中算是迷你型，但公園裡的咖啡樹以及咖啡文化活動，使它獨樹一幟，成爲台北市唯一、也是全台灣少見的咖啡公園。

（原載《聯合報》名人堂，二〇一一年十月十五日）

戲院生活圖像

出現在不同時空的台灣大眾文化往往絢爛奪目，深入人心；另方面，卻又經常輕薄如逐水桃花，不旋踵杳無蹤影，彷彿從未發生過一般。

創立於一九二四年初的永樂座，是大稻埕富商陳天來家族產業，兼演戲曲、新劇與電影。台灣近代戲劇史幾場重要演出，如厚生演劇研究會的《閹雞》、《高砂館》就在此發生。永樂座戰後改名永樂戲院，如果延續到現代，絕對被列爲重要歷史建物。可惜已於一九七〇年代結束營業，戲院歷史以及空間記憶也迅速被遺忘，除了老報紙（如《台灣日日新報》）還有戲院的點點滴滴，幾乎未曾留下任何文物。

幾年前我因研究永樂座，與陳天來之孫、陳清波之子陳守仁極爲熟稔，也曾拜訪過《閹雞》、《高砂館》導演林摶秋，以及戰後在這家戲院連演多年的顧劇團演員，卻連一張戲院外觀的照片都遍尋不獲。反倒是一位出生於一九三二年，幼年在迪化街長大的游塗樹先生，若干年前曾中風，以繪畫復健，憑著驚人的記憶力與意志力，勾畫出色彩強烈的大稻埕風情畫，其中一幅永樂座圖，成爲我蒐集到唯一、也最感動的戲院圖像。

游先生「具體」告訴我：永樂座建築主體是鋼筋結構，外壁貼有磁磚，門面寬約三十至三十五公尺，深五十五至六十公尺。戲院正面牆上吊掛三盞燈，入口旁有小雜貨店與攤販，門前迪化街四十六巷，戲院停業後被打通，連接西寧北路。戲院後面大水溝面對港町「全祥茶莊」倉庫，後牆有三道垃圾收集甬道出口。說到這裡，游先生既得意又歹勢地說，他小時候經常循垃圾甬道潛入戲院看白戲……。

游先生傳達的是台灣人傳統的戲院生活，每個城鎮、甚至村里都有戲院，不僅作爲戲劇、歌舞或電影演出，也是地方建築地標兼文化中心，學校遊藝會、里民大會，甚至選舉投開票都在這裡舉行。這些社教功能今日都有專門機構或場所，唯獨作爲民眾生活的表演空間，仍難找到相同功能的替代品。

當年的戲院如何風光？只要想像經濟尚未「起飛」，表演場所娛樂稅抽得又重（30%-60%）的一九五〇、六〇年代，數百個表演團體同時在各地戲院演出可見一斑。戲院、劇團的經營完全靠票房，買票看戲、看電影是不分階級、族群、性別的共同記憶。劇團大約十天一個檔期，戲碼日夜不同，像武俠連續劇般節奏快速、高潮迭起。戲院放映電影也與現代多廳型的小電影館不同，有一種看「影戲」的庶民趣味。當年的戲院既是男女約會的最佳場所，也是闔家觀賞、鄰里休閒的娛樂中心。

當下的年輕人可能熟悉現代電影院、戲劇院，卻未必知道戲院，連父母有戲院經驗的人，也愈來愈少了。不出幾年，這個名詞也許只聽阿公、阿嬤說過：「年輕時曾經在戲院約會。」不過，這大概也要「祖父母節」正式成爲國定假日，老人家較有機會跟兒孫輩話說當年，戲院故事才可能成爲家族傳說之一。

（原載《聯合報》名人堂，二〇〇九年十二月二十三日）

可愛陌生人

台灣社會今昔最大差別，也許就在對「陌生人」的態度。

現在的父母教小孩，不要跟陌生人接觸，不跟陌生人走，這跟我做「囝仔」的「古早」時代極爲不同。那時的陌生人雖非天使，起碼不等同壞人，常見的畫面是，一群小朋友遊戲，陌生人問路，爭作「報馬仔」，邊跑邊回頭，惟恐客人追不上。

以前小孩算是社區「公衆人物」，里鄰逗著玩，像垃圾不落地般，不想抱了，就有人接手，父母也很放心。大人玩弄幼兒，常見的「驚險」動作，是雙手抓住他的雙腳，像表演特技般，四處移動。孩童長大，上下學無須大人伴隨，家長到學校，通常是參加「母姊會」，其他就是拜託老師，對「阮囝」管嚴一點。

那個年代的小孩並不是隨便就跟陌生人走，生活在「匪諜就在你身邊」的氛圍，也曾注意四周帶著墨鏡、身穿黑色風衣，像魔神仔一樣的古怪陌生人，惟恐哪天被牽去吃牛糞。擔心歸擔心，卻從未碰上，倒是長大出社會，做了一輩子的事，交往的人很多，朋友中反而不乏「熟識」

的陌生人。

現在的小學生上學要大人護送，不知從哪一年開始？擔心幼童路上發生危險，或被歹徒綁票？或許這已是全球普遍現象，不足爲奇。但三、四年前，我在東京早稻田大學小住期間，當地小朋友三三兩兩，甚至獨自上學，很少看到大人伴隨，應該不是東京治安特別好，而是社會秩序與家長觀念吧！當代台灣連高中生都有家長接送，他們已十七、八歲，上一輩常講的「好命做老父（母）」，還不敢獨自上學，代表台灣的青少年文化進入「新」的階段了。

以前大人逗玩鄰居小孩是一種善意，現在差不多是陋俗了，我常警惕自己，千萬不要哪天秀逗，突然對陌生小孩微笑，問東問西，更可怕的是，伸出雙手把別人幼兒放在手掌心，顧人怨也就算了，還有虐待孩童之嫌。如果逗逗別人的貓狗，讚美幾句，也許還算是讓別人愉悅的善舉，陌生人之間能產生若干連結。不過，這也很難講，以現代人寵小動物的程度，沒先洗手就逗弄別人貓狗，很快就會被唾棄了。

台灣社會愈來愈防範陌生人，出現在大街小巷、社區監視系統的陌生人，都鬼鬼祟祟，像嫌疑犯似的。奇怪的是，有時卻又保有溫情的傳統，若干生活困頓的人，一經網路與傳播媒體強力放送，立刻成爲最受全國關心的陌生人，善款、慰問信如雪片般飛來，人間到處有溫暖。

《請問芳名》作者是曾在台灣渡過童年的菊田一夫，情節描述一對陌生的年輕男女，戰爭期間躲防空警報時，在東京銀座數寄屋橋上不期而遇，展開一段刻骨銘心的愛情故事，從小說到電影、電視劇，數十年來風靡無數觀眾。「關山難越，誰悲失路之人；萍水相逢，盡是他鄉之客。」這是王勃〈滕王閣序〉的名句，相逢自是有緣，現代人若少了陌生人的故事，人生風景恐亦失色不少。

（原載《聯合報》名人堂，二〇一二年六月八日）

中小學生作文的那雙手

國中小學生的語文程度，每隔一段時間就會被拿出來檢討。最近媒體又報導，小學生作文能力普遍下降，文詞不通，教育主管表示未來將加強「閱讀到寫作」間的連結。

其實，「寶貝」學生寫「寶貝」文章，古今皆然。我近半世紀前的小學時代，上作文課，就有同學用「爸爸在火車頭吃火車頭頭爐」這種台式語法，描述他在火車站上班的父親；十幾年後服兵役，在士官學校當國文教官，也看到高一學生在「家書一封」的作文中，劈頭就說：親愛的爸爸媽媽，子曰：「近來好嗎」，把孔子說視同「你的兒子說」。

有光怪陸離的文章，自然也有絕妙好辭，只是大家較少正經八百地傳誦好文章，偏好拿奇文妙語出來消遣，藉此排憂解悶。單憑幾篇學生作文或基測成績下滑，就認爲學生作文程度嚴重倒退，其實大可不必。

二〇〇九年的高中基測作文題是「常常，我想起那雙手」，在滿分的作品中，有一位國中生的作文被平面媒體披露，讓人印象深刻。這篇文章描述版畫家父親的手，創作中接觸金屬所發出的每一聲「沙．沙．沙」，變成不同器樂的獨奏，又相互激盪成合奏的篇章，他說：「父親活像是舞台上神氣的指揮家」。從這篇文章可看出作者的觀察力與聯想力，以及對美術、音樂的概念。整篇文章成熟老練，又不脫青澀稚嫩的少年情懷。

這位國中生的作文雖然讓人眼睛一亮，但也不能因而慶幸現代中小學生作文進步神速，正如看到前述學生無厘頭「絕句」，無須因而憂心忡忡一樣。

我日前應邀擔任一項文學獎評審，原本對其中取名「童言童語」的小學組抱持極高的興致，以爲會看到讓我返老還童的作品。結果數十篇短文審查下來，雖多能掌握基本文字技巧，敘述也順暢，但盡是老氣橫秋的小大人「佳作」，極少看到小學生的童眞與想像。這個問題未必出在小孩身上，也許學校老師的引導，就是要他們寫出這樣的「好」文章。

現代的中小學生學習的範圍、方法與表達的方式代代不同，作文能力是否低落，應整體評斷方才知曉。寫出無厘頭「絕句」，未必代表創造力與表達力有問題。奇文妙語往往能提供反向思考，怪誕的文句稍微轉換，語意也可能改變。例如報端引爲笑談的學生「妙句」：「出外旅遊，放眼望去，這簡直是極樂世界」，如果極樂世界上冠加引號，再看上下文，也許就有不同的味道。作文並非講究四平八穩，有些花巧、俏皮的引喩，偶一爲之，未必是蠢事。

友人告訴我一個眞實故事：一個低年級小學生因爲寫不出功課嚎啕大哭，媽媽上前了解，才知道孩子是爲不會寫「媽媽的毛」而哭。媽媽關心孩子，卻也不知道「媽媽的毛」的作文題目如何下筆，隔天到學校問老師，才明白兒子把「手」字拐錯邊，寫成「媽媽的毛」了。

相較聰明的小孩相較，「憨囝仔」也值得疼惜，這段「童言童語」就曾讓我開懷了好幾天。

（原載《聯合報》名人堂，二〇〇九年六月二十六日）

冰火二重奏
——北海道與台灣

地球暖化在十年前幾乎成爲全球關切的問題，連我都跟著別人大呼小叫，一副要拯救地球的氣勢。偶爾翻閱那個年代自己寫的小文章，就經常抱怨冬天一點也不冷，絲毫沒有寒徹心扉的感覺，那時我還特別懷念小時候蜷縮著身子，渾身瑟瑟發抖的崽子模樣。當時一般民宅多半低矮，縫隙也多，冬日北風一吹，從屋外滲到屋裡。雖然天寒地凍，孩童照常打赤腳在戶外奔跑做遊戲，這是我年少時期「苦中作樂」的「古早味」。沒想到不過數年，風水輪流轉，國際之間注意力已從暖化轉到氣溫爆冷、爆熱的嚴重性。

全球氣候異常究竟是人爲因素，抑或屬於地球自身的宿命，是當今最夯的公共議題之一。然而，庶民大眾對雪景的追求，似乎遠超過對星球存滅問題的關注。對台灣人來說，除了少數幾座高山（如玉山、合歡山）偶有積雪的勝景，其餘像陽明山、太平山等只要偶爾落下幾絲濕雪，便有大批民眾蜂擁上山「賞雪」。基於對「雪」的迷戀與嚮往，日本北海道冬季的冰雪奇觀，就成爲許多台灣人一生中必定要經歷的行程，其重要性遠超過歐美雪國。到過北海道，彷彿通過人生大考驗，每個人講起話來不但自信十足，說話聲音也特別大。

越來越多「台客」直飛北海道，人數幾乎占當地國際觀光人口的半數，台灣話充斥知名旅遊景點。台灣訪客追逐的是北國自然情趣，除了寒冬的雪祭，涼夏遍野的薰衣草田也吸引甚多台灣遊客，其中有歷史因素，也有地理的便利性。雪景與薰衣草迥異於台灣人熟悉的南島經驗，每年前來朝聖的「台客」據說已逼近三十萬人次。

札幌和旭川是北海道的兩大城市，雪祭期間除了吸引來自日本各地的遊客，慕名而來的國際觀光客亦不在少數，其跨國觀光魅力十足，當地住宿的旅館床位難求，數以萬計的節慶人潮更讓冰雪奇觀的公園及街衢大道沸騰，使得原本淒清的雪國散發些許人氣。

對我而言，「札幌」不同於東京、京都、大阪或是福岡等耳熟能詳的日本城市。源自愛努族語的「Sapporo」似乎帶有神祕性，優美的音律節奏，像古老咒語一般，具有迷眩的力量，彷彿咒語一出口，就會有個驍勇善戰的日本武士現身。我們這一代台灣人嚮往的北海道，幾乎和三浦綾子小說《冰點》的文學場景重疊，故事起始的旭川外國樹種標本林、女主角陽子生父母居住的小樽、札幌街道，都是我年少時期曾經爲之神往的地方，既遙遠又熟悉。

那一年冬季的首度造訪北海道，正逢札幌雪祭和旭川冬之祭先後登場。北海道不若預期的冰冷，與我以往所理解的——尤其是雪鄉旭川——一年平均有一百四十天是冰封的雪季，並曾出現過攝氏零下四十一度最低溫的印象全然不同。當地正歷經百年難得一見的暖冬。搭乘的長榮班機降落新千歲國際機場，它宛如來自南國的過境鳥，眼珠中的綠意尙未褪去，溫熱的雙腳就已停佇在白雪覆蓋的土地上。機員即時提供的地面氣溫，是在融雪邊緣的攝氏一度、二度之間徘徊。這樣的溫度可以成爲雪國嗎？雪祭的主辦單位還一度憂心，如果積雪量不足，或是冰雪提前融化，恐怕讓已成北海道旅遊重點的雪像、冰雕之展演效果大打折扣。同機若干乘客爲雪而來，恐怕早在暗自煩惱，即將踏進的雪鄉，是否稍有不愼，即成消逝的幻象？

當年北國之冬不再凍裂土地，似乎喪失了亙古具有的酷寒力量；當地冰雪的節慶，刻意塑造出國際觀光城市的繽紛意象，力圖走出純雪的寂寥。然而，出身南方島國的我，在踏上北海道土地的初始，卻仍嗅出極度「冷清」的北國生命基調。這個冷清世界的自然生存法則，人民從「冷清」的生活現場靜悟而得的美感意識，與燠熱台灣一年到頭的熱鬧文化，形成對比強烈的地域人文景觀！

探究近代歷史發展的進程，竟然發覺相距千哩的台灣與北海道，原本八竿子打不著干係，卻在百餘年前一度命運相繫，於不同的歷史脈絡中開展一段相似的殖民敘事。現今的北海道隸屬於古代「蝦夷地」，最早的住民過去被日本統治者稱爲「蝦夷」，意思就是「不服從的人」。換言之，一九九七年始獲得官方承認的當地「愛努族」，既是北海道原住民，更曾經是「不服從中央政府的人」。這樣的歷史描述也揭露了近代北海道作爲日本唯一內國殖民地，有別於日本內地之傳統和人與社會的邊陲地域性格。

近代北海道是日本統治者眼中北門的「最要衝」、「鑰匙」，或是「寶庫」。明治政府開啓大規模的北海道拓殖行動，除了因爲北方領土的紛爭加遽，日本和中、俄兩國不時出現緊張關係，亟需防範鄰國的入侵，更著眼於北海道作爲未開發的處女地，極具產業拓殖的經濟價值。

比較來看，近代台灣曾經是日本第一個海外殖民地，既爲日本帝國掠奪資源、發展殖民經濟的對象，也是日本軍國主義者擴張的南進基地，更明確地說，這個海外殖民地乃明治政府貫徹維新主張、推動現代化文明的重要實驗場域，但其殖民政策與台灣居民的意願多有乖違。相形之下，滿清「內地」對台灣的關照，只有康熙皇帝短短的三句話：「台灣僅彈丸之地，得之無所加，不得無所損」。後來，經施琅力陳台灣乃中國沿海四省屏障，居於帝國邊陲的台灣島，才因戰略地位的考量，被正式納入了滿清的版圖。從這個角度觀察，近代北海道和台灣，同樣在時代動盪之際，接納了大量外來人口，形成移民社會，也一樣歷經島上原住民對於外來統治者同化政策的反抗。兩地都曾屈居帝國統治的邊陲，長期承受外來殖民者的剝削，並且透過拓殖動力，以及日本明治維新的文明進程，共同邁向了「想像的」現代化。

（原載《風傳媒》，二〇一四年一月二十七日）

嘉義農林學校與札幌農業學校

——北海道冬季追憶

魏德聖導演監製的電影《KANO》，回溯日治時期嘉義農林學校野球隊的輝煌年代，近期將在國內上映，吸引很多人的期待。光從電影情節來看，以嘉農及其野球隊爲創作題材，確實爲極佳的選擇。不過，電影品質與口碑、票房最終仍待市場檢驗。

一八七六年，日本留美學生將baseball這項運動帶回日本，二十年後這個英文單字被譯爲「野球」，「野球」的第一部專書也問世，野球逐漸進入日人生活成爲國民運動，隨著日本殖民統治，野球也傳入台灣。一九〇六年，台灣總督府在國語學校中學部成立第一支野球隊，早期隊員幾乎全爲日本人，直至一九二〇年代增設公立學校招收台生，越來越多的台灣孩童得以接觸野球。原本沒沒無聞的嘉農野球隊，一九三一年贏得日本帝國甲子園中學野球賽亞軍，創造了令人驚豔的嘉農精神。

嘉農值得記憶的事蹟，其實不僅限於野球隊，它的校史更見證日治時期台灣農業發展的光榮歲月，而這段歷史與北海道札幌農業學校有極密切的關係。早在領台初期，日本即確定國內振興工業、海外發展農業的政策，台灣農業的大規模開發也成爲必然的策略，而以最適台灣熱帶自然條件種植的稻米、甘蔗二大作物爲中心。台北、台中與台南先後設立農事試驗所，開始農事試驗講習生制度，研究稻種改良，以提高台灣糧食產量，並成立農會。一九一九年頒布〈台灣教育令〉，設立中等實業學校，培育基礎農事人才。從一九一九年到一九四四年全台共設立嘉義、宜蘭、屏東、台中、桃園、台南、花蓮、員林與苗栗等九所中等農業學校。

一九二〇年代，台籍學生人數已超越日籍學生，此與學制修業年限有關：三年制的公立實業學校移植日本三年制甲種實業學校的課程，但在修業年限上卻少於改制後成爲五年制的日本實業學校，以及日籍生就讀的台灣實業學校。

嘉農成爲台灣第一所中等農業學校，和台灣總督府發展嘉南平原、開發阿里山森林資源有密切關係。當時師資以日人爲主，教師多來自札幌農校，歷任七位校長中，有四位出身札幌系——包括札幌農校及其升格改制的東北帝國農科大學（一九〇七，北海道帝國大學，一九一九，今日的北海道大學）。

嘉農的創辦以及野球隊的發跡史，顯示野球或其他球類運動（如網球）作爲西化政策的重要項目，不但是日本現代化的一環，進而成爲殖民地現代文明的表徵。從台灣人的立場，它也包含著現代性的辯證空間。

北海道曾經是日本歷史上的北方流放之島，也有人說要了解俄羅斯，必須到北海道走一趟。

札幌農校原屬開拓使一八六九年在東京辦事處設立的臨時學校，隨後遷移到札幌。學校開學儀式上，包括西點麵包師傅、西餐廚師和皮革洋靴的製鞋匠都一起出席，接受「文明開化」的現代教育洗禮。在此之前，札幌鄰近的整個石狩平野都仍是狐狸、野狼和熊跡出沒的原始森林。草創之初的札幌，是總人口僅三千的拓荒新市鎮，而後隨著札幌的快速發展，移入人口漸多，學校規模也日益擴張，並更名爲「札幌農業學校」，成爲近代日本最早設立的國立專門學校及高等教育機構之一。

天寒地凍的北國拓荒之地，反而走在教育西潮的最前線，札幌農校不僅是日本國內培育農業人才的搖籃，在日本教育史所占有重要地位，同時輸出大量畢業生到台灣、朝鮮與滿州等殖民地拓墾。

早期北海道開拓的先驅者是來自日本不同地方的移民，被迫和原鄉的歷史斷絕，他們必須鍛鍊出積極進取、恆久忍耐的開拓精神，才能熬過拓荒初期的種種艱苦和磨難，較能擺脫傳統文化的束縛，以自由開放的態度接受嶄新的生活方式，因此也才有許多札幌農校的畢業生願意到台灣開荒拓殖，並在台形成獨占農業鰲頭的札幌系統。二十世紀初，改造台灣蔗糖產業有成的新渡戶稻造即出身札農。

札幌農校的發展與曾任美國麻省農科大學校長的克拉克博士（Dr. Clark, W.S., 一八二六～一八七八）擔任校長有關，他是應第一任校長調所廣丈之邀領導札幌農校，制定學校規章與校園規劃，貢獻良多。一八七八年克拉克離開札幌時，勉勵「青年應胸懷大志」（Boys, be ambitious!）。今日北海道著名景點之一的札幌市鐘樓，即由札幌農校的練武場（操場）改建而成，一度敲醒了北海道的近代文明，鐘樓成爲札幌農校僅存的遺址，而克拉克的臨別贈言，至今仍爲北海道大學的校訓。

從現今人口近一百八十萬的北海道首府札幌，尋找整座城市文明發展的起點，必須憑藉巨大的想像力，將一棟棟摩登的通天高樓，以及整齊劃一的棋盤式街道逐一擦拭，才能彷如美國西部拓荒電影的倒帶，重返那個開拓移民的歷史現場。

我幾年前寒冬的北海道之旅，在雪片飄飛中走進冰天雪地的北海道大學，體驗當年拓荒教育先驅的札幌農校，最終演化爲日本帝國大學的軌跡，印象極爲深刻。這所大學的校區遼闊，四處可見冬季的枯木林仍伸展著粗獷的枝幹，部分結著薄冰的琴似川，則蜿蜒穿梭其間，充滿自然林野的開放氣息。校區洋式建築群，予人有走進了歐美百年以上歷史大學校園的錯覺，也讓人直覺到它和日治時期建造的台大校園建築，有著堂表兄弟般的親密血緣關係。

當天札幌冬日飽滿的朝陽明亮刺目，卻一點兒也融化不了北海道大學校園滿布的積雪，趕著上課的學生們，個個像是滑冰場上的新手，半溜半滑，小心翼翼地步步試探，往前邁進，他們如履薄冰的心境，大概近似當年北國的拓荒先驅們。我猜想，這些年輕學子大都是早期開拓者的後裔吧！

（原載《風傳媒》，二〇一四年二月二十六日）

九歌文庫 1159

驚起卻回頭

作者　邱坤良
責任編輯　羅珊珊
創辦人　蔡文甫
發行人　蔡澤玉
出版發行　九歌出版社有限公司
臺北市105八德路3段12巷57弄40號
電話／02-25776564・傳真／02-25789205
郵政劃撥／0112295-1
九歌文學網　www.chiuko.com.tw
印刷　晨捷印製股份有限公司
法律顧問　龍躍天律師・蕭雄淋律師・董安丹律師
初版　2014（民國103）年05月
定價　350元

書號　F1159
ISBN　978-957-444-942-2
（缺頁、破損或裝訂錯誤，請寄回本公司更換）

國家圖書館出版品預行編目(CIP)資料

驚起卻回頭 / 邱坤良著. -- 初版. --
臺北市：九歌, 民103.05

面； 公分. -- (九歌文庫 ; 1159)

ISBN 978-957-444-942-2(平裝)

855 103006463